Dora sem véu

Donald Ray

Ronaldo Correia de Brito

Dora sem véu

Copyright © 2018 by Ronaldo Correia de Brito

Grafia atualizada segundo o Acordo Ortográfico da Língua Portuguesa de 1990, que entrou em vigor no Brasil em 2009.

Capa
Daniel Trench

Foto de capa
Jorge Bodanzky/ Instituto Moreira Salles

Preparação
Fernanda Villa Nova

Revisão
Renata Del Nero
Marise Leal

Os personagens e as situações desta obra são reais apenas no universo da ficção; não se referem a pessoas e fatos concretos, e não emitem opinião sobre eles.

Dados Internacionais de Catalogação na Publicação (CIP)
(Câmara Brasileira do Livro, SP, Brasil)

Brito, Ronaldo Correia de
Dora sem véu / Ronaldo Correia de Brito. – 1ª ed.
– Rio de Janeiro : Alfaguara, 2018.

ISBN: 978-85-5652-067-8

1. Ficção brasileira 1. Título.

| 18-14422 | CDD-869.3 |

Índice para catálogo sistemático:

1. Ficção : Literatura brasileira   869.3

[2018]
Todos os direitos desta edição reservados à
EDITORA SCHWARCZ S.A.
Praça Floriano, 19, sala 3001 — Cinelândia
20031-050 — Rio de Janeiro — RJ
Telefone: (21) 3993-7510
www.companhiadasletras.com.br
www.blogdacompanhia.com.br
facebook.com/alfaguara.br
instagram.com/editora_alfaguara
twitter.com/alfaguara_br

Dora sem véu

1

Todos pagam promessa ao Santo e se livram de algum mal.

Eu saldo as dívidas do pai.

Dora.

Lembro o nome e os currais de gente, cercados por arame farpado. Neles, perambulando famintos à beira da inanição, homens, mulheres e crianças, futuros cadáveres sem identidade.

O relâmpago clareia os romeiros deitados na carroceria. Afonso puxa o véu da noiva sobre ele e cobre o rosto. Talvez deseje se proteger dos mosquitos ou tocar com as pontas dos dedos a barba que atravessa o tecido fino. As lonas não resguardam da chuva forte. Chamo Afonso, machuco seu tórax com o sapato. Ele segura minha perna e tenta me derrubar. Tenho pernas grossas, iguais às de Dora, o pai me revelou envergonhado. Essa e outras semelhanças. Será que ele via as pernas de Dora, sempre cobertas pelos vestidos longos? Em algum relance, talvez. Musculosas e firmes, perfeitas para as grandes caminhadas. Ou quando a mãe tomava banho com os filhos pequenos, nus como vieram ao mundo. Não havia rios, poços ou açudes nas longas estiagens, faltava água até mesmo para beberem.

Resisto, me apoio a uma viga e continuo de pé. Raios iluminam o céu e amedrontam, orações nada podem contra eles. Devemos nos abrigar em um posto de gasolina, informa o ajudante de motorista. O rebanho se agita, cabeças se erguem. Os relâmpagos e trovões amenizam, estertoram leve, como a cauda decepada de um réptil. O caminhão manobra bruscamente para a direita.

— Dora viajava a pé com os filhos, dias e noites.

O pai me contou.

— As estradas são sempre as mesmas, levam ao esquecimento. Gostava de sentenças trágicas, nunca perdera a fala do sertão.

Ao prenúncio de chuva o rebanho se aconchega entre as tábuas da carroceria. Caem pingos no calor sufocante e se evaporam antes de tocarem o chão. A tarde de sol muda bruscamente em noite escura. De pé, olho o asfalto e as árvores assombrando as margens da estrada. Não canto. Nunca soube cantar. Ouço as vozes subirem do piso do carro, impressões da viagem que começa. Afonso imita os romeiros, rastreia melodias e versos, mas não acha timbre que se harmonize com as outras vozes. Dá pena e vontade de rir. Toco sua cabeça, percebo a febre, talvez uma insolação. Antes de partirmos os jornais do Recife noticiavam uma epidemia de meningite. Falo sobre o meu temor e ele sorri desdenhoso. A jovem em trajes de noiva, sentada ao nosso lado, presta atenção na conversa e se aproxima de Afonso. Quando todos se deitam, receosos de um temporal, meus pés descalços separam os dois, o direito toca o rosto quente do marido, o esquerdo a testa suada e fria da garota. Se veículos cruzam com faróis altos, vejo o rebanho apascentado. A luz transitória dos relâmpagos projeta cenas de um filme escuro, fragmentos de uma narrativa fantástica: a mãe, o pai, o irmão e a noiva convalescente, o rosto magro e pálido de quem escapou à morte.

Cantam, desde que partiram. Interrompem apenas quando comem ou descem para estirar as pernas. Avisto o céu lateralmente, uma lona nos cobre, sustentada por vigas de madeira. As nuvens de novembro se tornaram escuras. Desejo que a chuva afugente o cansaço, alivie nossas queixas. Absolvidos das promessas, poderíamos retornar às nossas casas antes mesmo de chegar ao Juazeiro, para onde Dora seguiu esperançosa, há muitos anos.

— Beba água, ordeno a Afonso, mas ele não me escuta.

O ajudante baixa uma lona acima da cabine e outras laterais à carroceria do caminhão. Pula sobre as tábuas improvisadas em assentos, procura espaço onde firmar os pés. Corpos comprimidos, as cabeças baixas, o rebanho não se queixa do desconforto nem da falta de segurança. Habituou-se a não reclamar de nada. Sou a única erguida, procurando enxergar lá fora, entre as emendas das lonas. Um relâmpago nos clareia e logo escutamos a trovoada. Cai chuva e as vozes tentam se elevar acima do barulho, cantando os mesmos lamentos sobre a morte e a salvação. E se eu não encontrar Dora? A pergunta risca meu peito, um relâmpago no céu escuro. O pai exumou-a tarde demais, apenas quando sentiu haver chegado ao fim. A memória mantinha o pai vivo, lances de traição reprisados, obsessivamente.

— O vapor ancorava longe do cais. Foi necessário tomar um barco pequeno, transpor muita água até chegar nele.

Falava indiferente à minha perplexidade:

— Assim é, enquanto durar o remorso, dura a culpa.

Conheço a sentença, mas esqueci quem a escreveu.

— A memória feminina é fraca.

O pai afirma com a intenção de me chatear.

— E por que me escolheu para ouvir sua história e fazer a viagem?

O pai deixou escapar o primeiro sinal de morte quando declamava os versos sobre a casa em ruínas. Nunca perguntei se era a casa onde havia nascido.

Mesmo tendo escutado o longo poema uma centena de vezes, eu largava o que estivesse fazendo e o ouvia novamente. Apaguei o poema da memória e hoje sou incapaz de repetir um único verso. A doença chegara à fase da tosse e dos engasgos, escutar o pai se tornara penoso. Um dia, lá pela sexta ou sétima estrofe de sua declamação, a memória falhou e ele não conseguiu prosseguir. Sem ter como ajudá--lo, permaneci em silêncio, à espera.

— O senhor está cansado? Quer um pouco de água?

Seu rosto ficara inteiramente roxo, precedendo o acesso de tosse e a falta de ar. Olhou-me em pânico.

— Esqueci os versos, estou acabado.

Habituara-se a simular que era uma pessoa digna e dessa maneira evitava sentir-se um impostor. No Recife, aonde chegou menino, entregou-se à crença de ser outro e persistiu nessa alucinação dirigida, até quando a morte veio cobrar seu quinhão. Compreendeu que lhe restava pouco tempo. Apressou-se em contar sua história e legar-me o fardo.

2

Lembro um acontecimento de infância, quando ainda nem completara cinco anos. Acompanhei a procissão de uma santa peregrina, de passagem pelo Recife. Bernardo vai rir da minha aventura católica, talvez descubra um enredo para um novo romance.

Naquela idade eu não conseguia imaginar os milhares de pés descalços e os sapatos sob as luzes pairando como um céu baixo. As velas acesas ocupavam uma praça, brilhavam mais do que os globos nos postes. Improvisando cones de cartolina, os fiéis se protegiam da parafina quente que escorria e queimava suas mãos. O pai se esforçava para que a filha assistisse ao espetáculo luminoso de cima dos seus ombros, escanchada como num cavalo.

A menina não gosta de montarias, prefere a firmeza do chão ou a cabine de um carro. Enfia os dedos e se sustém na cabeleira do pai, uma crina loura e lisa. A mãe, pequena e bondosa, se alonga nas pontas dos pés, mas não enxerga além das espáduas à sua frente, homens e mulheres de branco, fitas azuis atravessadas no peito. Ao contrário do marido possui fé, se comove com os louvores e vivas, as exortações à piedade e à vida eterna. Caminham bastante, parecem percorrer toda a cidade. Com o tempo e o cansaço, as paisagens se misturam e confundem. O pai mostra a praça, a igreja e o contorno sobrenatural de lâmpadas, as residências dos proprietários de engenho, usadas nos finais de semana para as missas, novenas e festas.

Milhares de pés comprimem o solo arenoso da cidade plana, atlântica e fluvial, salva das águas que ameaçam afogá-la nas enchentes e marés altas. O mar se transforma em nuvens e o rio serpenteia entre as terras úmidas, formando ilhas e manguezais lamacentos. Os poderosos engravidaram as esposas e as criadas, resguardados pelo silêncio. Palavras se depositaram em frases e histórias familiares, como os corais dos arrecifes, gerando enredos de ódio, vingança, inveja, incesto e traição. A mesma história recontada de mil maneiras. Nem um dia se passa, nem um minuto ou segundo sem um morto, recitava o pai, citando algum poeta cujo nome nunca lembrava. Um dia a mãe pequena e bondosa perdeu a fala, depois os movimentos e a deglutição, só respirava por aparelhos. Por último, imobilizada num leito, abria e fechava um único olho. Até que esse olho parou de se abrir.

Sozinha, quando penso em Dora, não me lembro mais de muita coisa.

Não que eu esteja propriamente sozinha, o corpo febril de Afonso transpira e molha minha blusa, me trazendo de volta à viagem. O remédio faz efeito. Quarenta gotas talvez seja muito, pensei em dizer, mas o médico é ele. À nossa direita, sentada na mesma tábua, a mãe da noiva nos oferece almoço e mastiga. O sol promete esquentar. Do asfalto sobem ondas de calor iguais às do deserto e entre as onze e as cinco da tarde ficaremos delirantes. Desprovido de nuvens, o céu ganha as amplidões do cinema épico.

Carcaças de bois espreitam nas margens do caminho, as órbitas vazias miram os carros em velocidade. Distraio-me contando. Vacas, bois e bezerros mortos de fome e de sede. Nós também nos sacrificamos na carroceria de um caminhão, o corpo mal acomodado em tábuas. Não descubro sentido em nosso sacrifício.

Os romeiros cantam desde quando partimos, de madrugada. Não param com receio de quebrar a ordem sobrenatural que sustenta o mundo. Alguns benditos sete vezes, para dar vida e movimento, influenciar os seres celestes. Ou doze, o número do povo de Deus, da Igreja triunfante. Não consigo deixar de examiná-los como socióloga em viagem de pesquisa. Fiz o mesmo percurso durante o mestrado e o doutorado, com motivações bem diferentes, políticas, eu imaginava na época.

Agora, se penso em Dora, acredito que o significado de tudo é ela.

Sou neófita em romarias, seria mais fácil se colhesse material para uma monografia. Mas o tempo de estudante passou, sinto-me velha e cansada, necessito de ajuda para subir na carroceria do caminhão. Reponho o protetor solar a cada hora, me hidrato, toco em Afonso, verifico se a febre cedeu. Ele ri, cético, me ensina a usar o dorso da mão em vez da palma. Seria melhor se tivéssemos um termômetro. Nem vale a pena perguntar se as pessoas trouxeram algum, esse cuidado não faz parte de suas vidas, elas nem costumam beber água mineral, não têm o hábito e custa caro. Unidos pelas tábuas em que sentamos juntos, resguardados do sol pela mesma lona amarela, viajamos por razões diferentes.

Afonso aceita o almoço que a família lhe oferece e come macarrão, farofa, arroz, galinha cozida e feijão. Tudo misturado numa pequena bacia de plástico. A mãe se chama Maria do Carmo, o pai, Josué, o garoto, Sandro, e a moça, Daiane. A moça leva um pedaço de carne à boca de Afonso, num gesto de aparente inocência que realça a beleza dos seus vinte anos, maltratados pela enfermidade. Estranho a rapidez com que todos se tornaram íntimos.

Olha-se à direita ou à esquerda e avistam-se os mesmos garranchos secos a ponto de incendiarem, cascalhos, pedras e casas abandonadas. Aqui e acolá cabritos soltos. Ninguém sabe de onde vieram, se possuem donos e como sobrevivem à estiagem. As pessoas abandonaram as casas, arrancaram portas e janelas, deixando que o vento entrasse e cobrisse tudo de poeira. Nem os gestos, as funções e os atos permaneceram. Suas histórias também foram apagadas. Não resta ninguém, todos partiram por caminhos sem retorno.

Sou a única procurando reaver a memória do pai.

Embora eu tivesse feito uma dezena de viagens ao Juazeiro, nunca me senti no lugar de romeira. Meus estudos se ocupavam da atuação dos americanos através do projeto Aliança para o Progresso, uma parceria com o governo brasileiro, que se fortaleceu na ditadura militar. A escolha do campo levou em consideração as facilidades de deslocamento e o apoio de familiares residentes no Crato. O segundo tema de pesquisa tratava dos folhetos de cordel, bastante lidos nas cidades do Nordeste, e das tipografias especializadas nessa literatura.

Durante mais da metade do século xx, imprimiram-se muitos folhetos, e as vendagens alcançaram cifras tão elevadas que os estudiosos viram no acontecimento um importante fenômeno editorial, mesmo se tratando de impressões rústicas. Os pesquisadores levavam em conta o número de poetas e xilogravadores vivendo da sua produção.

Boa parte dos cordéis trata de um milagre ocorrido em Juazeiro, e de um padre elevado à categoria de santo pelos devotos romeiros. Mantive-me distante do fenômeno religioso, focando os estudos na produção e no capital gerado pelos folhetos e na relação de assistencialismo da Aliança para o Progresso. Circulava no meio de pessoas de todos os lugares, decididas a se estabelecerem na cidade, se dizendo atraídas pelo sagrado. Mas nunca me ocupei desse fenômeno migratório contínuo. A cartilha de esquerda definia que se tratava de fanáticos manipulados pela Igreja e pelo Estado e me convenci da veracidade dessa interpretação. O verniz ateísta do pai e o curso de sociologia reforçaram minha crença nessa mentira.

Deixo o hotel bem cedo, preciso ir ao Crato, onde mora Bernardo. Desde o Recife agendamos o encontro. Afonso não aceita me acompanhar na visita, sei que ele e o primo preferem conversar sozinhos. Embora raramente se avistem, os dois guardam amizade e segredos, conviveram um tempo depois de se formarem em medicina num hospital de Bernardo. Afonso supõe que ignoro sua vida clandestina. Se escrevo a narrativa da nossa viagem como alguém que estivesse presente a todos os acontecimentos, é porque li as anotações deixadas por ele, depois que desapareceu. Seria mais fácil transcrevê-las. Mas trata-se de uma escrita desconexa, incompreensível para outra pessoa além de mim. Imagino tudo isso, não tenho certeza se conseguiria ordenar o que não possui ordem. Afonso delirou na viagem e durante os dias que ficamos em Juazeiro, à espera de um milagre.

O rapaz que viaja à minha frente no trem não olha com bons olhos um senhor de meia-idade fazendo anotações numa caderneta. Trata-se de um escritor famoso, já conversamos em algumas ocasiões, embora eu não goste do que escreve e procure evitá-lo. Há muitos desses intelectuais com gravador, máquina fotográfica e caderno de notas, infiltrados entre os romeiros. O rapaz veio de uma cidade distante morar no Juazeiro. Hospedou-se na casa do sogro com a esposa e dois filhos, vai procurar trabalho no Crato, na única profissão que aprendeu: a de vaqueiro. Não parece fácil. Boa parte dos rebanhos morreu em três anos de estiagem. Se não encontrar emprego, voltará ao seu lugar de origem. Não bebe em respeito aos pais da esposa, ambos evangélicos. Também não sai de casa à noite e não gosta de responder a perguntas, confessa ao homem que o interpela e registra sua fala. Nem o dinheiro da passagem de volta ele possui. O jeito será fazer o percurso a pé, catorze quilômetros. Nada pede ao escritor, a confissão de indigência fere seu orgulho. Recebe com dignidade os dois reais que o homem voluntariamente saca da carteira e, ao descer do vagão, não o cumprimenta nem olha para trás.

Desde que cheguei percebo sinais de violência nos lugares e gestos das pessoas. Um homem sentado junto a mim não disfarça uma faca presa ao cós da calça, coberta pela camisa frouxa. Seus olhos me investigam e sinto medo. Troco de lugar, fico ao lado do escritor que não aprecio. O desconhecido levanta e se aproxima de mim. Antes de passar ao outro vagão, perde o equilíbrio e tomba de lado. Na queda, aperta o meu ombro com força e me empurra. Grito. Nenhum passageiro se importa com a minha aflição, nem mesmo o escritor ocupado com o caderno de notas.

As ranhuras nos vidros das janelas são propositais? Mal se enxerga a plenitude da miséria em torno, o lixo descendo pelas encostas, restos de mato, poças d'água e riachos que no passado eram exuberantes e agora são indefinidos como as pinturas de um Monet velho e quase cego. Nos painéis das ninfeias, uma paisagem aquática com plantas, galhos, reflexos de árvores e nuvens. Aqui, as imagens da natureza destruída assombram o senhor de barba e cabelos grisalhos, que me confessa ter feito o mesmo percurso, muitos anos atrás. Um tempo suficiente para ele também sofrer mudanças e cobrir-se com outras formas de lixo. Anota impressões no caderno, frases que lhe parecem falsas e vazias. Compara os rabiscos à sujeira atirada nos barrancos pelos moradores do lugar. A intimidade me constrange, não gosto que me abordem da maneira como abordo meus entrevistados. As pessoas olham para mim e começam a falar de seus receios e angústias, nem sequer me perguntam se desejo ouvi-las. Saí parecida à minha mãe, muitos entravam em nossa casa para se queixar de aflições, pediam ajuda, choravam. Mamãe largava o que estivesse fazendo, sentava, ouvia, e ninguém ia embora sem consolo. O pai recriminava a doação a troco de nada, fechava nossa porta. Somente quando me revelou a história de Dora, compreendi o seu caráter.

Faz calor, os vagões fechados não refrigeram bem. Antes, abriam-se as janelas.

Felizmente o trem chega ao destino. As pessoas descem vagarosas. O vaqueiro ficou duas estações atrás: duro, cruel consigo mesmo. Igualmente rígido, o escritor se levanta. Sem despedir-se, desaparece ao longe.

Acenam do interior de um carro. É Bernardo. Subiremos a encosta da serra até sua casa, onde mora sozinho, em meio ao que restou da floresta atlântica. Depois de cinco casamentos, também se considera um sobrevivente. Se pelo menos não tivéssemos de conversar sobre a arte e suas tendências, realismo e pós-modernidade, atrapalhados e cheios de meias verdades banais. Decerto não resistiremos aos nossos vícios, que nos tornam piores do que somos habitualmente.

3

A amizade com o primo do meu marido se fortaleceu numa viagem que fizemos juntos.

Bernardo quis percorrer os quilômetros que o separavam da fazenda onde havia nascido e convidou-me para acompanhá-lo. Fizemos o percurso inverso ao de quando ele deixou o sertão e foi morar no Crato, ainda criança. Subimos a serra do Araripe, atravessamos cidades, passamos ao largo de outras e, por fim, chegamos à cabeceira do rio Jaguaribe, a uma vila com restos de arquitetura colonial e a lembrança do passado de riqueza e guerras entre famílias.

Nossa viagem tinha um motivo, Bernardo finalizava um romance e sua memória regressara ao lugar de origem. Os personagens se moviam no Recife urbano, mantendo um pé no sertão. Bernardo acredita, como alguns filósofos do século XIX, que toda arte pode se tornar mito uma vez mais e representar a totalidade do universo. A cultura sertaneja, por mais que apontasse para a desintegração do mundo e de seus valores, parecia guardar os últimos resquícios de uma sociedade mítica.

A desculpa do primo era reencontrar um apanhador de algodão e perguntar quantos quilos apanhava num único dia. Feita a pergunta, Bernardo retomaria a escrita do romance. Ele afirmava que nos bons tempos, quando o Nordeste brasileiro se transformara em grande produtor, um homem colhia, sem a ajuda de maquinários, noventa quilos de capuchos. Guardava a lembrança de que Luís Ferreira, vizinho de terras do seu pai, alcançava as doze arrobas, cento e oitenta quilos. Que importância tinha o valor numérico? Nenhuma. O questionamento era raso como o chão duro, que não se deixa perfurar. Mas o romance emperrara na incerteza. Os escritores são pessoas movidas pela dúvida.

A partir da vilazinha insignificante, percorremos os quilômetros que nos separavam da fazenda no carro de um comerciante da região. A estrada permanecia ruim como no dia em que o primo e a família foram embora dali. A planura das terras, o céu azul limpo de nuvens e o silêncio também continuavam os mesmos.

Luís Ferreira não estava em casa, trabalhava na roça apesar do feriado de Carnaval. Já não era homem rico, um produtor que vendia algodão às usinas de beneficiamento. A praga do bicudo arruinara os sertanejos, acabando com o sonho do ouro branco. Na sucessão de desgraças, seu pai enforcou-se e o filho de quinze anos também pôs fim à vida com um tiro de espingarda. Vínculos fortes o ligavam à mãe e ao pai de Bernardo, amizade que o tempo e a falta de convivência não conseguiram desfazer. Tinham sido vizinhos muitos anos e os laços familiares remontavam a três gerações. Numa vez em que o pai de Bernardo precisou de dinheiro, viajaram do Crato à fazenda ainda próspera dos Ferreira e pediram emprestado. Não sentiam vergonha, os códigos sertanejos facultavam esse direito. Quando retornaram anos depois para saldar a dívida, os dois amigos falaram que haviam esquecido o valor do empréstimo e que nada deviam.

Bernardo não via Luís Ferreira desde essa época, mas guardava a imagem do homem magro, alto, silencioso e trabalhador. As pessoas mandaram que ele seguisse de carro pela estrada, o roçado ficava longe, depois de um açude. Apesar dos anos e das transformações, de poucas vezes ter retornado ao seu lugar de origem, Bernardo conseguia recompor os cenários da infância.

Encontramos um sobrinho de Luís e ele nos guiou. Adiante, avistamos uma cerca de arame farpado, um passadouro, um resto de mata e o roçado no chão de cascalho e pedras. No meio disso, um homem cavando a terra e atirando sementes nos buracos. Bernardo caminhou de peito aberto pelo descampado, enquanto o rapaz se escondia. Se os dois chegassem juntos, o tio desconfiava de quem era o visitante. Quando se aproximou do homem com chapéu de palha e abas largas, Bernardo reconheceu-o. Os anos transcorridos não haviam deformado a fisionomia antiga nem o luto que carregava de nascimento.

Perguntou sem preâmbulos:

— Luís Ferreira, você sabe quem eu sou?

A resposta veio pronta.

— Bernardo de Maria Celina.

Ele o vinculava ao nome da mãe.

— Luís, eu vim aqui porque tenho uma pergunta a lhe fazer. Quantas arrobas de algodão você apanhava por dia nos bons tempos?

— Doze.

E calou. Se falasse, seria um esforço doloroso. Dos seus olhos esguicharam lágrimas como as dos palhaços no circo. Só que não havia mecanismo falso, nenhum truque. O homem cavando as pedras e os lajedos, plantando sementes a pulso, chorava de verdade.

Enquanto seguíamos pela estrada, Bernardo contou de sua vida. Luís não disse uma única palavra até o instante de partirmos. Quando entramos na caminhoneta para ir embora, soubemos o que ele remoía por dentro.

— Bernardo, você tem filhos?

— Tenho, sim, já lhe falei.

— Desculpe, tive um passamento, só estou me recobrando agora. Não prestei atenção em nada.

— Eu percebi.

E aí Luís se aproxima e toca o primo, de um jeito que apenas os homens sertanejos sabem tocar outros homens.

— Bernardo, seus pais fizeram bem em ir embora daqui. Se você tivesse ficado, não seria o que é hoje.

Nessa hora, a esposa avançou até junto de nós e falou:

— Se tivesse ficado por aqui, sempre seria o mesmo homem. Não foi o lugar onde mora que fez ele ser o que é.

Olhei surpresa o casal e seguimos de volta. Eu, que viajei sem perguntas, tinha uma resposta. No sertão ainda semeiam palavras. Poucas. De preferência em meio às pedras.

4

— Obrigada por me contar a história, Do Carmo. Ela é muito bonita.

Sinto-me comovida. O costume de pedir desculpas ou justificar acontecimentos narrando histórias ainda não desapareceu no sertão. Do Carmo desculpa-se pelo pouco sal na refeição que me oferece, contando que um fazendeiro havia expulsado a filha mais nova de casa, porque ela confessara amar o pai como o sal da comida.

A chuva parou rápido, as nuvens se desfizeram, o calor diminuiu. O caminhão pode seguir viagem, mas o motorista decide pernoitar junto a um posto de gasolina. Deram notícia de um acidente num trecho perigoso da rodovia, com saldo de mortos e feridos.

Viajaremos ao raiar do sol.

Nem todos fizeram promessa ou carregam uma história de milagre. Alguns viajam por diversão, apenas para conhecer Juazeiro. Os homens armaram as redes nas vigas da cobertura e conversam baixo, ou fumam resguardados pela escuridão. Outros dormem. Mais redes se estendem embaixo do caminhão e nas colunas da latada. As mulheres cobriram com colchas e lençóis o fundo da carroceria e se aconchegam umas às outras. A proximidade dos corpos femininos é tolerada, as manifestações de afeto entre elas são naturais. Afonso armou a rede ao lado de Josué e Sandro. O homem e o rapazinho descansam, Afonso se agita com a febre. Visitei-o algumas vezes, levando remédios. As leis de convivência entre romeiros interditam que eu pernoite junto ao marido. Insisto em quebrar as regras, me ofereço para cuidar dele, mas não consigo convencê-lo.

— Você vai pedir graça ou pagar promessa?

É Maria do Carmo, desejando conhecer minhas motivações. Fala baixo, quase sussurrando, para não perturbar os que dormem.

Sentamos com as costas amparadas na grade traseira da carroceria. Minhas pernas formigam e adormecem na posição incômoda, creio que nunca mais conseguirei me levantar e caminhar como uma pessoa normal. Sapos, jias e rãs coaxam nas poças d'água formadas depois da chuva. Onde se escondiam que retornam do nada? Pensei que tivessem morrido estorricados, como o gado faminto.

— Vou à procura de pessoas esquecidas. Nem sabia da existência delas. Mas não tenho esperança de achar ninguém.

Maria do Carmo afaga meus cabelos brancos e mal penteados, correspondo à carícia, aperto sua mão calosa. Continuamos acordadas e parecemos dispostas a não dormir. Desejei que minha irmã fosse assim comigo, mas nunca me esforcei por merecer sua amizade.

— Você não pinta o cabelo?

— Não.

— Não tem medo de parecer velha?

— Não.

— Nem de seu marido se interessar por outra?

— Meu marido se interessa por todas as mulheres, menos por mim.

Sorrio sem mágoa. Permanecemos um tempo em silêncio, escutando o concerto dos sapos. Concentro-me nos sons agudos.

— Vocês são maninhos.

— O que é isso?

— Irmãos. Nunca tiveram filhos. Seu marido contou a Josué.

— Ah! Não foi por falta de vontade.

Disfarço a tristeza.

— Ele não pode. Tentamos muito, até desistir. Sugeriram adoção, mas não sou generosa a esse ponto. Você foi mãe duas vezes, talvez compreenda a diferença. Dizem que não existe.

Formigas com asas giram em torno das lâmpadas acesas nos postes. Abandonam seus buracos na terra e procuram a luz e a morte.

— Ficou triste?

— Um pouco.

Os lençóis e as colchas forrando a carroceria não amenizam o desconforto, a aspereza das tábuas machuca minha pele.

— Desculpe, sou rude. Meu marido reclama, diz que falo as coisas sem pensar. É o costume de lidar com os bichos e a terra.

Põe uma toalha sobre o rosto, talvez chore. Há anos eu não consigo chorar.

— Daiane fez a besteira. No começo eu briguei, bati nela, depois corri atrás de consertar o erro. Mas Daiane não queria reparo, agiu sozinha, colocou os dois comprimidos pra abortar. Disseram que assim resolvia. O menino já estava grande, mais de três meses. Ninguém percebeu a barriga crescendo, ela apertava com uma cinta. Estranhamos o enjoo e o fim do namoro. Antes, era a maior paixão, agora Daiane nem queria ver o retrato. Todos em casa sorriam felizes porque o traste tinha desaparecido. Um homem com a idade de ser o pai da menina, casado, cheio de filhos e suspeito de um crime. Não ia dar certo, ele é branco e tem dinheiro, nós somos negros e pobres. Quando chegou a primeira vez no caminhão-pipa, vinha abastecer a cisterna. Puxou conversa com Daiane e fiquei desconfiada. Conheço minha filha, no começo ela gosta da novidade, luta para ter um namorado e, quando tem, abusa logo.

Apanha uma garrafa térmica na bolsa de viagem e serve café. Oferece açúcar, mas prefiro amargo. Quando mamãe me via bebendo o café puro, comentava que de amarga bastava a vida.

— Francisca?

— Isso mesmo.

— Não me acostumo. Ninguém onde eu moro bota esse nome nas filhas. É antigo demais, caiu de moda.

— Sou velha, comento rindo. Foi escolha de minha mãe, ela tinha devoção pelo santo. Não nasceu filho homem e me batizou Francisca.

— Vai gostar da igreja dos franciscanos, é tão grande e bonita. Tem um passeio por cima dos arcos, a gente vê o céu e a cidade de Juazeiro lá embaixo. Estou louca pra chegar.

Na lanchonete do posto, dois homens bêbados maltratam um pedinte. Arremessam um saco de batatas fritas numa poça d'água e o miserável corre para salvar a esmola. Recolhe a embalagem, enxuga na camisa suja, senta no chão e come. Os dois bêbados gargalham alto, oferecem mais coisas, sempre ameaçando atirá-las nas poças de lama. O pedinte recusa com falsa dignidade, atento aos movimentos dos homens e a possíveis ganhos. O garçom eleva o som do rádio. Nos caminhões estacionados em volta as pessoas se remexem nas redes e nos leitos improvisados. Maria do Carmo ameaça descer e ir até a lanchonete reclamar dos bêbados. Não suporta ofensas aos mais pobres.

— Termine a história, peço.

— Desculpe.

Bebe o restante do café e fala.

— O sujeito não queria que Daiane tirasse o menino. Quando ela contou pra gente que estava grávida, nós dissemos: na casa onde comem quatro, comem cinco. Necessidade o filho dela não ia passar. Até ficamos contentes, só não queríamos ver a cara do bandido dentro do nosso rancho. Daiane procurou uma parteira clandestina e colocou os comprimidos de abortar. Assim que a parteira viu a coisa sair, mandou que a menina voltasse pra casa. A gente vive na luta da roça e dos bichos, nem percebeu quando ela chegou, sem uma gota de sangue no rosto. A coisa não saiu toda e três dias depois apareceu a febre e o sangramento.

Do Carmo interrompe mais uma vez a narrativa, enche a xícara de café, adoça, bebe devagar e olha para a frente como se revisse as cenas dolorosas.

— Melhor se ela tivesse feito num hospital, às claras, com cuidados médicos, digo.

Percebo que o comentário desagrada e tento consertar.

— Daiane escolheu não ter o filho, era direito dela. O justo seria que o aborto não fosse considerado crime. Concorda?

Maria do Carmo demora a responder e, quando fala, não esconde a raiva e o descontrole.

— Se ela não queria a criança, não tivesse gerado. Maneira de evitar não falta. Você sabe disso mais do que eu. E também sabe que as ricas tiram os filhos com segurança e as pobres se arriscam a morrer. Só depois do erro cometido, quando Daiane parecia morta, deram a assistência que ela precisava desde o começo.

— Então você concorda comigo. Seria mais simples se ela abortasse num hospital. O cuidado médico veio tarde.

Repito as mesmas palavras, tento convencer Maria do Carmo dos meus pontos de vista.

— A senhora está enganada, e vamos parar a conversa, senão terminamos brigando. Você quer filho, tem condições de criar, mas não gera. Minha filha não quer, gera e mata. Me explique por que as coisas são desse jeito. Não diga nada, é melhor ficar em silêncio. Agora há pouco, quando falou, achei que já tinha escutado nos programas de rádio e televisão. A mesma conversa. Sua fala não vem do coração, é coisa que aprendeu e repete sem saber o que diz. Fique calada, Francisca, deixe eu terminar a história. E, se não quiser ouvir, não conto mais.

Obedeço à mulher e me calo.

— Antes era mais fácil, tudo obedecia à lei natural. Agora, pode ser e também não ser, dá no mesmo. A senhora acredita que minha filha não errou em arrancar a criança, que errado está o mundo por não dar condições dela fazer o aborto. Não aceito isso, sou bronca e antiga. Minhas cabras parem, deixam os cabritinhos mamar, tiro o leite que sobra e faço o queijo. Foi sempre assim, desde que eu me entendo por gente. E se as minhas cabras reclamassem o direito de abortar os cabritinhos e nunca mais dessem leite para o queijo? Estariam no direito delas. A senhora pensa que fiquei maluca.

Maria do Carmo fala sem controle e eu me sinto cansada.

— Dona Francisca, eu ainda não sarei a doença de minha filha. Por isso vamos ao Juazeiro, pagar o que devemos e pedir sossego em nossas vidas. Daiane não queria vestir o traje de noiva, achava ridículo. Mas prometi ao Santo e assim deve ser.

Balança a garrafa de café, constata que bebemos tudo.

— Ficou um pedaço de placenta e a infecção tomou conta do corpo da menina. Infecção perigosa. Corria pus como se fosse mijo. Passou um mês na UTI, desenganada pelos médicos. O motorista não gostou do que ela fez, como se tivesse algum direito sobre minha filha. Rondava o hospital prometendo vingar o filho. Daiane se salvou, graças ao Padre Cícero. Temos de cumprir a promessa, dar as esmolas que prometemos e pedir ao Santo que nos livre do Satanás. Ele viajou na frente, dirigindo um caminhão igual a esse, cheio de romeiros como a gente. Tomara que não cruze nosso caminho.

Termina de contar a história, cobre novamente o rosto com uma toalha e se deita, alheia à minha presença. Não sei se ela conseguirá dormir. Eu, com certeza, não dormirei.

Tento me erguer, as pernas não obedecem. Caminhar faria bem. A temperatura baixou e todos foram vencidos pelo cansaço. Maria do Carmo continua imóvel, indiferente ao meu conflito. Agarro a viga de sustentação da lona, ajoelho, espero um tempo antes de me levantar. Afonso tem razão, tornei-me uma velha gorda. Com dificuldade, chego à rede em que ele ronca de boca aberta. Toco sua testa suada, a febre foi embora. Não me arrisco a descer a carroceria, permaneço onde estou, olho as pessoas na lanchonete. O garçom cochila, os dois homens bebem cerveja, o pedinte acomodou-se sobre molambos sujos na calçada. Ao seu lado, dois cães vira-latas dormem. Os homens falam alto, riem e vez por outra se viram à procura do mendigo. Sinto a estagnação das vidas. Não creio no sentido espiritual da romaria, homens e mulheres gastam a coragem física num deslocamento sem razão. E Dora, o que a empurrava ao Juazeiro? Se eu soubesse, talvez compreendesse o meu impulso. Olho as pessoas como se as visse pela primeira vez. No entanto, vivi anos entre elas, fiz a mesma viagem de carro, ônibus e avião um número incontável de vezes. Mas nunca deixei de interpretar o papel de pesquisadora, nem larguei o formulário de perguntas que deveriam ter as respostas imaginadas por mim. Na Sorbonne, meu orientador não apontava saídas para noites como esta. Eu morria de escrúpulos por gastar o dinheiro de uma bolsa de estudos e o salário de professora universitária fora da sala de aula. Trancava-me num quartinho de sétimo andar sem elevador, lia, escrevia e frequentava os cursos. Nada de cinemas, cafés e passeios. Vivia longe de tudo, desse mundo que pareço desvendar pela primeira vez.

— Dou um presente se me disser no que está pensando.

Afonso me abraça pelas costas, fala junto ao meu rosto. Seu hálito cheira mal, o suor pegajoso me provoca arrepio.

— Estava pensando nos anos em Paris.

— E no dinheiro público gasto em vão.

— Sim.

— E em que mais? Surgiram conclusões novas?

— Imaginava ter me elevado acima das motivações dessas pessoas. Agora me sinto pior, concluí que não sou igual nem diferente delas e que minhas teses serviram apenas para aumentar meu salário de professora.

— Por que não dorme em vez de pensar besteiras?

— Não consigo.

Os dois homens pagam a conta, recebem o troco e atiram algumas moedas sobre o mendigo. O garçom fecha a grade de ferro da cantina e apaga a luz fluorescente. Tombando, os bêbados entram no carro e partem em velocidade. Os cães ladram e durante alguns segundos perseguem o carro.

Sentamos num banco, o mais longe possível dos romeiros adormecidos. Os insones invejam o sono alheio, buscam atrapalhar a felicidade dos que dormem sem medo. O corpo perde a substância e desaparece, não deixa traços atrás de si. A pequena vida entrega-se confiante e é completada pelos sonhos. Aos que não costumam dormir, resta o consolo de uma boa leitura, ou da fala, se há um interlocutor acordado e disposto a escutá-lo.

Afonso narra um acontecimento bobo, ocorrido numa viagem à propriedade dos avós, onde passava as férias. Não sei quantas vezes escutei a mesma história, mas não me queixo, qualquer palavra consola da vigília. Perco as primeiras frases, isso também não tem importância, nos habituamos a não prestar atenção no que as pessoas falam, atentos apenas às nossas queixas. Afonso e eu assumimos a indiferença pelo casamento, nos viciamos em desleixos e em acumular entulhos.

— Foi custoso enfiar o pé quarenta e três na bota de borracha número quarenta. Mas era necessário para atravessar a lama e chegar ao rio Jardim. Está me escutando?

— Estou.

— Repita o que eu falei.

— É besta?

— Os dias de chuva continuada, os riachos e as grotas transbordando encharcaram a terra. A cada passo um atoleiro, o corpo se desequilibra, afunda, ameaça cair. "Você tem certeza que dá para chegar?", pergunto ao companheiro de aventura. "Chega fácil. Só hoje, fui e voltei duas vezes." O remanso que desejo alcançar fica onde o Jardim se espalha, ganha profundidade e se presta ao banho. "A cheia veio nesse ponto?" "Choveu muito, graças a Deus." O Jardim é um dos rios da minha infância, onde eu nadava nos meses de férias. Tento alcançar um poço pequeno, já que é impossível chegar à represa que pertenceu à minha avó. As matas foram derrubadas e vendidas para olarias. Cada mil tijolos fabricados queimaram uma ingazeira, uma cajazeira, um angico. As casas se edificam sobre cemitérios de árvores. Erguem-se as paredes, abrem-se as janelas, o corpo se debruça num parapeito, o olhar busca lá fora, mas só enxerga o deserto. "Não há mais nascentes d'água cobertas de vegetação, parecendo cavernas. Lembra que você gostava de se esconder nelas?", o companheiro me pergunta. "Lembro." "Agora, as águas correm a céu aberto e, quando o sol bate, secam depressa. O sol ficou mais quente, reparou?" "Reparei." "E você quer tomar um banho pra matar a saudade?" "Não sei se a saudade se mata." Assis Gonçalves, primo e amigo de infância, ri da conversa fiada. Levanta a bermuda até as coxas. Agora estamos os dois olhando a correnteza acima. "Ali é bom de mergulhar, não vai tomar banho?" "Dá trabalho tirar a roupa e descalçar as botas." As águas correm ligeiras. Há muito balseiro nas margens do Jardim, enganchado em arames e nas unhas de gato. Tudo o que não presta o rio foi deixando para trás. Assis Gonçalves sabe que eu escrevo escondido, me pergunta se a literatura serve para alguma coisa, ou se é apenas balseiro. Não quer ofender, é incapaz disso. Fala sobre o dia em que o genro pediu sua filha em casamento. Ele nunca saiu de perto da família, morou sempre ali, vendo as coisas mudarem em volta e teimando em sobreviver da terra. Parece feliz. Enquanto narra a história, enche de água a concha das mãos e molha a cabeça, como se desejasse esfriá-la. Os gestos são precisos, teatrais, nenhuma energia se perde a cada ação. Estamos cercados pelas águas. Meu avô morreu adiante e por bem pouco a enchente não carregou o seu corpo. Assis Gonçalves esfrega as nódoas dos braços, lava o rosto. Não perco nenhum dos seus movimentos e gostaria de transformá-los em literatura. Como é difícil, constato. "Você não vai se banhar?", ele insiste. "Não", respondo. Quando eu era menino, ficava o dia inteiro no rio e nadava bastante. Depois me viciei em pensar. Sinto impulsos estranhos. Francisca, você acompanha a minha agonia, conhece o peso dos papéis que engaveto, mesmo sem acreditar que tenham valor. Não deixe de queimar todos eles, quando eu morrer. E por que eu mesmo não queimo? Sofro o apego dos medíocres. Acho que a literatura me estragou.

— Sossegue. Por que não aproveita a viagem e visita Assis?
— Impossível. Coisas ruins estão por acontecer. Um desfecho adiado.
— Nunca me falou disso.
— Nem vou falar agora.

5

— Para se contar a história de um lugar é preciso conhecer a origem do seu nome.

Quando os cinco colegas, entre eles Afonso, decidiram morar num barco e atender populações ribeirinhas no Amazonas, ainda cursavam o terceiro ano de medicina. Emílio retornou da lua de mel com os olhos e a cabeça cheios de água doce, alarmado pela miséria em meio à opulência de florestas e rios. "A natureza precisa dos homens", falou aos amigos, boquiabertos com sua transformação profética. "E os habitantes da Amazônia necessitam dos médicos urgente."

Emílio tinha saído do Recife para Belém, onde ficou o tempo de se fartar com tacacá e percorrer igarapés em barquinhos pequenos, os motores barulhentos espantando o silêncio. Seguiu de avião até Manaus, se hospedou três dias num quarto abafado de um hotelzinho de terceira, sem coragem de levantar da cama por conta de uma despressurização que sofrera na aeronave, que o obrigou a ingerir altas doses de corticosteroide. A esposa Elza aproveitou o recesso do marido e foi à compra de supérfluos eletrônicos na Zona Franca da cidade, vendidos mais baratos que no restante do país. Ideia do governo militar para desenvolver a indústria na região, pelo menos a montagem de importados, e integrar a Amazônia ao restante do Brasil.

Uma dor de cabeça enlouquecedora e a sensação de que o cérebro havia sido sugado deixavam Emílio indiferente à culinária de peixes e tartarugas, e a calcinhas e sutiãs vermelhos que a esposa trocava a cada noite. Apenas quando desciam o rio em direção à cidade de Parintins, estirado numa rede larga e confortável, Emílio sentiu os olhos se abrirem e os pensamentos retornarem à cabeça, junto com o cérebro. Compreendeu que o meio de locomoção adequado à

Amazônia eram as canoas, os barcos e os navios-gaiolas, através de caminhos naturais formados pelas águas, e que nenhuma intervenção humana causava transtornos e transformações comparáveis aos de uma rodovia. Há poucos anos o governo militar iniciara a Transamazônica, estrada que se tornaria um símbolo nacional de crime e abandono, abrindo caminho para mais pobreza, desmatamento, extração ilegal de madeira e mineração.

Emílio reclamou do cheiro de óleo diesel, do barulho na casa de máquinas e do costume de separarem as mulheres dos homens nas redes armadas no convés. Quando se cansava de contemplar as margens e se revoltar com a visão dos toros de madeira descendo rio abaixo, anotava impressões num caderno e folheava *As mil e uma noites*, na versão de Antoine Galland, o único livro que a esposa trouxera na viagem, pensando tratar-se da edição picante de Sir Richard Burton. As amplidões brochavam suas fantasias de alcova, filetes de água se transformavam em caudais num intrincado semelhante ao do livro que se multiplica em histórias, sem nunca findar. Sentiu-se pequeno igual a uma criança diante do pai. Comparou o Amazonas ao Capibaribe sujo, correndo pelo Recife e desembocando no Atlântico. Quando alcançou a foz do Nhamundá e Parintins, perdeu a referência do que fosse um rio, achando tratar-se do oceano. O vizinho de rede sugeriu que conhecesse as águas escuras, quase negras, do Uaicurapá, no território entre o Madeira e o Tapajós. Perguntou o significado do nome indígena. "Existem dois", o homem falou, "escolha o que agrada a sua vontade: farinha na cuia e estrela distante." Preferiu o segundo, porque correspondia aos planos que começava a gestar em noites de insônia e dias de ócio.

Em Parintins, hospedou-se na casa de um primo médico cearense, casado com uma nativa de família tradicional, plenamente adaptado ao calor sufocante e ao ritmo das pessoas. Visitaram uma fazenda rio abaixo, com criadouro de jacarés. No final da tarde, o fazendeiro convidou-os a entrar numa lancha voadora, e levou-os deslizando sobre as águas negras até a foz do Uaicurapá. Em meio à floresta o homem desligou o motor da lancha e deixou-os ouvindo o barulho de pássaros e animais, e da folhagem das árvores. A pequenez de Emílio alcançou o limite de uma corrosiva angústia, viu-se Adão num paraíso perdido, onde a serpente devorava sua crença nas religiões. A Amazônia se revelou um Éden ilusório. Em meio à natureza luxuriante o homem sobrevivia a duras penas.

Desejou ir embora e ao mesmo tempo ficar. Urdia um projeto de educação e assistência médica às comunidades ribeirinhas. De volta à casa do primo, não conseguiu dormir por conta do calor, dos mosquitos e da falta de costume em dividir a rede com a mulher, coisa que os índios fazem tão bem. Não fechava os olhos no sono, abertos à paisagem infinita de águas e florestas, à sensação de apequenamento que nunca mais o largou. Compreendeu por que os homens sertanejos se adaptavam àquele mundo tão desigual ao lugar de onde saíam fugidos. Na abundância e na exiguidade prevalece uma falta que nunca se preenche, tornando o homem do sertão ou da floresta o mesmo abismado solitário. A certeza fortaleceu sua decisão de mudar-se para a Amazônia assim que concluísse a faculdade.

— O Padre Cícero empurrava os romeiros para a Amazônia, mesmo sem conhecê-la. Havia a borracha, as seringueiras plantadas por ninguém, o mundo da ilegalidade, água e malária em abundância. Dora chegou ao Juazeiro na grande seca, quando proliferavam os currais humanos em várias cidades do Ceará. Foi isso mesmo, Francisca?

— Foi, sim.

— Aqui no Crato, nessa terrinha de engenhos e famílias católicas piedosas, tinha um curral para isolamento dos famintos. Não chamo campos de concentração, embora os objetivos fossem semelhantes. Os nossos campos não obedeciam a convenções internacionais e foram apagados da história, como quase tudo que nos envergonha.

— Pode continuar, Emílio, estou escutando. E não se envergonhe de ser didático, digo com ironia.

Depois do passeio pela chapada, Bernardo me trouxe para sua casa, onde os membros do projeto costumam se reunir a cada dois anos. Com exceção de Afonso, todos haviam chegado, bebiam cerveja e uísque, conversavam animadamente.

Três senhores desconhecidos, provavelmente médicos, completam o grupo. O primo convidou pessoas estranhas para escutarem as aventuras do Estrela Distante, talvez porque os antigos sócios já não suportem ouvir as falas memorizadas e representar o teatro no qual foram protagonistas. Acho curioso que membros de associações e colegas de faculdade se reúnam para repetir as mesmas histórias e contar velhas piadas. Mais estranho é que ainda riam e se espantem com as bobagens.

Emílio aborda o motivo da minha presença, no estilo agressivo que sempre me intimidou. Envelheceu, mas continua um homem bonito e firme. As brigas entre ele e Afonso nos afastaram e perdi a chance de investigar os enredos e afetos que os tornaram parceiros.

— A mensagem do Padre Cícero era semelhante à dos militares, quando começaram a abrir a Transamazônica. O Padre só via uma saída para os retirantes: as terras do norte. Ou isso ou morrer de fome e doenças nos currais. Os militares se propunham deslocar o homem sem terras do Nordeste para a terra sem homens da Amazônia. Vocês concordam que é a mesma coisa?

Os convidados balançam a cabeça em sinal afirmativo, mas não me parece que estejam interessados no assunto.

— O Padre, doce e persuasivo, falava em nome de Deus. Os militares não usavam panos mornos e proclamavam: terá de ser como decidimos que será.

Fecha os olhos e Isaac assume a palavra.

— Preparem-se que vai continuar a aula de OSPB, comenta um dos membros do Estrela.

Isaac faz um gesto obsceno, bebe devagar e discursa como se estivesse numa cátedra.

— Nossas migrações internas foram traumáticas, forçadas pela necessidade. Nada diferente do que acontece agora com sírios, afegãos e africanos. Mas nunca chamamos migrantes as levas de pessoas que se deslocaram do Nordeste do Brasil para o Norte, o Centro-Oeste e o Sudeste. Como se migrantes fossem apenas os que trocam de país.

Os olhos arregalados de Isaac fixam o meu rosto e sinto calafrios.

— Dora passava fome com os quatro filhos. A última lembrança que seu pai guardou deles foi do porto de Mucuripe, quando o barco em que fugiu já tinha se afastado da costa. Não é isso, Francisca? E mesmo assim você teima em acreditar que Dora e as três crianças voltaram ao Juazeiro, lá do Norte ou de Fortaleza. Uma socióloga ingênua. Bom tema para dissertação de mestrado.

Não acho a menor graça e me retraio na poltrona onde sentei. Isaac tem a voz pastosa, ingeriu uma garrafa de uísque. Em breve vai enumerar as causas do Estrela Distante haver naufragado, ou refletir sobre a expedição Thayer, do século XIX, um projeto americano naturalista e expansionista com intenções de ocupar a Amazônia. Nessa hora, manifestará sua revolta com o nosso imperador Pedro II, o amante das fotografias, que patrocinou a viagem de caráter social e diplomático, cujos verdadeiros motivos nunca ficaram claros, embora fossem supostamente científicos.

— A Amazônia continua em perigo, Isaac grita.

Mas ninguém o escuta, cansados de ouvir suas teorias conspiratórias.

Emílio retoma a fala. Observo o homem branco de olhos azuis e recordo o seu casamento com Elza, uma jovem negra e pobre, coisa impensável na classe média recifense dos anos 1970. As feministas alfinetaram que o senhorzinho arruinado assumia o velho costume da casa-grande, levava para a cama uma afrodescendente. Pura maldade.

— Depois de uma semana em Parintins, dormindo em rede de casal e comendo a mesma dieta à base de peixes e tartarugas, Elza e eu não suportávamos olhar um pescador jogando a rede na água. Perdoem os que não comem carne, sei que os rebanhos são a causa de botarem a floresta abaixo e tocarem fogo nas reservas, mas eu sonhava com um bom churrasco. Elza permanecia enjoada e suspeitei de gravidez, um entrave aos meus planos. Deixei para investigar isso quando chegasse ao Recife. Pegamos um navio e descemos a Belém. Mais quatro dias olhando as águas do rio Grande, os incêndios e milhares de toros enfileirados, presos a cordas, levados pela correnteza. O fogo é usado para facilitar a substituição de florestas por pastagens e para limpar áreas já abertas. Quando visíveis, as margens apareciam peladas. Os pecuaristas e as madeireiras trabalhavam sem descanso. Os grandes fazendeiros ajudavam os militares a expulsar os índios de suas reservas, de preferência massacrando todos eles.

Bernardo, os convidados e eu escutamos como terminou a lua de mel amazônica e nasceram os planos do Estrela Distante.

— Viajar em transatlânticos é uma coisa, deslocar-se pelo Amazonas num navio pequeno, sem nenhum atrativo além das três refeições no restaurante, é bem diferente. Ocupávamos uma cabine minúscula, não havia mais de cinco iguais a ela, o restante dos passageiros se acomodava em redes, nos andares inferiores. Ao nosso lado viajava uma embaixatriz da França. Nunca conversamos. Naquele tempo eu era bastante xenófobo. O calor, os mosquitos e o tédio provocavam desespero. Assistia ao sol nascer, se pôr, ficar a pino, olhava as águas e pensava em me atirar no rio. Estive à beira do suicídio. Sério. A francesa sentava no convés e parecia mais triste do que eu. Por sorte, eu lia sofregamente as narrativas de Sherazade. Ao passarmos pelo estreito de Breves, sofri a humilhação de ver os nativos em canoas, centenas, se arriscando a serem atropelados pelo navio, gritando para nós. De início não entendia nada, só quando as pessoas começaram a arremessar bugigangas e restos de comida em bolsas plásticas compreendi que se tratava de gente das nações indígenas implorando esmolas. Senti revolta e vontade de chorar. A embaixatriz atirava sacos e mais sacos, talvez viesse preparada para um ato de caridade. Olhei com tanto ódio para a mulherzinha que ela se assustou. Gritei para fora, mesmo que ninguém me escutasse: esse é o resultado de séculos de colonialismo europeu! A embaixatriz se debruçava sobre a proteção do convés e não cansava de ver os nativos disputando as migalhas. Havia crianças bem pequenas nas canoas. Meu ódio cresceu. Desejei arremessar a francesa para que os índios a moqueassem e saciassem a fome com carne macia e importada.

O final da história eu também memorizei. Emílio e a esposa Elza pernoitaram na baía de Marajó e ele passou maus bocados com enjoos e vômitos. Na travessia do navio para a terra firme, o que se fez por uma tábua estreita e oscilante, Elza perdeu o equilíbrio e quase foi esmagada entre o casco da embarcação e a parede do cais. Já no Recife, os dois precisaram tratar uma infestação de chatos, contraídos na viagem. Os planos mirabolantes ganharam forma e três anos depois os amigos partiram na aventura do Estrela Distante.

Servem o jantar, não sinto fome, vou conhecer o jardim da casa. Corre um pequeno regato entre as plantas, descubro que vem da mata em torno. Decido achar a nascente d'água. Escureceu, não tem lua nem acenderam as luzes dos postes. Nas primeiras árvores eu desisto e resolvo me sentar novamente ao lado dos rapazes. Quando dou os primeiros passos, alguém me segura pelo braço. Antes que eu grite, Emílio se identifica. Parece bêbado.

— Pra onde ia?

— Pensei em descobrir a nascente, mas está escuro.

— Sempre curiosa.

— Um pouco.

Não gosto do hálito de cerveja nem do cheiro de tabaco. Emílio rescende aos dois.

— Você continua sedutora.

— Gorda, muito gorda.

Ele tenta me beijar, eu o afasto, procuro manter a calma e o distanciamento com que sempre o tratei.

— Não dá!

— Estou separado de Elza.

— Eu continuo casada.

— Com o canalha ladrão.

— Menos do que você é, rebato, sem compreender o motivo do insulto.

— Por que ele não veio? Está com medo de mim?

— Não sei. Pergunte a ele.

— Você também botou a mão na grana? Se cuide, não vou deixar por menos.

Num movimento brusco solto meu braço, empurro Emílio e consigo chegar à sala, atônita, mas sem arranhões.

Desço do trem e Bernardo me carrega por territórios afetivos, sem ligar para os camaradas que o esperam em casa. De onde arranquei a palavra em desuso, camaradas, tão gasta nos tempos de militância estudantil?

Depois da paisagem sertaneja monótona e seca, a chapada do Araripe abre as portas ao verde. Sobra tempo, o encontro será apenas à noite. Subimos a serra, atravessamos a floresta, percorremos uma estrada reta sem declives ou aclives. As planuras lembram o serrado, quilômetros da flora nativa foram destruídos para o plantio de lavouras ou transformados em pasto de rebanhos. O mesmo filme amazônico, envelhecido e menos extenso. Calculo quantas árvores morrem para que eu deguste uma picanha gorda, num tedioso churrasco de domingo. O vegetarianismo é a única saída para conter o desmatamento e a poluição.

A maioria dos cultivos na chapada se revelou improdutiva, as plantas não sobreviveram às estiagens e, com o tempo, o solo se tornou desértico. Mesmo assim, o horizonte contra o sol vermelho comove pela beleza. Quando me dizem que na serra se produz grande quantidade de mel de abelha, admiro-me e busco as flores que não consigo avistar em torno de mim. Onde elas estão?

Os vales e a própria chapada já foram um oceano no período cretáceo, há milhões de anos. Guarda a maior reserva fóssil do planeta. À medida que o oceano secava, camadas de calcário se depositavam sobre peixes, animais e plantas. Ao caminhar, você pisa seres embalsamados em pedras, arrancados e vendidos para o mundo.

— Dessa época, restam apenas os fósseis.

— Talvez a memória ainda se guarde.

— Será possível?

— Não duvido de nada.

Bernardo desliga o carro e caminha sem rumo. O primo nunca perdeu o ar de abandono que o faz bonito e desejável. Um menino.

— Bernardo! Grito quando ele se afasta. Você me lembra um fóssil. Sabe o nome de algum?

— Pterossauro.

O primo se parece mesmo com um lagarto alado, anda balançando os quadris e os braços compridos.

Rio com a minha descoberta paleontológica. Gostaria de ficar um pouco mais na serra.

O réptil volta para junto de mim e me abraça com doçura.

— Vamos ao encontro dos rapazes, Francisca?

— Dos rapazes?

— Prefere que chame todos de pterossauros?

Ignoro a proposta de retorno e busco o posto da guarda florestal, que visitei há muitos anos. Encontro-o e ele me parece abandonado. O portão largo e alto enferrujou em vários pontos. A corrente dando voltas em torno de uma fechadura é puro disfarce. Removo a corrente e entramos num extenso pátio de terra cercado de árvores, todas com placas escritas em latim, indicando espécies e famílias. Abaixo da classificação botânica, os nomes populares. A casa de guarda é extensa e opressiva, foi pintada de amarelo e substituíram alguns vidros partidos nas janelas por tábuas. Caminho receosa, como se entrasse numa igreja em ruínas.

— Na adolescência, acampei algumas vezes aqui. Não conte a ninguém, eu era escoteiro.

— Você escoteiro?

— Escapei virgem, garanto. Conheço cada palmo da serra, porque todo final de semana havia acampamento. Foi um tempo feliz.

Na amplidão, nossas vozes ecoam.

— E o elevador, ainda funciona?

No centro do pátio, numa torre construída com toros de madeira e vergões de ferro, um elevador manual movido através de alavanca e macaco hidráulico parece um dinossauro do período cretáceo. Serve para subir os guardas a um ponto acima das árvores, dando uma visão da floresta e de possíveis focos de incêndio. Bernardo e eu tentamos pôr a geringonça em funcionamento, mas não conseguimos. Ele me garante que subiu muitas vezes ao topo do elevador para curtir o final de tarde.

— Com a cabeça cheia de fumo.

— Ô!

— E por que largou tudo?

— Sei lá! Dei um tempo.

— Um tempo longo.

— A maconha desgrudou de mim, igual a mulheres, o cigarro e a bebida. Fiquei velho, já não sinto falta dessas coisas.

— O pior tipo de abstêmio é o convertido.

Ele ri alto. Afasta-se até um visgueiro e observa os frutos pendurados nas galhas planas. Sento-me num banco largo, fecho os olhos, escuto os passarinhos cantando, mas a única melodia que reconheço é a do sabiá. Uma tristeza acelera minha respiração. O corpo dói pouco, apesar da aspereza do banco. A gordura em excesso mostra a utilidade.

Repouso sobre vegetais e animais preservados na argila, ao longo de séculos. Na serra do Araripe e em seus vales habitaram índios da grande nação Cariri, mortos e sepultados em potes de cerâmica. Ainda sobrevivem sinais desse povo, miscigenados em rostos, cabelos, pés e mãos de homens, mulheres e crianças, a nova gente do Cariri. Quantas camadas de mortos se sucederam até eu me sentar num banco desconfortável, sem apoio para as costas?

Meu pai e minha mãe.

Dora.

Onde encontro um sinal dela?

Num fóssil ou numa urna funerária?

— Posso?

É Bernardo, pede lugar no banco. Tento criar espaço, mas ele se antecipa e senta colado ao meu corpo.

— Está confortável?

— Muito, ironizo. E pra você?

Sinto arrepio quando ele descansa a mão no meu ombro.

— Isso aqui foi largado. Não vi um guarda, nem sei se ainda existem. É o retrato do país.

Preferia que ficasse em silêncio.

— Escureceu depressa, acho melhor a gente ir.

— Minha companhia desagrada?

— Nem um pouco. Você sabe que nos esperam em casa.

Vira-se bruscamente para mim.

— Ouvi conversas estranhas. Os camaradas não conseguem disfarçar a raiva de Afonso. Talvez a reunião seja um acerto de contas. Está me escutando?

— Estou, mas gosto de ficar aqui.

Não esboço um movimento de me levantar.

— Então, fiquemos. Vou acender um fogo. Pretende dormir neste banco? Tenho uma manta no carro.

Rimos e Bernardo aperta meu rosto com as mãos.

— Só não me arranje bronca com seu marido.

— Afonso acompanha uma romeirazinha, paga promessa em Juazeiro. Com certeza nem lembra que eu existo.

— E Dora?

— Dora é problema meu.

— Do seu pai morto. Ninguém deve renegar o que fez.

— O remorso do pai grudou em mim.

Com o início da noite é possível distinguir o canto agourento das corujas. Uma rasga-mortalha assusta Bernardo.

— Vamos embora, Francisca.

— Só mais um minuto. E não tire a mão do meu cabelo.

— Depois fala que sou maluco.

Esfria. O cheiro forte da mata entra pelas narinas.

— Pensei algumas vezes em me casar com você. Acha que daríamos certo?

— Não. Eu seria a sexta de suas mulheres oficiais.

Bernardo se cala, o ouvido atento ao canto dos pássaros.

— Onde estão suas esposas? Você largou-as sem maiores dramas. Continuamos bons amigos, permaneço ao seu lado e todas elas foram embora. Eu e Afonso nunca nos amamos, assumimos um contrato de convivência e tolerância. Melhor assim. Não tenho o menor interesse por Emílio, mal o suporto. Mas ele não desiste de me importunar. Sempre o achei arrogante, um chefe de expedição.

— Ou de quadrilha.

— Fui eu que decidi não me apaixonar por você, Bernardo. Jurei não me apaixonar por ninguém e me casei com Afonso. Nessa viagem com os romeiros, senti uma fisgada no peito e não gosto da sensação. O inimigo nos ataca quando menos esperamos. Sinto-me velha, pra mim já passou o tempo dessas coisas.

— Apaixonou-se?

A pergunta me provoca um impulso, não imaginava ser capaz de tanta força. Levanto do banco num salto. Bernardo se espanta com o meu arrebatamento.

— Vamos, os pterossauros nos esperam.

6

Wires viaja com a perna de gesso pendurada no madeiramento que sustenta a lona, um pouco acima da cabeça. Ela balança de um lado para outro a cada solavanco do caminhão. Antes, os ex-votos impressionavam pelo realismo, os artesãos carregavam nas tintas da desgraça. A perna símbolo do sofrimento de Wires tem a brancura da cal, é fria e asséptica. Duzentas iguais dariam uma bela instalação. Certamente já fizeram algo parecido em alguma galeria ou museu e eu não reparei, ando avessa às ousadias dos artistas plásticos. O gesso branco reflete os raios de sol e encandeia os meus olhos. Quase cega, não consigo enxergar os cabelos louros do rapaz, lisos e aparados à navalha até a metade do crânio, nem me encanto com seus olhos verde-esmeralda. Se eu visse a perna doente poderia comprovar a semelhança com o simulacro exposto, mas não tenho a afoiteza de pedir a Wires que erga a calça e mostre as cicatrizes. Apenas articulo um oi.

— Oi!

— Oi!

— E a perna de gesso?

— É a promessa.

— Sim.

— A mãe prometeu e vou pagar.

— E ela?

— Não pôde vir junto. Reumatismo demais. Sabe como é pra subir nessa carroceria.

— Sei muito bem.

Sorri enigmático, me olha de lado, o rosto magro como o restante do corpo. Não consigo avaliar a altura. Um metro e oitenta? A beleza me inquieta. Seria mais confortável se todos os homens fossem feios. Mas Wires é bonito e não liga para isso. Tento segurar a conversa, mesmo que sejam apenas monossílabos e exclamações. Imagino que o rapaz poderá ser meu cúmplice no meio dessa gente.

Afonso juntou-se à família da noiva, falam alto e sorriem, parecem velhos conhecidos. A conversa que mantive com Maria do Carmo não me garantiu o mesmo acolhimento.

— Como foi?

— Moto.

— Ah! Nossa maior tragédia no momento.

— Não compreendi.

Relembro as pesquisas de campo, abria a bolsa e sacava caderno e lápis. Era bem despachada, tinha métodos infalíveis para arrancar confissões. Meia hora de conversa e todos já começavam a me revelar segredos. Um estilo a cada entrevistado.

— Ocorrem muitos acidentes, um verdadeiro desastre social.

Exagero na didática. Wires não percebe.

— Bebi todas.

— E a moto acabou com você.

Baixa a cabeça, rindo.

— Não, eu acabei com a moto. O que sobrou vendi no ferro-velho.

Internado quase três meses num hospital público do Recife, Wires submeteu-se a várias cirurgias. Precisou largar a máquina de costura e solicitar o benefício, mesmo sem nunca haver contribuído com a Previdência Social.

— A máquina de costura?

— Eu costuro.

Não escondo a surpresa.

— Pensei que fosse agricultor.

— Já fui, não tem mais futuro. Lá onde eu moro, os homens da minha idade largaram a terra e a luta com o gado. Pagam sindicato e ainda se aposentam como trabalhadores rurais, por conta do que faziam antes. Mas só trabalham na sulanca. É justo, não?

O caminhão vence a estrada. As palavras se perdem, misturam-se às vozes entoando benditos e ao barulho dos carros passando em alta velocidade. Peço a Wires que fale mais alto. Ele senta como se a tábua estreita da carroceria fosse um cavalo ou a moto: as coxas, as pernas e os pés em lados diferentes. Não é casado, mora com a mãe, uma irmã e um irmão solteiros. As mulheres vivem dos bordados e os homens de suas costuras.

— Lingerie feminina, calcinhas e sutiãs.

— Verdade? Não acredito.

— Por que o espanto? É proibido a homem?

— Desculpe, o sertão mudou ligeiro demais e eu demoro a me acostumar. Há dez anos seria impensável.

— Moro no agreste. Os homens como eu, casados ou solteiros, trabalham nisso. Não tem outro meio de vida.

Olho as mãos de Wires. Não são calosas como as dos vaqueiros ou agricultores. Ele percebe minha curiosidade e expõe as palmas finas, as unhas limpas e bem aparadas. Estou próxima, meus joelhos roçam sua perna. Giro a cabeça, procuro Afonso. Maria do Carmo me observa, o olhar rancoroso. Deseja me falar alguma coisa, move-se em minha direção, mas volta a sentar ao lado do marido.

— Desenho as peças, meu irmão corta, nós dois costuramos. Todos na cidade se tornaram criadores de moda. Não falta comprador, vivemos disso. Vá visitar a gente.

— Já estive por lá, faz tempo.

— E por que se espanta?

— Vi num filme um vaqueiro criando vestidos. Parecia invenção do roteirista. Não é, eu sei. Você está aí de prova.

— Por sorte. Quase morro.

Estendo a mão e recebo a mão de Wires.

Ele me olha e sorri.

— E a senhora, o que faz aqui?

— Também vou pagar promessa, respondo sem convicção.

— Cadê seu voto?

— Meu voto?

Espera que eu mostre um braço fraturado ou um peito com câncer, reproduzidos por algum artesão. Todos carregam as provas do que padeceram, ostentam as desgraças do corpo e da alma. Minha desgraça ainda não possui forma, é recente demais, não tenho como representá-la. Nem saberia que roupa usar, se o hábito marrom dos franciscanos ou a batina escura de um padre, se o vestido de noiva ou a mortalha.

Ocorre um pequeno tumulto na parte traseira da carroceria, escutamos vozes altas, seguidas de risos. Afonso conversa bastante animado com os homens. Suponho que não beberam aguardente, nunca ouvi falar que romeiros consumissem álcool durante as viagens. Wires examina Afonso um longo tempo, como se desejasse medi-lo. Sinto um temor incompreensível.

— Seu marido é médico.

— Como soube?

— Pelo jeito.

Mente.

— Afonso não tem jeito de médico, ele trabalha num laboratório, é patologista.

Wires faz careta e revela-se o quanto também é feio e repulsivo.

— Aqui a gente sabe tudo.

Cruza a perna direita para o meu lado, ficamos de frente. Seus lábios finos estão secos, sangram por pequenas rachaduras.

E se eu lhe oferecer um protetor labial?

— Diga para seu marido se afastar de Daiane. É melhor não brincar com o Hermógenes.

Nem espera que eu me refaça do espanto ou pergunte alguma coisa. Com a mesma afoiteza de antes, joga as duas pernas por cima da tábua e vira-se na direção da cabine. Abre a mochila, tira um pacote de biscoitos e come. De costas para mim, estende o braço.

— Aceita?

Pego três biscoitos. Sinto a boca amarga, um pouco de açúcar me fará bem. Não deixarei Wires escapar. Ofereço água e sorrio amistosa.

— Por que a ameaça?

— Estou apenas prevenindo.

Gira as pernas e toca as minhas coxas. Não se trata de um gesto casual, percebo com terror. Indiferente se as pessoas estranham nossa intimidade, oferece mais biscoitos. Pego um e agradeço. Correspondo à generosidade. Apanho a bolsa térmica, retiro uma garrafa de água mineral, duas maçãs e dou a ele. Enquanto mastiga, olha para os lados.

— Fiquei assustada.

— Aqui não posso falar. Em Juazeiro eu falo, se não acontecer nada antes.

Procuro Afonso com os olhos. Ele sentou-se duas fileiras atrás de mim e conversa animado com a família de Daiane. Não aparenta que há poucas horas ardia em febre. Também devo parecer alegre, trocando gentilezas com Wires.

— O que pode acontecer? Você me deixa apreensiva.

— Fale baixo.

Novamente adquire uma expressão ameaçadora. Os dentes sujos de maçã e biscoito sobressaem na moldura do rosto.

— Vou contar, prometo. Mas peça ao seu marido que desgrude da garota. O povo não tira os olhos deles.

Arrisco uma pergunta.

— E de nós dois?

— É outra coisa.

Não compreendo o raciocínio e calo. Todos me parecem fora dos lugares, diferentes de quando eu os abordava com o bloco de notas. Wires bochecha água e cospe para a estrada. Respinga sobre mim e os outros passageiros.

Fala sobre o acidente e os dias internado num hospital. Mais de cem pacientes em enfermarias de dois ou três leitos e um banheiro, as lâmpadas de teto continuamente acesas, a luz forte nos olhos. Os doentes com infecção grave exalavam um cheiro insuportável e Wires desejava que morressem.

— Três meses deitado numa cama. Não dava pra vestir calção, por conta dos ferros na perna, mais fácil era deixarem a gente pelado, com um lençol ou uma toalha cobrindo o sexo. Perdi a vergonha, a pouca que tinha. Preparavam para a cirurgia, mandavam ficar em jejum, levavam para o bloco. Horas de nervosismo, noite maldormida. No bloco, suspendiam a cirurgia sem justificar nem pedir desculpas. O anestesista não veio, trouxeram o fixador errado, precisamos operar uma urgência. E ficava por isso mesmo. Muitos pacientes retornavam ao hospital com infecção nas cirurgias que tinham feito. Sou um cara de sorte, sobrevivi a tudo isso. Teve dia que falei ao meu irmão: vou enlouquecer. Um senhor negro e velho amanheceu cantando. Nunca tinha escutado voz tão forte, nem aquela língua estranha. A cama dele era a primeira, junto à porta. Morava sozinho, não tinha acompanhante. A música dava um aperto no coração, perguntei o que era. "Um hino evangélico", falou. Mentia, percebi logo. O vizinho de cama também quis saber onde ele aprendera aquilo. E o velho inventando histórias, escondendo a verdade de propósito: "É um hino evangélico". Ninguém conseguia que ele parasse o canto agourento, parecido com o dos romeiros. Tinha quebrado o fêmur, os médicos não operavam, cada vez por um motivo diferente. Passou o tempo de cirurgia, o osso colou numa posição errada. Minha irmã chegou perto, ganhou a confiança dele e escutou a verdade. O pobrezinho cantava para uma santa da religião dos negros, uma preta que ajuda a levar os doentes dessa vida para a outra. Ele queria morrer, não aguentava mais o sofrimento. "E por que o senhor disse que era um hino evangélico?", perguntou minha irmã. "Porque sinto vergonha de minha religião, as pessoas não gostam dela." Falou e não cantou mais. Antes de anoitecer morreu. Acho que a preta velha se compadeceu e veio buscá-lo.

Respira fundo e volta a falar.

— Um paciente sofreu fratura de ombro, num acidente de moto. Temendo complicação no trabalho, declarou que tinha caído de uma plataforma. Era mentira, todos sabiam. Tingia o cabelo de louro e aparava as sobrancelhas com lâmina de barbear. Mesmo com as limitações, se depilava, até as mãos e os pés. Outro teve a perna e o pé esmagados. Grandalhão, mal cabia na cama. Veio de uma cidade produtora de gesso, estava bêbado quando bateu de frente com um caminhão ao entrar na pista. O colega que viajava sem capacete na garupa morreu na hora. Os ventiladores de parede giravam sem parar e ele se queixando de calor. Não havia acomodação para os acompanhantes. Dormiam em cima de colchonetes ou papelões. A enfermaria era desconfortável, entulhada de cadeiras, mesinhas, roupas, bolsas e pertences. Às vezes, ligavam três televisões ao mesmo tempo. Ninguém tinha privacidade, nenhum biombo separava os leitos. Os acamados faziam as necessidades na presença dos outros doentes e dos acompanhantes.

Começo a sentir-me aborrecida, preferia que Wires falasse sobre as lingeries. Mas o calor excitou-o e ele se agita igual à perna de gesso, um pêndulo em movimento contínuo. Percebo os olhares de Maria do Carmo e Daiane sobre nós dois, finjo não dar importância. Sentado de frente, Wires enfia os joelhos entre as minhas coxas, provocando desconforto. Vou pedir que se afaste, porém deixo ficar, embalada pela torrente de palavras e pelos sacolejos da carroceria.

— Um rapaz com a perna e o pé esmagados nem ligava para os traumas. Preocupava-se mais com o laudo médico para o seguro e o benefício. Quando perguntei pelo colega que viajava na garupa, ele respondeu brincalhão: lascou-se. A esposa cortava as unhas do marido, caprichando na aplicação de um esmalte incolor. Enquanto esperam meses pelas cirurgias, todos se acostumam com a bagunça. Alguns ouvem música alta ou falam nos celulares. Parecem não se incomodar com os pés, os braços e as pernas amputados. Rolam namoros, brigas e agressões. Os arrependidos aceitam o Evangelho.

Choveu forte, mas novamente faz sol e calor. O caminhão se desloca em velocidade, as tábuas onde sentamos rangem. O velho que cantava no hospital para a santa de sua religião se calou. Em torno de mim entoam benditos de fé num padre santificado pelos romeiros. A confusão de histórias e tempos me paralisa. Wires transita por mundos divergentes, costura lingeries femininas, se comove com a história de um negro que esconde sua crença. E eu, no que acredito? Talvez apenas nos números das estatísticas. Mais de seiscentos mil negros mortos no traslado da África para o Brasil, em trezentos anos de tráfico de escravos. Nosso maior desastre social. Duzentos mil óbitos de jovens em apenas oito anos, todos por acidente de moto. Wires poderia ser um deles. Eu estaria aliviada de sua presença ameaçadora, da perna branca de gesso, da mãe que o empurra ao Juazeiro em vez de encaminhá-lo a uma passarela de desfiles. Ela borda numa almofada com linhas, bicos e alfinetes uma tessitura complexa e arcaica, de origem portuguesa, ou mais antiga ainda. O pai de Wires nunca é mencionado, ele se refere apenas ao Hermógenes. Dora me trouxe para o meio dessa gente, que me provoca atração e repulsa. O pai me legou Dora. "Vá." Eu vim, arrastando o marido febril e delirante. Desde minha primeira escolha por Juazeiro, ainda no mestrado, o pai me empurrava para essas bandas. Havia os folhetos de cordel, a rica literatura oral, o padre santo, o milagre da hóstia transformada em sangue, tudo misterioso, cercado de suspeição e embuste. Retornei a pretexto do doutorado e o desejo do pai permanecia oculto sob camadas de covardia e vergonha. "Em Juazeiro vai achar o que procura. É sua terra por direito." O pai me expõe aos perigos que Dora enfrentou sozinha com os quatro filhos. "Vá", me implorava. Parece fácil, já vim sozinha outras vezes, são os mesmos quilômetros de asfalto, a paisagem quase não muda, o calor oprime com igual intensidade. Mas existe Dora. E todos se revelam de maneira diferente, ameaçadores, desprovidos da cordialidade dos antigos informantes. As pessoas agora possuem histórias mais complexas, tramas perigosas em que me enredo a cada passo ou conversa. Já não sou apenas alguém que pergunta e anota. Adivinho a proximidade de ruas, casas, igrejas e o tumulto da romaria. Desejo chegar e nunca chegar.

O catolicismo popular de Juazeiro segue a doutrina romeira, uma mitologia em que as Três Pessoas da Santíssima Trindade são o Padre Cícero, a Mãe das Dores e o Divino Espírito Santo. Acho iluminada a contaminação de paganismo na herança cristã. Nesta, foram estabelecidos o Pai, o Filho e o Espírito Santo como trindade maior. Se considerarmos a pomba uma representação feminina, ainda assim prevalece o poder masculino. Os romeiros de Juazeiro entronizaram uma mulher, Nossa Senhora das Dores, na trindade. Pergunto se banindo a figura do pai eles extinguiram o patriarcado. A resposta me desanima, os romeiros exilaram o Pai, mas no seu lugar sentaram o Padre Cícero.

O sol quente provoca alucinações e me enterneço com os sete punhais trespassando o peito da Mãe das Dores.

As igrejas de Juazeiro estão sempre lotadas de fiéis, na maioria gente pobre e simples, vinda das cidades do Nordeste. Nessas igrejas eu não encontro o silêncio que eleva ao transcendente desconhecido. A relação do romeiro com o divino se faz na ordem do milagre, no pagamento de uma promessa em troca da graça alcançada. Também desejo alcançar um milagre. Mas não dou esmolas, não acendo velas, não solto fogos nem deixo na casa de ex-votos a representação de minha doença. Nenhum braço de madeira ou cera, nenhuma foto do corpo acometido de moléstia. Meu sofrimento não possui expressão física, os escultores e os fotógrafos não conseguem reproduzi-lo. Ele talvez nem exista, seja apenas invenção minha. Não ando descalça, não fico sem tomar banho, não assisto missa, não envergo o hábito dos franciscanos, apenas me agito de um lado para o outro.

O canto dos romeiros comove e há dor pela morte do Padre que os guiava. Entrar numa igreja de Juazeiro provoca emoções diferentes de entrar numa catedral gótica. Não me refiro às diferenças de estilos arquitetônicos. Em Juazeiro, eu me sinto acuada pelo barulho. Os músicos religiosos criaram obras para serem executadas em edifícios descomunais, onde Deus supostamente pairava no alto, longe, inacessível, para além do primeiro som, como o grande silêncio. Em meio aos ruídos ensurdecedores e às temperaturas superando os quarenta graus, os romeiros apelam a um santo bem próximo deles, ao alcance de suas mãos sujas.

A Notre-Dame de Rouen me encanta bem mais do que a Notre-Dame de Paris. Certa desordem arquitetônica por causa dos vários projetos de construção e reforma, ruínas testemunhando os bombardeios da Segunda Guerra e o conhecimento de que o artista Claude Monet gastou dias pintando-a, essas pequenas bagatelas humanizam a catedral, expõem a fragilidade de Deus. Nunca visitei a Notre-Dame de Chartres, onde a Madona segue o primitivo modelo da deusa egípcia Ísis amamentando o filho Hórus, prova de que a devoção à Virgem Maria nasceu de cultos bem anteriores ao cristianismo. Os padres adotaram a imagem de Ísis e de outras divindades femininas pagãs, alegando que aquelas formas, meras formas mitológicas no passado, agora eram verdadeiras e encarnavam o Salvador.

A prerrogativa de que ao entrar e sair de um templo renascemos espiritualmente parece não fazer mais sentido nas igrejas transformadas em locais de visitação turística. Nas cidades medievais, a catedral se elevava acima de todos os prédios; nas cidades modernas, os edifícios mais altos são os dos centros financeiros. Desprovidas da função para a qual foram edificadas, as velhas igrejas preservam a deferência ao silêncio. Tornaram-se incompatíveis ao homem moderno por conta desse silêncio, que remete ao desconhecido e ao absoluto, uma experiência que hoje poucos desejam, preferindo o ruído e a exposição contínua da imagem, num anseio perverso à imortalidade.

As catedrais da Europa viraram museus. Sobrevivem do comércio de velas e lembranças devotas, que os turistas compram menos por fé do que pelo ato social de acender uma vela e levar um escapulário para uma tia beata. São prédios construídos por arquitetos, artesãos, pedreiros, pintores, entalhadores, marceneiros, artistas de muitos ofícios. Nelas, o que hoje se reverencia é a permanência da obra desses artistas, e muito pouco a presença divina.

Certo dia em Paris, molhada e com frio, esperei numa longa fila a oportunidade de entrar e acolher-me na Notre-Dame. Lembrei-me das igrejas barrocas do Recife com suas paredes caiadas de branco, os tons azul, vermelho e ocre, em meio ao ouro dos altares. O mais apavorante na Notre-Dame é a pequenez a que somos reduzidos ao entrar na construção desproporcional, um templo sem acolhimento ou paz, com a frieza da pedra, a sisudez do negro e do cinza, que nem os vitrais coloridos conseguem disfarçar.

Tudo aumentado.

A sensação que nos provoca é de esmagamento e terror.

A onda de visitantes me arrastou por naus, capelas e altares. Resguardados por cordas, alguns fiéis tentavam concentrar-se numa missa, enquanto máquinas fotográficas iluminavam a escuridão com o relâmpago fugaz de seus flashes. Não consegui imaginar outra função para aquele templo, supostamente sagrado, que expressar o poder da Igreja católica.

Felizmente, logo atrás da Notre-Dame, há sorveterias com os sabores mais extravagantes. Tomei um que se chamava paixão selvagem. Era delicioso, um lampejo semelhante ao dos milhões de flashes que pipocam a cada segundo em Paris.

7

— As moscas esgotavam minha paciência. Não tinha mosquiteiro na casa, nem seria possível fazer o parto debaixo dele. Um homem e três crianças olhavam para nós, sem compreenderem a repentina invasão de seus espaços. Talvez sentissem o mesmo que sentiram os nativos diante dos primeiros brancos exploradores. Tentei explicar a gravidade, convidei-os a visitar o barco, recomendei cuidado com a água, como se não fossem acostumados a viver em meio a ela.

Emílio volta a narrar as peripécias do Estrela Distante.

— Um da nossa turma, não lembro quem, girava o bebê, que se apresentou com os pés. Eu repassava a história das mulheres nativas, imaginando quando caminhavam sozinhas até a beira de um igarapé e ali pariam os filhos. Cortavam o cordão umbilical com os dentes ou com a ajuda de pedras. Banhavam-se e seguiam de volta para o meio de sua gente. Não pesquisei quantas mulheres e crianças morriam durante o parto. Nós queríamos mudar as estatísticas entre Parintins e Maués, talvez chegar a Barreirinha. Tínhamos um único obstetra, um pediatra, um clínico, um cirurgião e o seu marido.

Emílio interrompe a fala e olha para mim. Tento compreender porque ele diz "o seu marido" no lugar de Afonso. Poderia tê-lo nomeado pela especialidade que o obrigaram escolher, análises clínicas, montando um pequeno laboratório no Estrela Distante, que nunca foi além de exame parasitológico de fezes, sumário de urina e hemograma. O recrutamento de Afonso teve início logo após Emílio retornar da lua de mel, quando ainda nem haviam concluído o terceiro ano de medicina. Bernardo recusou o convite. Traçava outros planos para o futuro, precisava ganhar dinheiro e ajudar a família. Mas continuou ligado ao grupo de colegas aventureiros.

Afonso foi o último convocado a ingressar na aventura amazônica, ninguém considerava sua especialidade essencial. Na época eu não o conhecia. Começamos o namoro quando ele cursava o último ano de faculdade, se preparava para ir embora e eu fazia planos de seguir vida acadêmica. Não foi um caso de amor à primeira vista, nunca explodimos de paixão nem morremos de desejo ou ciúme.

Sem boas notas, Afonso concluiu a universidade por inércia. Preferia a literatura, a música e o cinema, mas não fez nenhum esforço em ser profissional em alguma dessas artes. Lia compulsivamente e rascunhava papéis que escondia em pastas e gavetas. Bernardo levou a vocação de escritor a sério e, quando teve chance, começou a publicar e a ser lido. Afonso não foi abençoado com a mesma sorte. Sugeria enredos para romances e contos do primo, revisava o que ele escrevia, mas nunca mereceu a atenção dos editores.

Foi nesse terreno frágil e de pouca vocação médica que Emílio plantou a necessidade de um analista clínico. Convenceu-o a investir na carreira e a fazer um curso em saúde pública, no México, num curto período de três meses. Sem perspectivas de futuro, inseguro quanto à escolha a fazer, Afonso cedeu ao aliciamento. Partiu na aventura do Estrela Distante, me deixando no Recife à espera do seu breve fracasso. Três anos depois, quando eu já viajara algumas vezes à Amazônia, me arriscando nas subidas e descidas dos barcos, Afonso desistiu de viver o sonho alheio.

Voltou ao Recife mais pobre do que partira, emagrecido, doente e com o ar sombrio de um criminoso. Suas roupas velhas e sujas cheiravam a azeite de babaçu e o próprio corpo demorou a largar uma fragrância nauseante de peixe e ervas medicinais. O cabelo grande emaranhado e as unhas crescidas lembravam os pedintes de rua. Senti-me aliviada com o retorno súbito do noivo. Já não suportava o assédio de Emílio. Ele nunca demonstrou respeito por meu namoro, durante as visitas que eu fazia ao Estrela.

Afonso não primava pela beleza física, mas sua pele morena e os dentes perfeitos se destacavam no rapaz de estatura mediana, ombros largos e pescoço curto. Quando perguntavam se tinha ascendência indígena referia uma bisavó grilada pelos brancos colonizadores, o que era mentira porque a assimilação dos nativos no Ceará se deu em passado bem mais longínquo. Meus pais, que não apreciavam o candidato a genro e torciam para que ele se arranjasse com alguma amazonense, não comemoram o retorno do médico fracassado. Sem planos para o futuro próximo, mesmo assim decidimos casar.

Moramos pouco tempo juntos. Uma semana depois de casados, eu saía do apartamento para o trabalho e deixava numa pequena estante o dinheiro que Afonso poderia gastar. Num dia em que ele se embebedou, cuspiu no prato a raiva por essa humilhação.

Sobreviver de medicina e dedicar-se à literatura significava um sonho para Afonso. No Brasil, poucos escritores ganham o bastante com a venda de livros, a maioria se torna funcionário público, jornalista ou professor. Afonso afirmava que não seria ele a quebrar essa regra. Propus apostar no seu talento e trabalhar para sustentá-lo. Mentia mal e ele não acreditou em mim. Recusou-se a ser gigolô da própria esposa. A viagem logo em seguida à formatura impediu-o de frequentar cursos e residência médica, agravando a formação deficitária. Nunca arranjava emprego em laboratório decente e, enquanto esperava um novo trabalho, sofria ao me ver sair de casa e deixá-lo sozinho e ocioso.

Por sorte, Bernardo havia retornado ao Crato, onde se tornou dono de um hospital. Próspero, generoso, lembrou-se de convidar o primo para trabalhar no laboratório e estimulou-o a investir na profissão. Depressa brigaram. Sozinha no Recife, eu me sentia novamente solteira e feliz.

— O Estrela Distante coincidiu com o auge da construção da Transamazônica.

— Integrar para não entregar, era o lema dos militares no poder.

— O nosso não diferia muito.

— Que papo é esse? Ninguém era milico nem de direita. Nós só queríamos prestar assistência médica às populações abandonadas.

— Só isso? Acha pouco?

— Era nosso projeto, esqueceu? Um sonho maluco na cabeça de cinco garotos em torno dos vinte e quatro anos.

— Ganhar a Amazônia, impedir que os americanos tomassem conta daquilo.

* * *

As palavras de ordem me enfadam, soam falsas como anos atrás, quando eram gritadas nos encontros do Estrela. Sinto falta da conversa com Wires e Do Carmo, não me cansa escutá-los. Por onde eles caminham agora? Talvez descansem ou durmam. Até quando vou transitar por mundos tão desencontrados? O mundo de Dora, meu por herança. Esse mundinho que me sufoca, o dos meus pares.

Meus iguais? Recuso-me a ser comparada a essa gente que desprezo.

Os novos convidados de Bernardo compensam o uísque assumindo uma expressão grave de surpresa. Vez por outra interrompem os que falam, fazem comentários e perguntas.

Isaac se prepara para discursar. Apruma-se na poltrona, toma a palavra dos outros companheiros, rouba a cena do chefe Emílio. As reuniões sempre terminam assim, ou de forma mais violenta, quando todos se embriagam e resolvem trocar socos.

— Isaac andava com a cabeça cheia das teorias do filósofo Waldo Emerson, sobre o Destino Manifesto.

— E o almirante Emílio acabou sendo um assistencialista, igualzinho aos missionários protestantes da Noruega.

— Você aderiu ao discurso dos políticos do agronegócio e da pecuária, Isaac. Acredita que o rei da Noruega financia projetos na Amazônia de olho em nossas riquezas. Só porque ele ajuda as cooperativas de agricultura familiar e os índios.

— Nunca afirmei isso, Emílio, não deforme o que eu falo. Sou contra o assistencialismo e qualquer forma de catequese religiosa. Só isso.

— E o que fazia no barco?, pergunta um dos convidados.

Ninguém presta atenção na pergunta, nem responde.

— Pela milésima vez, vamos escutar a fala do nosso cientista político Isaac, debocha Emílio. Só ele sabe traçar paralelos entre o presente e a história.

A plateia ri, há um começo de tumulto e Bernardo ameaça interromper a reunião. Por que ele participa de tudo isso, oferece sua casa, comida e bebida aos comensais arrogantes? Os visitantes se olham constrangidos, indecisos se permanecem ou se retiram.

Caminhamos para o desfecho.

Encaro Emílio. Alguma coisa nele me intimida. Isaac também me desagrada, espuma enquanto fala, igual a um cão raivoso. Todos guardam raiva, talvez pelo fracasso do projeto, único sonho verdadeiro de suas vidas. Ou será que me enganei durante anos? Em nenhum desses homens, agora sexagenários, havia crença sincera na aventura política e social em que se metiam? Depois de três anos, fundearam o barco, arremessaram âncoras em novas paragens, dedicaram-se à profissão de médico e a ganhar dinheiro. Tornaram-se iguais aos colegas a quem tratavam com desprezo por serem pequeno-burgueses de direita, capitalistas e mercenários. Apenas eles salvariam o país.

Perderam os cabelos, cresceram as barrigas e mostram nos celulares as fotos dos netos e lugares por onde viajam.

Mas nada se compara à façanha amazonense, é ela que os alimenta e engrandece, embora o Estrela Distante nunca tenha significado coisa alguma para a região que desejavam salvar.

8

— O líder da Expedição Thayer, Louis Agassiz, acreditava nas teorias da degeneração pelo hibridismo e achava necessário proibir por meios legais o casamento inter-racial, e até a convivência entre brancos e negros. Os americanos do norte, mais que os do sul, que dependiam do trabalho escravo, embora defendessem a abolição, imaginavam uma solução final para o problema da raça negra nos Estados Unidos. Era necessário segregar os afro-americanos em um cinturão de clima quente e semitropical na América do Sul, onde os negros viveriam o mais apartados possível da política nacional, sempre sob a tutela de uma população branca, que fiscalizaria seu trabalho e sua vida. A expedição norte-americana de naturalistas comandada por Agassiz percorreu o Brasil pilhando tesouros. Por trás da fachada científica havia dois interesses não revelados. O primeiro dizia respeito à abertura do rio Amazonas à navegação internacional. O segundo era o projeto de assentamento dos negros americanos em terras amazônicas.

Bernardo e eu somos atraídos pela fala de Isaac.

— Havia uma amizade epistolar entre Agassiz e Pedro II. O comandante da expedição trazia carta confidencial de um secretário dos Estados Unidos para o representante do país aqui no Brasil, sobre o plano de enviar os negros norte-americanos para a Amazônia. Tanto os sulistas como os nortistas, depois da Guerra da Secessão, tentavam se livrar da população negra. O lugar descrito na literatura de viagem como o paraíso terreal, ou a sublime natureza, não estava livre dos interesses de expansão capitalista e imperialista do século XIX. Os próprios brasileiros têm a vocação de colonizadores da Amazônia. Olhamos para o norte e pensamos em energia, seringa, madeira, minérios, água, terra para o agronegócio e a criação de rebanhos. A mesma visão do colonizador de fora.

— Por que não usa um *Datashow*, Isaac?

— Vá se foder, Emílio.

Começa novo tumulto, mas Bernardo intervém. Emílio volta a lembrar os ideais do Estrela Distante.

— O que nós queríamos era prestar assistência médica às populações carentes, firmando convênios com prefeituras, estado e governo federal.

— E encher com Afonso o bolso de dinheiro, comenta um dos sócios do projeto.

Desconheço as motivações do comentário, mas não faço perguntas. Os olhares se voltam para mim e busco socorro em Bernardo, que parece indiferente à minha agonia. Isaac tenta desfazer o mal-estar, dando continuidade à aula de história.

— Deixe eu terminar o raciocínio, Emílio.

— Você fala demais, e eu sei aonde quer chegar.

— Você também sabia aonde queria chegar quando nos arrastou na aventura? Já fazia planos sujos com Afonso?

Os antigos colegas estão a ponto de explodir e eu continuo desinformada sobre a origem dos conflitos. Suspeito que Bernardo conhece a trama, mas nunca me revelará uma palavra sobre ela.

Emílio tenta escapar ao confronto, fugindo às perguntas de Isaac. Há interesses sórdidos camuflados sob camadas de ideologia e boas intenções.

— Eu não aceitava o contágio do projeto com nenhum discurso de partido político, só isso.

— Um sonho equivocado, Emílio. Ali naquele mundo ninguém pode somente aplicar injeção, tratar malária, fazer parto e curar bicho-de-pé. Em volta aconteciam coisas terríveis. A gente via os madeireiros entrarem nas reservas, depois os grileiros e o crime organizado. E você acreditava que era bastante ensinar as pessoas a ferver a água que bebiam. Afonso cansava de ver as lombrigas no microscópio. Que importância tinha se não havia políticas para a saúde e a educação? As pessoas tinham sido abandonadas pelo poder público, nem sabiam do que se tratava.

— Salte essa parte, cansei de escutar. E soa muito panfletária.

— Você fingia acreditar no seu texto ruim. Hoje, se declara de direita, um social-democrata. Grande oportunista é o que sempre foi.

— Bata de leve, estou começando a me emputecer.

— Calma pessoal, alguém pede.

— Esse escroto me insulta de graça. Precisa levar umas porradas.

Faz menção de se levantar, mas não consegue por conta da embriaguez. Derruba garrafas para todos os lados. Isaac não liga às agressões de Emílio, nem ao barulho de vidro se partindo, e se vira para mim.

— Francisca, você deseja saber o paradeiro de Dora? Há centenas delas na beira da estrada aberta pelo governo. São todas iguais, nem o rótulo muda. É só ir lá e escolher a sua.

Todos riem. Sinto-me ofendida, mesmo sabendo que estão bêbados.

— Olha a baixaria! Respeitem o sexo frágil.

É Emílio quem adverte, me provocando.

— Quem falou que eu sou frágil? Vocês que se cuidem!

Bernardo se mantinha calado, mas resolve intervir.

— A partir de agora, proibido uísque e cerveja. Vamos escutar Isaac. Ninguém interrompeu Emílio quando ele falava.

Protestos, bagunça geral. Alguém deixa cair o copo.

— Havia uma crença no sul americano, anterior à Secessão, de que um tronco lançado no rio Amazonas seria carregado pelas correntes marítimas até o mar do Caribe e, por último, chegaria à embocadura do rio Mississipi. Diziam também que a Amazônia estava mais perto da Flórida do que do Rio de Janeiro e por isso devia ficar sob controle dos estados sulistas americanos. Imaginou-se um lago interior que iria do México à Amazônia, que naturalmente pertenceria ao Sul, e por isso caberia aos americanos colonizar o território e converter as pessoas à religião anglicana.

Por conta da embriaguez, Isaac se esquece de mencionar a parte mais calorosa da sua pregação, quando acusa Waldo Emerson e o poeta Walt Whitman, a quem ele ama e odeia, beijando e cuspindo nas *Folhas de relva*, de terem criado e propalado a ideologia expansionista do Destino Manifesto: a de que a América — que Isaac prefere dizer Estados Unidos — e sua democracia estavam destinadas, pela Divina Providência, a se espalhar pelas outras Américas e pelo mundo. Isaac afirma que essa filosofia deu asas à política de intervenção das nações poderosas sobre as mais pobres. Recita numa voz embargada e cheia de ressentimento o discurso em que Whitman proclama: "Os Estados Unidos são essencialmente o maior de todos os poemas. De agora em diante na história da terra os maiores e mais agitados poemas vão parecer domesticados e bem-comportados diante da sua grandeza e agitação ainda maiores".

— Isso não é passado, continua até hoje. A CIA e a Casa Branca forjaram um governo comunista no Brasil, com João Goulart, e gastaram milhões para convencer disso a opinião pública americana e brasileira. Tinham medo de perder o prestígio econômico e a influência que sempre tiveram sobre nós. Deram aos militares a segurança necessária para o golpe de 64. Compraram políticos, imprensa, tudo. Goulart renunciou e eles não precisaram invadir nosso território. Mas a Marinha americana chegou à costa brasileira. E não parou aí. Basta ver o golpe recente.

É um dos convidados quem faz o aparte. Ninguém lhe dá a menor atenção, ele se encolhe e Isaac continua falando.

— Os americanos comandados pelo suíço na Expedição Thayer devassaram a Amazônia, se apropriaram de peixes, de rochas, dos mestiços e das mestiças, fotografados nus em poses dúbias sugeridas pelos fotógrafos, para serem mostrados como exemplos da degeneração racial e alertar os americanos brancos e puros sobre os perigos da miscigenação. Divulgavam a crença de que as raças cruzadas, em vez de guardarem os melhores traços dos ancestrais, selecionavam os piores, com riscos de degenerescência. O contrário do que a genética veio comprovar depois. Mesmo com os achados científicos a favor do mulatismo, nós continuamos a ser tratados como sub-raça. Whitman apreciava os degredados, os vagabundos, os bandidos, os homossexuais e os negros. Escreveu para eles seus cantos mais bonitos: "Quando alguém for do meu agrado, serei igual com vocês e espero que sejam iguais comigo". Porém, com toda essa universalidade poética, era sobretudo para a América expansionista que compunha seus versos.

Bernardo retira-se, vai providenciar acomodações, os hóspedes precisam descansar. É um homem sozinho, servido por duas empregadas e um jardineiro, que a essa hora estão dormindo. Na iluminação reduzida, avalio a desordem de copos, garrafas e pratos com restos de alimentos. O primo esbanja generosidade, acolhe e alimenta a milícia fracassada. Não quero continuar mais tempo na casa, há homens sobrando nela, o Estrela Distante foi uma expedição de machos.

Bernardo insiste que eu pernoite.

— Emílio bebeu em excesso, mal se sustém de pé. Ninguém vai molestá-la, me garante.

Mas eu preciso retornar ao Juazeiro, ver Afonso, informar-me sobre a saúde dele. Não sei o que aprontou com a noiva, temo que nem esteja dormindo no hotel.

Bernardo cede aos meus argumentos, me entrega a chave de um carro, manda que eu fique com ele emprestado, me beija e se recolhe. Parece exausto.

Atravesso as salas desarrumadas, transponho o terraço e o primeiro jardim. Pergunto-me o que faço no meio dessas pessoas, em reuniões intermináveis, sem qualquer sentido além de expor conhecimentos e falar por nada. Desde a criação do Estrela escuto os mesmos discursos. Ninguém está interessado em ouvir o outro, em qualquer lugar é sempre igual. Há barulho nos bares e restaurantes, nas ruas e praças, para abafar as vozes e não se ouvi-las. Passei anos escutando relatos de pessoas comuns e me admirava como eles soavam sinceros e verdadeiros. Pena que eu fizesse perguntas, dirigisse as respostas a um objetivo de estudo. Mais proveitoso seria deixá-los divagar, livremente. Estou cansada para refletir sobre isso e não é mais possível voltar atrás.

Dora me obriga a responder uma questão: de que lado estou?

Transitei por vários grupos, na cômoda situação de nunca tomar partido. Achava que alcançaria a perfeita neutralidade: a todos conhecer e a nenhum pertencer. Uma postura acadêmica, argumentava a meu favor.

Pressinto que terei de fazer escolhas.

Agora, não, mal consigo ficar de pé.

Antes de chegar à garagem sou chamada por Isaac. Ele molhou o rosto e a cabeça. Deixa crescer os cabelos laterais e penteia os fios da direita para a esquerda, disfarçando a calvície. Torna-se mais feio e ridículo.

— Francisca!

— Boa noite, Isaac! Estou apressada.

Ele finge não perceber que vou embora e se aproxima de mim.

— Tenho muito chão daqui para o meu hotel.

— Eu sei.

— E preciso livrar-me dos bêbados dirigindo malucos.

— Não estou bêbado.

— Não falei isso.

— Afonso lhe contou por que ele e Emílio brigaram?

— Por alto.

Minto para esconder que Afonso e eu nunca conversamos sobre a sua trajetória no Estrela.

— Não contou, desconfio. Os dois se odeiam e não sei por que não se mataram. Acho que ainda vão fazer isso. Tem dinheiro na história.

— Isaac, eu preciso ir embora. Será que compreende?

— E o que eles aprontavam com as nativas, contou?

Não vou livrar-me de Isaac, a menos que ligue o carro e passe por cima dele. Curou a bebedeira e se sustém firme como as rochas da serra.

— A natureza tropical, o calor, o fluxo mutável de vida desperta os instintos mais baixos do explorador. Ele pensa em extrair a borracha, derrubar as árvores, arrancar os minérios, mas nada disso é bastante. Põe fogo na floresta e não é suficiente. Se imagina acima de qualquer restrição ou crítica e se expande, sem limites. Os médicos esquecem a medicina e se tornam aventureiros. Compreendeu a quem me refiro, Francisca? Com o tempo, eles apostam que os brancos, os negros e os índios são diferentes entre si. Consideram-se brancos e inventam mil justificativas românticas para dar liberdade aos instintos.

Quero escapar à conversa. Isaac impede meu acesso ao carro, interpondo-se como se fosse uma parede.

— Calor, tédio e corpos fáceis, a troco de uma cuia de farinha. A Expedição Thayer nunca expôs ao público as centenas de fotos de nus da gente amazônica. São puritanos demais os americanos, talvez se envergonhem do olhar distorcido da câmera, do foco da objetiva. Afonso e Emílio também fotografaram a nudez das mulheres que procuravam assistência médica, coisa suficiente para caçar seus diplomas de médicos. Afonso escondeu os retratos e sente medo deles. O mesmo crime de Louis Agassiz e sua expedição. Foi um absurdo essa viagem financiada por nosso imperador. Para servir a quem, a que interesses?

— Por que repete essas coisas que já falou uma dezena de vezes? E por que me escolhe para ouvi-lo? Tenho culpa disso?

— Também fazíamos perguntas no Estrela Distante. O que procurávamos? Apenas Emílio e Afonso possuíam uma resposta pessoal: a saciedade do corpo no exótico. Onde os gringos arquivaram as fotografias? E Afonso e Emílio, onde esconderam as deles? São muitas. A sensualidade explode na paisagem luxuriante. Escute, não sou vidente, mas os dois ainda vão se matar. Eles não suportam a consciência do que o outro sabe. São capazes de qualquer covardia, desde que apaguem o que fizeram.

O monólito se afasta e consigo entrar no carro. Também estou exausta. Permiti que os excessos acontecessem em torno de mim. Ligo o motor, manobro e começo a descer a encosta da serra. Desprezo o perigo e baixo os vidros. Sinto necessidade de respirar, substituir o oxigênio que circula nos pulmões. Meus alicerces fraturaram a argamassa.

Vou rolar.

Bem próximo à casa de Bernardo, junto à nascente d'água, há uma pedra grande. Os índios cariris acreditavam que ela mantinha lacrado o oceano submerso. Se um dia a pedra rolasse, as águas viriam à tona e afogariam todos os seres vivos. A pedra que contém minha agonia rolou de seu eixo.

Penso em Dora, na foto que o pai registrou com os olhos: sozinha, miserável e desamparada, olhando o barco onde o pai se escondeu ganhar distância no mar. Choro a essa lembrança.

Em qualquer geografia as mulheres são as mais vulneráveis. No porto de Fortaleza ou no Acre, Dora é a mesma mulher abandonada com sua inquietude e seus filhos. A lembrança fere meu coração. Sei que há muitas Doras pelo mundo.

Foi essa que me tocou procurar.

9

A água não é bastante para saciar as pessoas, milhares subindo e descendo ruas, acendendo velas nas igrejas, entrando em lojas e comprando bugigangas. Um oceano de roupas marrons, pretas e brancas. As marrons prometidas a São Francisco, as brancas a Nossa Senhora, as pretas ao Padre Cícero. Cansa a monotonia das cores, os chapéus de palha e os rosários sebentos pendurados nos pescoços. Os romeiros teimam em parecer iguais, mesmo os vestidos de maneira extravagante se assemelham. Imitam as imagens em gesso do Padre, clonadas da fotografia em que o estamparam velhinho, encurvado, de chapéu e bengala, o pescoço caído para um lado. Ou sem chapéu e sem bengala. São muitas as imagens, de variados tamanhos, nas calçadas e praças. Onde é possível reproduzir o Padre ele surge onipresente. Dá nome a ruas, parques, restaurantes e becos. A mercearias, lojas e gente. Tudo Cícero, incontáveis Cíceros.

Sentamos num barzinho, olho a placa e é Cícero. Bar Padre Cícero. A mesa, seis cadeiras, uma toalha de plástico encerado, as moscas e o ar quente que um ventilador de teto espalha, agravando a sensação de labaredas circulantes.

Dormi mal, não apaguei as impressões da conversa na casa de Cirilo, cresceu o desassossego que trouxe na viagem. Agora carrego Dora e Afonso.

Isaac teme o encontro de Afonso e Emílio, uma consciência criminosa vincula os dois. Ele não falou com a intenção de me assustar ou enfraquecer minha arrogância. Sempre o desprezei, embora reconheça seu olhar diferenciado sobre a história e admire a forma implacável como analisa o Brasil. Talvez eu não goste de sua superioridade, quando o comparo a Afonso. Qual o interesse de Isaac na Expedição Thayer? Terá lido o ensaio da professora Maria Helena Machado? Com certeza, sim. As falas pareciam citações.

Nunca conheci médicos curiosos pela formação das Américas, que percebessem a fragilidade branca dos americanos e a falsa democracia racial brasileira. Boa parte deles vive alheia a essas questões.

Daiane se desfez dos trajes de noiva. Veste-se como qualquer jovem de sua idade, jeans, blusa de malha, sandálias de borracha. Bebe coca-cola e presta atenção na TV. Afonso senta ao meu lado, mas não desgruda da garota. Ele também quase não dormiu, teve pesadelos, respira com dificuldade. Durante o café da manhã, relatou o périplo pelos lugares santos de Juazeiro, até a derradeira estação na igreja do Socorro, quando a moça cumpriu a promessa. Maria do Carmo come um pedaço de bolo, bebe refresco e reclama porque não os acompanhei no dia anterior. Sandro toma sorvete e também não desgruda da televisão. Os romeiros trafegam pela rua, alguns param, olham para dentro do bar, depois seguem sem pressa. Numa das paredes, pintaram índios guaranis. Eu me distraio com as figuras morenas e os cocares de penas, tento compreender a escolha dessa tribo. Certamente porque os guaranis usavam roupas. Uma estátua do Padrinho ocupa um recanto no balcão, cercada de velas acesas. Algumas flores de plástico e fitas coloridas completam o nicho. Observo a dona do bar, ocupada em servir os fregueses, o seu marido atrás do caixa. Será que eles acreditam nos poderes do Santo?

— Veja como é bonito esse trancelim, dona Francisca.

Maria do Carmo abriu sua bolsa e mostra as compras do dia anterior.

— E a medalha, gosta?

— É ouro?, pergunto.

— Catorze quilates.

— E dez que não late.

Josué brinca com a esposa.

Afonso também graceja.

— Catorze quilômetros distantes da mina.

— Vocês estão com inveja.

— Inveja? Eu nunca ia botar um troço desses no pescoço.

Maria do Carmo olha de cara feia para o marido e fecha o porta-joias de plástico.

— É bonito, sim, não ligue para os homens, consolo Do Carmo.

— Mãe, deixe eu ver.

Sandro pede o cordão e o experimenta no pescoço.

— Compre um pra mim.

— Rapaz usa corrente.

— Quero igual a esse.

Daiane ignora minha presença. Não acredito que estivesse apática no passeio do dia anterior. Talvez andasse pelos lugares de mãos dadas com o meu marido. Certamente, não. Se não fosse negra, as pessoas perguntariam se Afonso era o avô dela. Imagino que os dois conversaram bastante. Ele tentou impressioná-la com relatos de medicina e presenteou-a com alguma quinquilharia barata.

— E você, Daiane, não se agradou de nada?

A garota me olha com desdém, levanta a mão acima da mesa e mostra um anel dourado, com pedrinhas imitando diamantes.

— É lindo, comento.

— Seu marido me deu, confessa sem pudor.

Afonso empalidece. Maria do Carmo e Josué não sabem onde enfiar o rosto, visivelmente constrangidos. O único indiferente ao drama é Sandro, que pede um segundo sorvete.

— Parabéns, Daiane. Nunca tivemos uma filha. Se tivéssemos, seria linda como você, comento e olho para Afonso.

Ele pede cerveja e dois copos. Josué recusa a bebida.

— Tudo ouro falso, dona Francisca, não vale nada. Se fosse ouro de verdade, ninguém tinha dinheiro pra adquirir nem aceitava de presente. Custa um trocado, até os romeiros compram, se desculpa Maria do Carmo.

— Mesmo se fosse legítimo. A senhora acha que eu valho pouca coisa?

— Cale a boca, Daiane, não mate a gente de vergonha.

Não percebo convicção na fala de Maria do Carmo. Josué foi ao banheiro e não retorna. A conversa deve constrangê-lo.

— O que diz, meu marido?

Ele respira fundo, bebe a cerveja, me olha de relance.

— Bobagem, vamos mudar o assunto. Por que perdem tempo com conversa sem futuro? Devo muito a essa família. Graças à companhia de vocês, Maria do Carmo, estou vivo. Que viagem horrível! Francisca se mete em cada uma. E me leva junto, o que é pior.

Quase rio com o descaramento de Afonso.

— Se eu desse um relógio a Josué, um celular a Sandro e um micro-ondas a você, Maria do Carmo, mesmo assim não pagava o que fazem por mim. Daiane gostou do anel e quis comprar. É justo que eu pagasse, ela escapou da morte. Com o desejo não se brinca. Quando era menino, concorri numa maratona do colégio, sobre História Sagrada. O prêmio era um trancelim e uma medalhinha de ouro e porcelana. Eu mal dormia, pensando em ganhar. Mas empatei com um aluno quatro anos mais velho. Trouxeram o bispo pra sabatinar a gente. Era um homem alto e pomposo, estendia a mão e nós beijávamos o anel. Depois de uma hora de perguntas, continuava o empate. O bispo propôs uma solução. Quem fosse crismado levava o trancelim e a medalhinha. Eu não era. Pensei em mentir, mas tive medo do fogo do inferno. Achei injusto o critério, chorei muito. Me deram um prêmio de consolação, um novo volume ilustrado da História Sagrada. Nunca consegui pendurar um trancelim no pescoço. Desejo é coisa séria, não acham?

Vergonha também é coisa séria. Afonso ludibria a família com sua história façanhosa. Típico de um canalha.

O entra e sai de romeiros ameniza a tensão da conversa. Maria do Carmo cochicha com Daiane, Sandro mostra ao pai os recursos de um relógio digital, que ganhou da irmã. Afonso bebe.

De onde estou sentada, vejo a multidão em contínuo deslocamento. Pessoas sobem e descem a rua, como se não encontrassem o que buscam. O que procuram?

Distraio-me olhando uma mulher franzina, de pele branca encardida, os cabelos raros expondo o crânio. Não saberia dizer a sua idade porque aparenta mais de cem anos. Sentou na calçada do bar, atrapalhando a passagem dos fregueses. É cega. Enfia a mão num bisaco sujo, tira rabeca e arco de dentro dele, arruma uma bacia de alumínio próxima ao corpo, tudo com bastante habilidade. Foi esperta em preferir o metal ao plástico. Assim, escuta todas as vezes que as moedas se chocam contra o recipiente, alegrando seu coração. Afina o instrumento de tom fanhoso e tristonho, e começa a cantoria. Possui voz melodiosa, de timbre forte, impensável num corpo tão miúdo. A rabeca de cordas de tripa, friccionada pelo arco de crina untado em breu, é mais comum aos homens, talvez pela procedência árabe do norte africano. Porém a mulherzinha incorporou o violino rústico ao peito e aos braços, fez dele os olhos que a cegueira lhe roubou. Habituada apenas a intuir a luz, a sombra e alguns movimentos, concentrou-se em todos os tipos de som.

A imagem de instrumentistas e poetas cegos é quase mítica. Eles recebem o dom da poesia e da música para compensar o sentido que perderam.

As tensões se desfazem quando escutamos os romances cantados. Reconheço uma melodia antiga, vou falar às pessoas de minha descoberta, dar uma pequena aula sobre o nosso passado medieval. Afonso faria isso, para impressionar Daiane. Pena que Maria do Carmo, Josué, os dois filhos e a própria cega desconheçam que se trata de uma melodia do século XIII, de origem galaico-portuguesa, que chegou ao Brasil com os colonizadores. Sobreviveu até agora, emprestando-se à cantoria de um cordel. Desde sempre essa mulher esteve pelo Juazeiro, sentada numa esteira ou no chão duro, entoando canções aprendidas com as pessoas velhas.

Que caminhos a melodia percorreu até chegar à cantora pedinte? Cruzou oceanos e foi executada no convés de um navio, num final de tarde mais triste do que o habitual. Ganhou ruas e pátios, feiras livres e celebrações religiosas. A descoberta me enche de felicidade, durante minhas pesquisas não havia um dia sem que eu escavasse pequenos tesouros como esse. Assistimos ao verdadeiro milagre de Juazeiro, a confluência do Nordeste para a região Cariri, de pessoas com malas vazias, porém ricas de bagagem cultural, mesmo que inconscientes do seu valor. A atenção dos nossos acompanhantes dura pouco tempo, o próprio Afonso se enfada, o rapaz e a garota se distraem com os celulares. Os romeiros demoram alguns minutos ouvindo a cega. A pressa também chegou neles, enervou-os. Atiram moedas na bacia de metal, escutam o tinido, arrumam os chapéus e saem atrás do que comprar.

Minha comoção desaparece à entrada de dois personagens. O mais velho, de cerca de cinquenta anos, gordo, atarracado, com o abdome crescido, alisa e pinta o cabelo de louro, usa óculos escuros espelhados e aparelho dentário. A camisa quase aberta expõe a barriga, o que o torna repulsivo. Para junto à nossa mesa, olha meu marido com furor e pisca para Daiane. Josué e Sandro fazem menção de se levantar, porém Maria do Carmo os contém. Afonso fica pálido, transpira como se tivesse febre. O romeiro tumultuoso esbarra num garçom, não pede desculpa e se dirige a uma mesa dos fundos. Trata-se do Hermógenes, o amante de Daiane, pai do seu filho abortado. Atrás dele, Wires sorri indiferente à cena. Cumprimenta os da mesa e me estende a mão. Correspondo ao cumprimento, para desagrado de Maria do Carmo.

— Vamos embora, ela propõe, não respiro o mesmo ar que esse sujeito respira.

— Se eu sair daqui, o cachorro vai pensar que tenho medo dele. Peçam mais coisas, ordena Josué.

— Concordo, pai.

— Cale a boca, Sandro, você não sabe de nada.

— Sei, mãe, a senhora que não sabe, porque é mulher.

— Vou aí, bater na sua boca. Atrevido!

Josué se irrita com a esposa:

— Deixa ela falando em vão, Sandro.

Daiane não contém o furor. Olha Afonso com desprezo, não aceita sua covardia.

— E o senhor, seu Afonso, não faz nada?

— Vou fazer o quê?

— Sei lá, qualquer coisa. O senhor conversa tanto, parece valente.

— Valente morre cedo, protesta Maria do Carmo.

O descontrole toma conta do nosso grupo. Eu apenas observo e temo um desfecho ruim. Indiferente aos conflitos, a cega canta novo romance: "Eu vou contar uma história de um pavão misterioso, que levantou voo na Grécia com um rapaz corajoso, raptando uma condessa filha de um conde orgulhoso".

— Eu falei pra senhora, dona Francisca, esse homem não presta. Ele e dois sobrinhos foram beber com umas moças de menor e uma mulher. Levaram elas pro mato, estupraram e depois botaram fogo com gasolina. As três eram coisinhas ruins, mas nem por isso mereciam. Pior eram eles e continuam vivos. Ninguém foi preso. Agora é assim, matam por nada. E a minha filha foi se meter com um desses.

Não sei o que se passa atrás de mim, estou de costas para Wires e Hermógenes, sinto vergonha de trocar o lugar. Afonso continua bebendo cerveja. Não temos nada o que fazer ali, mas nossa permanência é uma questão de honra para Josué e Sandro.

A cantiga da cega me traz de volta ao bar: "Minhas senhoras e senhores, queiram prestar atenção, que agora eu vou contar os sofrimentos de uma dona, que morava em rio alto, pras bandas do Amazonas".

Estremeço. O que a pedinte sabe?

— Eles vão embora, felizmente, diz Maria do Carmo.

O Hermógenes esbarra em nossa mesa, com a intenção de nos provocar. A garrafa de cerveja oscila, cai e entorna o líquido sobre Afonso. Josué e Sandro se levantam dispostos à briga, mas Wires segura os dois e pede com firmeza:

— Calma, amigos, não foi nada. Deem por menos. Só molhou o homem.

O homem é Afonso, que enxuga a calça e a camisa com guardanapos de papel.

— Perdeu o juízo?, grita Maria do Carmo.

Daiane chora descontrolada. O dono do bar se aproxima com a esposa, pede desculpas e responsabiliza o freguês mal-educado. Wires aperta a mão de todos e sorri carinhoso quando chega a vez de me cumprimentar. Aproveito que as pessoas se distraíram com o incidente, vou ao balcão e pago a conta. Entre as cédulas do troco, o caixa esconde um papel, que leio desconfiada. Em caligrafia firme, o telefone e o endereço de Wires. Nervosa, enfio tudo no bolso da calça e retorno à mesa.

Wires partiu no encalço do Hermógenes.

10

Lembro vagamente dos primos Aurélio e Raimundo, o mais velho nascido no mesmo dia em que eu nasci. Brincávamos de balançar numa rede, dando impulso com os pés, achando que alcançaríamos o telhado alto. Certa tristeza de separação nos tornava diferentes naquele dia. Crianças também sofrem pressentimentos. A casa da avó movia-se fora dos eixos, causando inquietude na família. Desde a madrugada começara a matança de galinhas. Depuradas na gordura, sem sangue nem vísceras, elas demoravam a arruinar. Coziam nas panelas de barro até ficarem escuras e, mais tarde, se misturavam à farinha de mandioca. Só depois da farofa bem fria se guardava em latas, acreditando-se que dessa maneira duravam a semana de viagem. Raimundo, o primo menor, se queixou: "Nunca mais a gente se vê". Passaram-se anos até que eu os reencontrasse diferentes da infância, estranhos à nossa antiga camaradagem.

Um irmão de minha mãe partira na frente, foi o primeiro da família a abestalhar-se em São Paulo, a zanzar pela praça da Sé nos domingos de folga. A altivez diminuída, os passos inseguros no meio de tanta grandeza, desejou voltar. Vivíamos um ano escasso de águas e abundante de fome e epidemias. Os flagelos da seca amenizaram com as estradas abertas, podia-se ir embora com mais facilidade. As mulheres deixadas com os filhos para trás corriam a chave na porta de casa e seguiam à procura dos maridos, pelos caminhos de poeira. Trocavam o Ceará por São Paulo. Sete dias num caminhão, se não aconteciam acidentes. A sorte grande apenas para os que tinham o dinheiro das passagens. Folhetos de cordel, distribuídos nas cidades e nos sítios, falavam de uma terra prometida, estimulando as migrações. Os homens largavam as famílias, prometiam mandar buscá-las assim que ganhassem o bastante. A cada seca o Ceará perdia sua força produtiva, milhares de braços e vontades. Muitos se extraviaram nas mãos dos grileiros, mancomunados com os donos de caminhões. Tornavam-se escravos em fazendas escondidas, morriam sem nunca dar notícias, ou escapavam mais famintos e miseráveis do que haviam chegado. Ainda acontece nos dias de hoje, com os nordestinos de sempre e com os migrantes de países fronteiriços, que buscam trabalho e exílio.

O tio Davi, pai dos meus primos, teve melhor sorte. Arranjou emprego de marceneiro em São Paulo, profissão em que era mestre. Escreveu falando na possibilidade de abrir o próprio negócio. Sentia falta da esposa e dos filhos, não conhecia a pequena, nascida quando ele já tinha ido embora.

A carta de nossa tia Edite, contando as agruras da viagem, só chegou três meses depois de sua partida. A folha de papel passou de mão em mão, muitos choraram quando a leram. Minha única preocupação era saber se as carnes tinham apodrecido, tamanho era o meu desejo pela farofa de galinha. A tia não mencionou esse detalhe e eu jurei que perguntaria a ela, quando um dia a encontrasse.

Todos na casa da avó se aliviaram ao saber que os imigrantes começavam vida nova na terra estranha. Nosso tio Antônio andara sonhando com a tia Edite. Ela caminhava tristonha e amortalhada. O tio chegou a ouvir os ossos da irmã estalarem, igual à lenha crepitando no fogão, o que as pessoas interpretaram como sinal de morte.

Nesses dias em que assistimos a uma onda de pessoas vindas do Oriente Médio e da África tentando entrar na Europa Ocidental para fugir da guerra, perseguição e pobreza, sinto que tudo isso é bem familiar aos nordestinos. Os políticos ainda buscam uma palavra que defina a situação desses homens, mulheres e crianças que deixam seus lugares de nascimento. Trata-se de migrantes, clandestinos, refugiados ou exilados? De fluxo ou crise migratória? Mais justo é chamá-los de refugiados. Enquanto não decidem o nome que os definam, fala-se em naufrágio da humanidade, aumentam os acampamentos em praças e estações de trem e diariamente mais gente se afoga nas águas do Mediterrâneo, na travessia pela vida. A Europa não pode esquecer que o enriquecimento dos seus países se deu à custa da exploração e pilhagem dos povos que hoje pedem socorro às suas portas, depois de sofrerem séculos de colonização. Boa parte desses conflitos que ensanguentam o

Oriente Médio há décadas e geram as dramáticas emigrações nasceram dos acordos entre ingleses e franceses, logo depois da Primeira Guerra. Na partilha arbitrária de territórios do antigo Império Otomano, não foram respeitadas culturas e etnias milenares. Londres ficou com a Palestina, a Transjordânia e a Mesopotâmia, e Paris com a Síria e o Líbano. As motivações das guerras parecem outras, a comunicação se faz em tempo real, os migrantes estrangeiros possuem melhor nível de educação e consciência de seus direitos. Porém o sofrimento é o mesmo: dor, fome, abandono. Repete-se entre pessoas de línguas diferentes, iguais na condição humana. Reclamam que há excesso de rebeldia e terrorismo. Lembro Jó: "Se falo, não cessa minha dor; se me calo, como ela desaparecerá?".

— Que bonita!

— Gostou da crônica, Francisca?

— Está comovente, Bernardo.

— Escrevo para dois jornais.

— Eu costumo ler, reconheço o seu estilo. Encanta a maneira como você aproxima questões do mundo sertanejo e familiar de temas universais da atualidade. Mesmo assim tenho dúvidas se deveria manter o último parágrafo.

— Por quê?

— Não lhe parece jornalístico demais, como se fosse a voz de outro narrador?

— Não acho. Prefiro o risco do jornalismo e escrever o que sinto necessário.

— Tinha certeza que responderia assim.

Ficamos pensativos.

— Nossas migrações aconteciam quase sempre motivadas pelas secas sazonais, num fluxo do Nordeste para o Sudeste, Centro-Oeste e Norte. Não havia transporte, os bandos famintos se deslocavam a pé, dentro de seus próprios espaços. Falo o que está cansada de saber. Não faz mal repetir, ajuda a organizar minhas ideias.

— Sinto prazer em ouvi-lo.

— E eu gosto de uma interlocutora do seu nível.

— Menos.

* * *

Quando não suportava o calor de Juazeiro, o barulho crescente de vozes à medida que mais caminhões chegavam abarrotados de peregrinos, eu me escondia por algumas horas na casa de Bernardo. Ele me entregava folhas de papel impresso, pedindo que eu lesse enquanto dava ordens aos empregados. Depois sentava numa poltrona de frente para mim e lia em voz alta o que eu acabara de ler. Era sempre bom escutá-lo, as frases ganhavam força na sua voz. Pena que ao final ele sempre pedisse minha opinião e enveredássemos por conversas intencionalmente profundas, o que significa falsas. O tom alegre de nossas brincadeiras na serra nunca mais voltaria a se repetir. Desde o encontro com os camaradas do Estrela Distante, passei a desconfiar que Bernardo me oculta um segredo. Nunca fui paranoica, mas não consigo livrar-me da sensação de ameaça, de que algo perigoso pode me acontecer.

Bernardo me olha firme, antes de retomar a fala. Percebo que nos encaminhamos para uma conversa erudita, cheia de reflexões brilhantes e vazia de sentimentos verdadeiros. Gostaria de estar perto de Wires.

— As soluções encontradas pelos aglomerados de gente, como em Canudos e no Caldeirão, foram combatidas pelo governo. Numa estiagem, aqui no Ceará, comerciantes, população e poder público descobriram outra maneira de livrar-se dos miseráveis: confiná-los em campos de concentração, onde eram tratados como bichos e morriam. Foi uma limpeza social, algo parecido com os campos nazistas.

— Meu pai discordava do nome campos de concentração. Preferia a maneira como os flagelados se habituaram a chamar: currais do governo.

— Um eufemismo, ao estilo do humor cearense. Mas o número de mortos nos campos foi alarmante.

— Papai falava, talvez para sossegar a consciência, que aqui não houve uma solução final, um plano de aniquilação dos flagelados, como os nazistas fizeram com judeus, ciganos, homossexuais e comunistas. Era bem diferente.

— De tempos em tempos as expressões extermínio em massa e genocídio reaparecem, como no caso recente de Alepo. Nos confrontos de brancos e negros nos Estados Unidos, na década de 1960, alguém identificou uma tentativa de extermínio.

— Acho que forçaram a barra com esse ponto de vista. O confinamento dos nossos flagelados é parecido com o plano americano de mandar a população negra para a Amazônia. Pensei nisso depois da conversa com Isaac. Você concorda?

— Não sei, Francisca. A existência dos campos nos envergonha e por isso foi ocultada. Só bem recentemente decidiram expor as feridas. Mas ainda precisamos de bastante luz sobre elas. Aqui no Brasil, se costuma falsificar a história.

— Dora fechou a casa sem olhar o que deixaria para trás. Ela tinha certeza de que nunca poria novamente os pés naquele chão. Por que trancar a porta? Não sabia responder. Escondeu a chave num vaso de planta murcha, preso à parede. Olhou o caminho à sua frente, o mesmo por onde Augusto foi à venda, dizendo que ia comprar fósforos, e nunca mais retornou. As crianças giravam em torno da mãe, excitadas com a novidade da viagem. Quatro filhos, três meninos e uma menina, eu o mais velho. Está ouvindo, minha filha?

— Estou. Procure não se cansar.

— Não estranhe eu falar Dora. Desaprendi dizer mamãe ou papai.

— Fale como achar melhor.

— Dora tinha escrito ao Padre Cícero, contando que havia sido abandonada pelo marido. Esperou resposta, mas não veio. Então fomos ao encontro dele. Todos partiam por causa da seca, não havia o que comer nem beber.

Conversamos no quarto que o pai e a mãe partilharam até a morte dela. Um ano antes, ele recebera o diagnóstico de câncer das cordas vocais e enfisema pulmonar. O tabagismo cobrava a conta.

— Fomos ao Juazeiro, sim. Não do jeito que vão agora, em caminhões e ônibus. Viajamos a pé e em lombo de jumento, minha irmã mais nova escanchada na cintura de Dora. O Padre Cícero ainda era vivo e batizou a menina. A gente dormia debaixo de árvore, acendia fogo, cozinhava a pouca comida que tinha.

Pedi à enfermeira que fosse repousar. Não quero interromper a fala do pai.

— Misturo os tempos. Não sei por onde começar. Anos remoendo lembranças e sentindo remorso. No caminho, encontramos uma casa de fazenda que resistia à fome. Os donos gostaram de mim. Me escondi num armazém vazio, na hora de partir. Dora me achou, me bateu com raiva, disse que eu tinha puxado o sangue traidor de Augusto. Vivia-se no desespero. Todos só pensavam em fugir da morte. Na miséria, os sentimentos nobres desaparecem. As pessoas traem a própria família.

— Não precisa se desculpar.

— Dora tinha medo que prendessem a gente no curral do governo. Havia sete, espalhados entre o Crato e Fortaleza, impedindo os miseráveis de entrarem nas cidades. Dentro deles, se morria fácil. Dora queria chegar ao Juazeiro, perguntar ao Padre o que fazer para escapar da fome e dos currais.

Interrompe a fala para respirar.

— Tento recompor minha história e a de milhares de cearenses. Não se tratava de mendigos, pessoas viciadas em pedir esmolas. Vivíamos desnutridos, doentes, à beira da inanição, e o mundo ignorava nosso sofrimento.

11

Suspenso nas alturas, o pó que o vento levanta produz a ilusão de nevoeiro. Não há esperança de chuva, tudo se estorrica debaixo do sol. A estrada de ferro desemboca nas estações com gente brigando para embarcar no trem. O mau cheiro dos corpos sem banho nem asseio, pouco dormidos, largados pelo chão recoberto de molambos ou palha, se junta à carniça dos animais mortos. Há oferta de carne em excesso, os cães e urubus nem dão conta dos vencidos. De um lado, homens, mulheres e crianças com urgência de matar a sede e a fome. Do outro, a barreira dos comerciantes com medo de saques aos armazéns, a Igreja, as famílias abastadas, o discurso humanitário e católico, a urgência em traçar os planos de um controle infalível dos miseráveis. O futuro se propõe numa viagem de trem, com passagens distribuídas pelo governo. Ao final dos caminhos de poeira e ferro, sempre as estações ferroviárias, antessalas dos campos de concentração, onde se entra empurrado, sem esperança de retorno. As cidades distantes são imagens de beleza e luxo, proibidas mesmo aos sonhos. Além dos arames farpados dos currais, as frentes de trabalho em troca de um prato de comida, sob vigilância cerrada para evitar as fugas.

Acostumados a não serem párias nos seus territórios, os sertanejos, retirantes indesejados, estranham os olhares sobre eles. No trajeto, consumiram as solas dos calçados, a roupa do corpo, a água e a comida poucas. Despojam-se de tudo, iguais aos judeus de quem se arrancavam as malas, os relógios e os dentes de ouro antes de entrarem nos fornos. Por último, perdem a fala, a paciência, a memória e os sonhos.

— As pessoas olham para o meu rosto, veem uma boca faminta e o perigo de desordem.

* * *

Não enxergam homens e mulheres calejados no hábito de plantar, colher, pilar, tecer, campear, olhar o céu e as lonjuras. Nas festas, arrancavam a mandioca, lavavam até retirar o último grão de terra, punham de molho em potes de barro. Quando apodrecia, peneiravam a massa e faziam os bolos para as festas, os mingaus dos meninos, as carimãs. A seca reduz tudo a nada. Os costumes viram falta, os teares parecem caveiras inertes. Curtir o couro do gado morto? Para quê? Nas estradas do exílio, todos cantam canções amargas a respeito da vida. As bolsas d'água das mulheres grávidas se rompem e as mães recolhem os filhos em panos secos. "Vamos", falam. E seguem caminhando, o umbigo do recém-nascido enterrado na porteira de algum curral vazio.

— Corre leite em Juazeiro, a terra prometida.

Nas cidades, os antigos ofícios deixam de ser praticados e são esquecidos. Agricultor, vaqueiro, oleiro, amansador, seleiro, tropeiro, aboiador, queijeiro, parteira, rezador, encantador de serpentes, cambiteiro, todos se sentem na obrigação de aprender novas artes, sobreviver em lugares onde não gostariam de passar uma única noite.

— Já não existe a profissão de torradeira de café. Ninguém mais escuta falar nessas mulheres que trabalhavam nas casas de família, em dias agendados com bastante antecedência. As mulheres famosas pela qualidade do serviço nunca tinham hora livre. Cobravam caro e só atendiam freguesas antigas. Não era qualquer uma que sabia dar o ponto certo da torrefação, reconhecer o instante exato em que os grãos precisavam ser retirados do fogo. Um minuto a mais e o café ficava queimado e amargo. Um minuto a menos e ficava cru, com sabor travoso. Pra tudo na vida existe um ponto certo, diziam orgulhosas do ofício, mexendo as sementes no caco de barro escuro, a colher de pau dançando na mão bem treinada, o fogo aceso na temperatura exata.

Em Juazeiro, cercando as igrejas e a moradia do Padre, ruas de casas, casebres, comércios e fabricos se espalham nas planuras de vegetação nativa. Todos os dias mais gente chega, levas, multidões de exilados peregrinos, desejando ficar, pôr termo à viagem. E buscam formas de sobrevivência, adaptam os saberes a outros, olham a serra do Araripe, onde sempre é possível achar o que comer e resistir à fome.

— Se encostem ali naquele canto e não façam barulho. O Padre está rezando. Quando for a vez de vocês, eu chamo.

Rezando? Parece dormir. Desde que ficou velho, cochila a maior parte do tempo. Os romeiros esperam pacientes que ele retorne do sono. Juram que o santo viaja por longe, o corpo no Juazeiro e a alma em Roma, conversando com o papa.

— Pai Nosso que estais no céu...

Uma beata puxa o terço.

— O pão nosso de cada dia...

Encontra-se mais gente na casa e nas ruas em volta do que nas estações de trem. As pessoas buscam consolo e orientação para suas vidas. O suor escorre dos rostos, amarelos como as paredes encardidas, onde o salitre avança em barras, do piso ao telhado, dando a impressão de desmazelo. Não há assento bastante. Homens, mulheres e crianças se comprimem de pé, paralisados pela inércia da fome e do medo.

— Pai nosso que estais no céu...

Por detrás de um altar improvisado, onde o Padre proibido de celebrar celebra, um céu de imagens em estampa: o Coração de Jesus, o de Maria, Nossa Senhora das Dores, São Pedro chaveiro, retratos de Cícero e da mãe, de santos menores envoltos em fitas e flores de papel, sem dourados nem barrocos. Paredes, portas e janelas reforçam a impressão de lugar onde se pratica o voto de pobreza. O assoalho em tijolos de barro descasca e suja os pés de vermelho. A cor que tingiu os panos do milagre, fazendo acreditarem se tratar do sangue de Jesus. O Padre ministrava a comunhão à jovem beata, a boca se abriu e por ela escorreu o sangue de Cristo.

— O pão nosso de cada dia nos dai hoje...

O milagre da transubstanciação negado. Embuste, disseram as dioceses do Crato e Fortaleza. Embuste, proclamou Roma. Milagre, gritaram os romeiros. Vozes contra vozes, fracos contra poderosos, fé contra processos canônicos. Suspensão de direitos. Não batiza, não casa, não celebra missa, não ministra a comunhão. Igreja popular contra Igreja Católica Apostólica Romana.

A casa se transforma em templo no entra e sai das pessoas, alimentadas pela devoção.

— Salve Rainha, Mãe de Misericórdia, vida, doçura e esperança nossa...

As beatas pedem novo silêncio quando o terço acaba. Alguém puxa um bendito, que relata os milagres acontecidos.

Há pessoas ricas na sala, sentadas em cadeiras de palhinha e couro, gente vinda de longe. Hospedam-se na residência do Padre e, quando vão embora, deixam doações em dinheiro, terras e gado. A paróquia da cidade prosperou bastante desde que foi transformada num lugar de romarias. Cícero tornou-se membro da liga dos coronéis, um homem poderoso. Seus conselhos são obedecidos como lei.

Um casal bem-vestido, o homem em paletó de linho de bom corte, relógio de ouro na algibeira, a mulher com renda francesa, brincos, pulseiras e anéis, atende o filho portador de paralisia cerebral, deitado numa cama-berço em formato de canoa. O menino assombra pelo tamanho da cabeça e pela deformidade do corpo. Geme e elimina gases com barulho, causando vexame nas pessoas. Veio se consultar com o Padre, receber uma bênção curadora. A mãe enxuga a baba escorrendo pela boca do doente, olha as pessoas com desprezo, retoca o cabelo e se olha num pequeno espelho de bolso.

Dora encolheu-se no lugar indicado. Os pés descalços feridos, o vestido roto, um pano sujo na cabeça, a filha pequena nos braços, os três meninos agarrados a ela. Observa os romeiros, sabe que todos esperam um milagre em suas vidas.

— Orai, meus irmãos.

O Padre finalmente abre os olhos e apela às pessoas que rezem. A voz é fraca, incompreensível de tão baixa, o que dá margem a duvidosas interpretações de suas falas.

— Não façam barulho, ordena a beata.

Os sussurros emudecem, reina um silêncio de se escutarem as moscas. Longe, os pipocos dos fogos. Alguém paga promessa.

— Padrinho!, exclama um romeiro, se ajoelha e bate no peito com a mão.

Um clamor súbito contagia as pessoas, todos se ajoelham, choram e gritam.

Os convidados de honra viram as cabeças e fingem não assistir a cena ruidosa.

— Silêncio! Se comportem ou nosso Padrinho não fala com vocês.

A beata põe ordem no encontro que se repete todos os dias, de manhã e de tarde. Aos romeiros nada importa do que ordenou o papa. Roma é Juazeiro, tangível, ao alcance da vista e dos ouvidos.

— Meu padrinho me socorra. Para onde vou numa seca dessas?

— Sabe trabalhar o flande?

— Sei, sim, senhor.

— Então, fique por aqui mesmo, fabrique candeeiros.

Os do lado de fora enfiam as cabeças pelas janelas. Uma banda de pífaros passa tocando na rua com uma bandeira e um pequeno andor com a imagem de Nossa Senhora das Candeias. Alguém paga promessa. Os fogos estouram e por algum tempo se escuta o pipocar ao longe.

— Shiiiiii… pede silêncio a beata. Estamos na casa de um filho de Deus.

O velhinho pende a cabeça para o lado e volta a cochilar.

Do meio do povaréu uma voz forte de homem pergunta:

— O pai é Deus?

— Sim, o pai é Deus.

— O Filho é Deus?

— Sim, o Filho é Deus.

— O Espírito Santo é Deus?

— Sim, o Espírito Santo é Deus.

— E o nosso Padrinho Ciço quem é?

Todos, em coro, numa força arrancada não se sabe de que sustança da alma e do corpo:

— É o filho de Deus, nosso Salvador.

Muitos caem no choro, batem com as mãos no peito, se benzem e se ajoelham, sacodem para o alto os rosários de contas azuis e brancas.

— Viva a Mãe das Dores!

— Viva!

Gritam e aplaudem.

— Viva Nossa Senhora da Boa Morte!

— Viva!

Mais choros e gritos. Alguém puxa um hino.

Bendita e louvada seja
A luz que nos alumeia.
Valei-me meu Padrinho Cícero
E a Mãe de Deus das Candeias.

Do chão ao telhado da casa alta as vozes crescem, se elevam, ganham volume e textura, arrebanham as pessoas num mesmo apelo aos céus, ao milagre da salvação de suas vidas na terra. O que fazer? Para onde ir? O que significam os trilhos e a poeira, as estações e os currais de gente?

Por que caminho tão longe
E cheio de tanto arrodeio?

Do meio dos migrantes, surge um casal sustentando um jovem adolescente. O rapaz luta para se livrar das cordas que o amarram. Traz sinais no rosto e no corpo das agressões que se infringiu. Dentadas, ferimentos, equimoses. Baba e não para de se contorcer.

— Por que trouxeram ele aqui?, protesta a beata.

— Íamos levar pra onde?

— Ao médico.

— Doutor não cura essa doença.

— Não temem pela saúde do Padrinho?

Movido pelo chamado ao seu nome, o Padre desperta de mais uma viagem a Roma. Olha o possesso, os pais exaustos, as pessoas com medo. Pede ajuda, levanta-se da cadeira e vai até o rapaz. Põe a mão sobre a cabeça dele e balbucia palavras. A sala ganha o silêncio da lá. Trazem um banco, sentam o rapaz, oferecem água e ele bebe. O Padre continua mexendo os lábios, o corpo oscila como se fosse tombar. Alguns hóspedes ilustres se aproximam e amparam o santo, que continua no transe sonâmbulo. Ninguém se atreve a puxar uma reza ou bendito. O tempo estagna.

— Soltem o rapaz.

Ao sentir-se livre, o garoto caminha pela sala, ri, aperta as mãos das pessoas. Os pais caem na sala, chorando.

— Levem o filho de vocês, ordena o Padre.

Pede ajuda e volta a sentar-se.

Surge novo tumulto pela casa e arredores, misturam-se gritos de "milagre" a rezas e cantos. Queimam mais fogos e proclamam vivas. Os romeiros desejam ser ouvidos pelo Padrinho, alguns avançam sobre a linha divisória estabelecida pela beata cuidadora.

— Silêncio, já mandei calarem a boca. O Padrinho vai atender três famílias, dar a bênção, e está encerrado por hoje. Será que não percebem? Nosso santo está fraquinho.

A notícia de que apenas três famílias poderão se dirigir ao Padre provoca um tumulto. Da rua, calçadas, janelas e portas as vozes imploram a chance de serem ouvidas. Um dos coronéis convidados não se contém e ocupa o meio da sala, separando com o corpo alto e volumoso o Padre dos seus devotos.

— São surdos? Não ouviram as ordens da beata?

As pessoas se intimidam e recuam.

— Ninguém vai negar um prato de comida a quem passa fome, é contra a lei de Deus. Jesus pregou: "Dê o que sobrar de vossa mesa". Temos poucas sobras, mesmo assim queremos fazer caridade. Mas é preciso ordem. Vocês não podem circular pelas ruas livremente, assustando as famílias e os comerciantes.

O Padre continua alheio ao que se passa.

— E vamos ficar onde?

— Nos campos de concentração.

— Currais, o senhor quer dizer.

— Campos. Se alojem neles ou embarquem para outros estados. Tem um campo no Crato. Fiquem por aqui mesmo.

— Eu vou pra capital, gritam lá de fora, na rua.

— Fortaleza não é lugar pra essa gente. Pensam o quê? A cidade foi embelezada, custou caro, pertence ao povo de lá. Vocês são sertanejos, outra nação. Mania de baterem pernas. Vão achar o que em Fortaleza? Não é bonito pras famílias decentes o espetáculo de ruas e praças cheias de mendigos, expostos aos perigos de ordem moral.

— Quero trabalho e comida.

— Tem cinco campos fora da capital, dá para todo mundo.

— Não matei nem roubei pra ser preso.

— Criamos os campos para salvar as cidades e os flagelados.

— Não quero que raspem minha cabeça.

— Nem me vistam de saco.

— Encheram o juízo fraco de vocês com mentiras, grita o coronel. Isso é fumaça, fumaça.

— Ninguém nasceu hoje.

— Sou sertanejo calejado.

— Pois devia raciocinar melhor.

Os ânimos se exaltam, os acompanhantes do coronel se enfileiram. Medem forças com os retirantes.

— Quem pensa diferente desses homens dê um passo à frente.

Ninguém se move ou fala. Calados todos. Um homem queimado de sol avança alguns passos.

— Tem gente dos nossos, que depois de um mês no curral fica igual a sua laia. Se vendem, vigiam e entregam os irmãos. É a fome que provoca isso. Mas eu não me rendo.

Rumores e gestos percorrem o recinto. O coronel cochicha à beata que é necessário mandar todos para fora ou convocar a polícia.

Porém um novo milagre acontece. O Padre acorda do sono, se levanta sozinho, ergue a mão numa bênção e volta a sentar-se. Observa a sala ao acaso. Gira a cabeça, esbarra numa mulherzinha esmolambada e raquítica, pede delicadamente que se aproxime dele. A beata tenta impedir que a miserável avance além da corda invisível que estabelece as divisões na sala, mas o Padre estende os braços como se fosse ampará-la no colo. A pobrezinha senta no chão, ainda sem compreender a graça alcançada.

— A bênção, meu padrinho!

— Deus e a Virgem Santíssima te abençoem.

— Louvado seja Nosso Senhor Jesus Cristo.

— Para sempre seja louvado. Fale, minha filha, abra seu coração.

Mesmo tendo remoído sua queixa uma infinidade de vezes, a mulher não sabe por onde começar. Olha para os lados, resolve emudecer, mas teme a desobediência ao Padre.

— Quando parou de chover e faltou comida, o marido perdeu o juízo. Antes, já não tinha. Cruz-credo! Eu só imaginando coisa ruim. As três meninas nem saíam mais da rede, sem força de andar. De noite, eu entretinha a fome delas. Botava uma pedra de sal na boca de cada uma.

Emudece, arranca os cabelos poucos, olha para os lados como se estivesse arrependida do que falou.

— Meu padrinho!

— Estou escutando, filha.

— Numa tarde, acendi o fogo por costume. Não tinha o que cozinhar nas panelas. As meninas pedindo para comer. "Mãe, mãe, mãe!" Um desespero na alma. Quem conhece a fome sabe. O marido pegou a espingarda. "Vai pra onde?" "Cansar as pernas." "Não sobrou um passarinho vivo", eu falei. Ele detrás de casa, andando pra lá e pra cá. Só ouvi o tiro. Ai, que desamparo, meu Deus!

Chora humilhada e ofendida. Parece menor e mais insignificante do que costuma ser.

— Escapei sozinha e conto a história.

O Padre ofega dentro da batina quente. Pigarreia, chama a beata para junto dele, cochicha. A beata ampara a mulherzinha que aparenta cem anos. As duas abandonam a sala em meio ao estupor das pessoas.

Os nobres apartados se olham, falam baixo, as mulheres desenham na testa, na boca e no coração o sinal da cruz. O menino doente gargalha e libera gases ruidosos, aumentando o odor desagradável do recinto.

Nessa hora, um beato conhecido dos romeiros por suas pregações sobre o fim do mundo, e pelo costume de perambular na companhia de um boi milagreiro, invade a sala e ocupa o meio da cena. É negro, alto e seco, aparenta setenta anos, veste hábito comprido de madapolão branco. Maneja um cajado quando fala e, dessa maneira, evita a proximidade dos corpos. Grita como se pregasse num deserto a milhares de fiéis.

— Louvado seja Nosso Senhor Jesus Cristo.

— Para sempre seja louvado.

— A bênção do Nosso Padrinho.

— Amém.

— Meus irmãos!

— Falai, iluminado.

— No primeiro cantar do galo esperei a friagem da noite e as águas caírem do céu. Não veio nada e entendi que era castigo. Na madrugada alta apurei os ouvidos para o lado onde as biqueiras escorrem e não escutei gargarejo. Um galo cantou rouco, confirmando o presságio. Não acordem, não acordem, não saiam das redes nem abram covas na terra. As sementes não brotam no seco. Plantar para quê? O trabalho é obrigação de todos e a colheita um direito. Quando plantarem e colherem, juntem numa mesma tuia e só retirem dela o que precisarem pra matar a fome. Se pra cobrir a nudez basta um pano de algodão, não gastem seda se embelezando. O luxo agrada ao diabo, a modéstia a Deus. Plantem, plantem, mesmo que o solo seja ruim igual ao coração fechado de vocês. Pra que gastar palavras com os que sentam separados dos pobres? Jesus falou, é mais fácil um camelo passar pelo buraco de uma agulha do que os ricos se salvarem. Na madrugadinha eles enchem a barriga de coalhada e rapadura. Comam, se fartem, mas não esqueçam os que roem a batata do umbuzeiro e os que nem isso têm pra roer. As grotas não correm, os riachos não enchem, os rios secam, o mar se evapora. É a seca, filhos de Jesus Crucificado, será que não compreendem? Não estão vendo? Olhem para o alto, incrédulos. O cometa passou na viração da tarde. Havia luz forte e ninguém enxergou ele. A seca veio para todos, pobres e ricos. Uns morrem e outros escapam. É assim desde o começo dos tempos. Só no dia do juízo final, quando tudo for pesado e medido na balança de Deus, os ricos vão pagar a conta que devem e os pobres, receber o que foi tirado deles.

Encurva-se até quase tocar a cabeça no chão. Fala baixinho, inaudível, passando a mensagem que poucos irão alcançar.

— Pôr do sol, hora da raposa, boca da noite, noite velha, hora de visagem, perto da meia-noite, meia-noite. Esfria, esfria, esfria, mas não chove. Ponham sal na moleira e esperem.

Todos se ajoelham contritos. Ele repete com outras palavras as mesmas profecias sobre o final dos tempos.

— O fim do mundo está chegando. Um planeta que nunca se viu brilhou de madrugada. Parece a estrela-d'alva? Respondam, devotos. Não se enganem, o Cão possui muita armadilha. É Lúcifer, o Anjo revoltado. Brilha e cega quem se arrisca a olhar. A espada de fogo que varre a terra vai derreter as pedras. Só os tementes a Deus escapam ao inferno. O pecado atraiu o planeta desastroso, a seca e a fome. Rezem e se valham da Virgem Maria. Nossa Senhora do Desterro, desterre esse mal para longe. Cruz, cruz, cruz, a Mãe das Dores habita a terra santa do Juazeiro. Com Ela, meu Padrinho e o Divino Espírito Santo, nada de mal nos acontecerá. Quem estará contra nós? Ninguém.

Apruma-se bruscamente, gira o cajado nos ares, o madapolão se insufla como a saia de um dervixe. Algumas pessoas estremecem de pavor. As famílias distintas escutam a pregação de longe. Uma senhora treme e se agita, possessa. As beatas recolhem a louca ao seu quarto na casa.

— Vamos espalhar as trovoadas que no céu andam armadas.

Com o mesmo ímpeto que irrompeu na sala, ele sai carregando uma legião de seguidores. Escutam-se cantos, gritos, vivas e palmas cada vez mais longe, até desaparecerem de todo.

— Qualquer um que agredir um guarda do campo deixa de ser um flagelado faminto e vira um inimigo do governo.

Com a saída do Beato, homem devoto e da estima de Cícero, o coronel retorna ao palco, indiferente ao dono da casa.

— Pra quem é o recado?

— Algum de nós falou em campo?

— Respeite a casa do Padim. Aqui o senhor não manda.

Referem-se ao território livre em que se transformou a morada. Ali, apesar da vigilância das beatas e dos políticos importantes, todos os romeiros se acham com o direito a entrar e sair. O tumulto cresce, os convidados ilustres se enfileiram novamente. Alguém cochicha que é necessário providenciar uma limpeza. Um retirante encostado numa das paredes à frente escuta e se revolta.

— Ninguém aqui está podre. Carniça é o que vocês nos oferecem pra comer.

Os outros também assumem as dores, mesmo sem saber o que desencadeou a revolta.

— Sobejo, lavagem de porco.

— Não vamos impedir que os nordestinos pobres busquem escapar da fome. Os campos são o lugar de vocês, entendam isso.

— O jeito mais fácil de se livrarem da gente.

São necessários muitos pedidos de silêncio até que o vozerio se desfaça. Durante a representação do beato e o enfrentamento de famintos e convidados, o Padre dorme sereno, alheio aos anúncios do fim do mundo. De repente, se acorda e volta ao centro das atenções e ansiedades.

— E a mulher com as quatro crianças, por que não se aproxima?

Diz à queima-roupa, e Dora só acredita que se trata mesmo dela quando percebe todos os olhos cravados no seu rosto. Avança, puxa os filhos. Jonas emburra e não arreda pé do lugar. Dora desiste e segue sem ele. Ajoelha-se e o padre manda que se levante.

— Conte suas queixas, minha filha.

— Padrinho...

Por onde começar a história repisada tantas vezes? Agora que está diante do homem santo, parece não ter nada a dizer ou perguntar. As pessoas olham para ela, invejando sua sorte.

— Padrinho, meu marido saiu de casa dizendo que ia comprar fósforos e nunca voltou. Escrevi três cartas ao Padrinho e não tive resposta. Perdemos o rumo e então vim aqui.

— As palavras se extraviaram pelo caminho.

— Sim, senhor.

Não há mais nada o que dizer. Mesmo assim, Dora continua falando.

— Quero que o senhor me responda uma coisa, sem eu perguntar.

As pessoas acham graça, o padre sorri benevolente, Dora puxa os filhos para junto dela, olha em torno encabulada e procura Jonas, escondido num canto.

— Minha filha, você é uma mulher de fibra. Nem todo homem tem o seu calibre. Uma sertaneja. Não perca o futuro. Vá embora pro Acre, se arrisque. Deus lhe dará força e a Mãe das Dores, proteção e graça. Não tema.

Termina o sermão, baixa a cabeça, fecha os olhos cansados. Volta a Roma. A beata se aproxima e arrasta Dora e os filhos do lugar de honra na casa, onde se fala e se é escutado. Jonas continuaria escondido se a mãe não fosse até ele e o arrastasse. As vozes se misturam, mas já não há o que ouvir ou perguntar. As histórias se repetem na semelhança das dores. Raptaram uma moça para matá-la e comê-la, no alto da serra. Um rico que viajava ao Juazeiro em visita ao Padre trocou-a por um burro de sua tropa. Dias depois a família enlutada recebeu-a de volta. Um pai relata de que maneira sua filhinha morreu de fome e intoxicada por comer uma semente venenosa. Jura, chorando, que os passarinhos pousaram numa árvore seca no terreiro da casa e cantaram uma despedida tão triste que só de lembrar sente saudade e desejo de morrer. E outras histórias mais, todas tristes e penosas.

— O restante eu esqueci, ou procurei esquecer. Vejo aquele tempo através de uma nuvem marrom, a poeira que nossos pés levantavam nos caminhos, dando todos eles em estradas de ferro e nas estações, onde nos amontoavam como o gado de corte para o embarque. Reses magras, famintas e sedentas, pele e osso. Mesmo assim brigávamos para entrar nos trens e seguir. Queríamos Fortaleza, a capital. Algo misterioso nos atraía para lá, as águas do oceano, talvez, ou a civilidade como eles disfarçavam nosso massacre. Muitos jovens se empregavam na indústria, trabalhando quase de graça. O Cariri estava seguro contra as invasões, os administradores aplicavam medidas enérgicas, espancamentos e assassinatos. Nós assaltávamos os armazéns ou pedíamos esmolas. Não havia crime ou pecado em arrombar portas para enganar a fome. A necessidade criava uma nova ética na multidão faminta.

— O senhor quer descansar?

— Não. Resta pouco tempo para mim.

Recosto-me na poltrona, desejando que o pai se cale.

— A beata preveniu a gente sobre os campos de concentração, sete barreiras a ultrapassar antes do navio. Tinha a carta do Padre, o salvo-conduto. Difícil era escapar aos guardas, não ser grilado para dentro dos currais, onde se morria de fome ou doença. Dora firme, a menina pequena nos braços, os três filhos vigiados por seus olhos até quando ela dormia. Uma leoa, Dora.

Começa a tossir e a chorar.

— Pai, por favor, se dê uma trégua.

— Trégua, trégua, quem dava trégua? Éramos empurrados por uma força que nunca soube de onde vinha. Multidões de famintos nas estações, todos brigando por um lugar no trem, Dora arrastando os filhos, sozinha contra o mundo, apavorada com medo de que um de nós se desgarrasse. Nenhum ficou para trás, nenhum, até chegarmos ao porto de Mucuripe e avistarmos o mar pela primeira vez. Você já viu o mar pela primeira vez? Eu vi e decidi seguir em frente. Chegar à frente significa deixar outros para trás. Nisso reside a traição.

— Pare com isso, imploro.

Não me ouve, sempre foi surdo aos rogos. Silencia e eu não tenho coragem de constatar que morreu. Ele quis assim, sem a ajuda de aparelhos ou cuidados intensivos, sem sedação nem médicos por perto. Espero e resolvo dormir. O que muda se adormeço ao lado de um morto e se ele é meu pai?

— Seu avô viu o rapaz branco de olhos claros, parecendo um senhorzinho de engenho. Não tinha filho homem, apenas uma garota de minha idade, sua mãe. Convidou-me para fugir com ele. Comerciava com açúcar e o navio partia no dia seguinte, de volta ao Recife. Não dormi naquela noite, Dora desconfiada, me olhando dos pés à cabeça. Nos currais, aliciavam os sertanejos com saúde e disposição para o trabalho. Crianças órfãs eram adotadas, mas contavam horrores sobre o destino delas.

— Posso acender a luz?

— Não.

Deixo o quarto no escuro.

— Pelos ruídos, percebo que o navio se afastou do cais. Saio do lugar onde me escondi. Seu avô põe a mão no meu ombro, as garras de gavião seguram a presa. Um passarinho que não reage, se entrega docilmente. Arrisco-me a olhar a praia. Será mesmo Dora e os três irmãos? Nunca vou esquecer. O leviatã engole Jonas. Um tubarão é mais justo dizer do seu avô. Jonas, Jonas, imagino escutar a mãe. O balbucio da irmã pequena, Jonas, Jonas. E o coro dos irmãos homens, Jonas, Jonas. A mãe nunca perdoou o marido Augusto, relembrava o pai com ódio. O mesmo sangue ruim corre nas veias do filho Jonas.

— Traidor!

Solta estrídulos, a respiração para. Mais um pouco e irá morrer.

— Ache Dora, ache os irmãos. Me livre desse inferno.

12

A imagem do homem desenhando calcinhas e sutiãs em folhas de papel, riscando curvas femininas nos tecidos, cortando e depois costurando, me tira o sono. Penso em dedos longos percorrendo sedas macias, rendas sensuais e transparentes, que sugerem formas ocultas, ansiosas por se desnudarem. Desejo que esses dedos também me percorram, desvelem os últimos veios de uma sensualidade reprimida a ponto de explodir no sol quente de Juazeiro. Os pelos se eriçam à lembrança das mãos desfazendo vincos nos brocados, criando formas de peitos e bundas nas lingeries. Toco meu corpo sem erotismo, onde as curvas desapareceram e o feminino se escondeu em calças jeans, blusas largas de malha, tênis e chapéu. Mesmo vestida nesse figurino, Daiane não perderia a beleza. Minha geração feminista descuidou o feminino. Supusemos que os homens amavam o desleixo e, mais do que o corpo, preferiam a cabeça recheada de miolo político. Quando pulsávamos nuas na cama, sem nenhuma gota de Chanel, a nosso favor tínhamos apenas o desejo jovem, a liberdade revolucionária do sexo, rompendo com a tirania do pecado. Trepávamos para afirmar que podíamos fazer isso livremente, sem culpa nem repressão. Exaustos, os companheiros caíam de lado, acendiam um cigarro, e nós olhávamos absortas as manchas de mofo no teto, em algum quarto sem atrativos. Indiferentes a perfume, maquiagem e lingeries, parecíamos com os rivais a quem pretendíamos superar, desprovidas de pênis, testículos e fantasias eróticas. O que há de especial num homem que costura calcinhas e sutiãs? Será que ele experimenta as suas criações no próprio corpo, sem receio de parecer uma mulher?

— Por que o espanto? É proibido a homem?, Wires me perguntou na viagem.

Não respondo à pergunta, deitei apenas com Afonso. Ele habituou-se a dormir ao meu lado, quando a apneia não interrompe o sono. Os anos de casamento nos transformaram em maninhos. Um irmão com direitos civis a ter amantes, de preferência jovens e pobres. Wires também é jovem e pobre, um perigoso desvio de trajetória. Escondi na bolsa o endereço do albergue onde ele se hospeda. Recusou-se a ficar no mesmo alojamento dos conterrâneos romeiros. A escolha me assusta, aumenta a excitação e os receios. Afonso caminha por ruas cheias de gente, sozinho ou acompanhado. Falei para ele que continuaria minhas buscas, mas nem sei aonde ir. Qualquer direção que eu tome me levará a lugar nenhum. Abro a bolsa, sigo direto ao endereço anotado no papel.

Ligo o computador e pesquiso sobre a cidade de Wires. Alguns documentários mostram imagens filmadas do interior de um carro em movimento. Reconheço ruas, casas, igreja, parque, Toyotas e motos. Tudo igual às outras cidades do agreste. Escuto a banda municipal se apresentando na festa de um santo. O sotaque dos rapazes entrevistados é igual ao de Wires. Há dois anos, estive na cidade comprando bordados. Vi caminhões de romeiros e me impressionei com a imagem de pessoas comprimidas nas carrocerias. Supunha que fosse proibido esse modo de transporte. Quando decidi sair à procura de Dora, escolhi fazer um percurso semelhante. Lembrei-me da cidadezinha e dos romeiros.

Vejo fotos de acontecimentos sociais, shows com bandas de forró, desfiles cívicos, procissões, rostos e poses, vários homens assassinados, expressões apavorantes, poças de sangue no chão. O morto dentro de um bar parece com Wires. Sentado, os olhos abertos e fixos no nada, a garrafa de cerveja e um copo pela metade. Espera que as coisas se transformem? Pode ser o irmão gêmeo, ou o primo. Sinto o mesmo horror de quando via as cabeças decapitadas dos cangaceiros, expostas num museu em Salvador. Não há legendas, ninguém se preocupou em identificar as vítimas nem escreveu por que foram mortas. Acabou-se, fica por isso mesmo, a polícia certamente nem investigou os assassinatos. Retorno cem vezes ao que suponho ser o irmão gêmeo de Wires. Por que me excito com a imagem de açougue?

Batidas na porta.

Wires?

Peço que aguardem, corro ao espelho e retoco o cabelo.

Um empregado do hotel traz um bilhete de Afonso. Ele nem se deu ao trabalho de subir, diz que está sem febre e caminha com a família de Daiane.

Volto ao laptop, consulto sites de relacionamento e garotos de programa na cidade onde Wires mora. Maria do Carmo me preveniu para tomar cuidado. Além da ferida na perna, Wires sofre uma doença de homem, contraída pelo sexo.

Nenhum dos garotos de programa com o rosto à mostra parece com Wires.

As informações se repetem: idade, tamanho do membro, passivo, ativo, fetiche, dominação, beijo grego, chuva de ouro... Desligo o computador. Preciso recomeçar a procura de Dora. Por onde? Tomo banho, ponho o único vestido que trouxe, borrifo perfume pelo corpo, passo batom nos lábios, apanho a chave do carro.

Conheço a cidade, afasto-me do centro e chego ao albergue.

Wires me recebe contente, mas não diminui o volume da música que escuta.

Queixo-me, pergunto se não pode desligar o som, acho ruim o que ele ouve. O mundo estranho afronta o meu impulso. Recuo. Mas permaneço no mesmo lugar, a chave do carro dentro da bolsa.

— Lembrou de visitar o amigo?

Sinto a boca seca, a respiração ofegante, não consigo manter a conversa, é diferente de quando falávamos na carroceria do caminhão, em meio aos outros romeiros. Atrapalho-me. Falta um enredo que justifique nossas falas, desconheço esse novo lugar, habituei-me a papéis definidos. Não seria a mesma coisa se eu estivesse com Bernardo ou Isaac. Preciso criar uma dramaturgia, mas não tenho imaginação para o teatro. Estou mais confortável numa sala de aula ou com um entrevistado.

— Perdeu a língua?

— Desculpe, ainda não sei o que vim fazer aqui.

— Me ver.

Poderíamos ir direto ao que interessa. O que interessa? Se Wires fosse menos bonito e atraente, facilitava a retirada. De bermuda, ele expõe a perna que sofreu o trauma.

— Foi feio, não?

Mostra as cicatrizes e sorri, como se o ferimento valesse um troféu.

— Você ficou inteiro, é o que importa.

Digo sem graça, a língua pesada.

— Vamos sair?

Estremeço à pergunta.

— Para onde?

— Lugar não falta.

Responde firme e me encara.

— Espere um instante. Consegue um copo d'água pra mim?

Conversamos numa sala minúscula, ao lado de um corredor, por onde os hóspedes transitam continuamente. Wires se afasta e reparo o quanto é magro na camisa sem mangas. Minha inquietação se agrava quando sou deixada sozinha. Em um minuto posso entrar no carro e fugir. Ele percebe minha insegurança e retorna ligeiro. Traz uma garrafa d'água e dois copos. Bebo.

— Estava com sede, hem?

— Muita.

— E essas mãos tremendo?

Segura minhas mãos entre as dele. Estremeço. Não receio as pessoas, são todas desconhecidas e habituadas a cenas extravagantes. Deixo que Wires afague meus dedos, o que faz com ternura. Não para um instante de rir, nem tira os olhos do meu rosto.

— Você é bonita, Francisca.

— Não minta.

— Não estou mentindo. Gosto de mulheres maduras.

— E sem experiência?

— Experiência se ganha.

Durante quanto tempo consigo sustentar essas falas?

Aproxima o corpo do meu e me beija.

— Posso trocar de roupa? Mas não vá embora quando eu der as costas.

Fique assim mesmo, é mais fácil despir.

Quero dizer e calo.

Ele sai. Vejo-o de costas, suas nádegas são insignificantes. Um homem de músculos, pele e ossos, alguns quebrados.

Devo escapar.

Wires não tem a menor chance de me descobrir no meio de trezentos mil romeiros. Encontrou-me uma vez num barzinho, entre centenas de outros bares da cidade. Pura sorte. Ou azar.

Esqueço a loucura e retorno ao hotel.

— Você que sabe. Pensei que fosse rolar alguma coisa entre a gente.

— Me conta, o que você tem com esse Hermógenes?

— O Hermógenes? Cismou com o cara? Ele compra minhas lingeries, manda pra São Paulo e vende nas feiras da sulanca. Quando fiquei parado por conta do acidente, foi ele quem segurou a barra de dinheiro. A coisa apertou. Não tenho capital, costuro e vendo.

Impossível duvidar de tanta sinceridade.

— E, se ele possui dinheiro, por que entrega água em caminhão-
-pipa e transporta romeiro em pau de arara?

— É complicado, uma pessoa de sua classe não entende. Vocês têm garantias que nós não temos. A gente se vira com o que aparece, desde que role uma grana. Não está fácil, a crise pegou. Teve o lance do Hermógenes se apaixonar pela garota. O jeito que ele achou de chegar perto e conquistar Daiane foi entregando água na casa dela. Daiane era mulher dele, depois não quis mais ver o coroa. Ele viajou nessa romaria só pra ficar de olho nela. Já avisei pro seu marido cair fora.

É com esse homem que eu penso em me deitar. É ele que eu desejo na cama, despida e entregue. Como passaremos da relação de violência para o carinho e o sexo? Será que Wires separa uma coisa da outra? Corro perigo, tenho certeza disso. Muitas mulheres correm perigo semelhante a esse na busca do prazer. Todos os dias. E mesmo assim continuo dirigindo o carro, driblando os pontos de congestionamento de romeiros. Seguimos para o motel que Wires me sugeriu, entre o Juazeiro e o Crato. Ele afaga meu pescoço com o dorso da mão, sinto a maciez de seus pelos, um enlevo que põe em risco minha direção ao volante.

— Vou parar de mexer com você, assim bate o carro.

Recosta-se no banco, fecha os olhos e cochila. É tão bonito, delicado e frágil. Talvez fosse bom se continuasse desse jeito, dormindo alheio aos perigos, sem nunca revelar as possíveis maldades, as doenças adquiridas através do sexo.

— E as três mulheres que o Hermógenes matou com os sobrinhos? Duas eram menores.

— Você leu no jornal?

— Li.

— Por que me pergunta? Não sei mais do que saiu no noticiário.

— São pessoas de sua cidade.

— São. E daí? Só por isso tenho que saber das coisas ruins que acontecem, e parecer com elas?

— Não disse que parece.

— Mas pensou. Seria melhor se tivesse dito. No meio de vocês só tem gente inocente e boa?

— Não.

— Ainda bem que reconhece.

Se cala.

Não pergunto se aceita continuar dentro do carro.

— Por que estuprar e queimar as moças?

— Não sei responder.

— E ficou por isso mesmo. Os dois rapazes estão soltos, o Hermógenes está solto, perseguindo Daiane.

— A polícia não provou nada.

— A polícia nunca prova nada dos crimes contra as mulheres. Você conhece os dois rapazes, são seus amigos?

— Amigos propriamente, não, apenas colegas de motocross. Onde moramos tem serra, nos feriados corremos em motos.

— E se acidentam.

— Também.

— E você fala de tudo isso com naturalidade.

— Vou falar como? Todo mundo condena o Hermógenes e não liga de Daiane ter matado o menino.

— É direito dela, tem o filho se quiser.

— Muda o jogo agora. Pode matar um inocente?

— Não adianta, vocês não entendem a diferença.

— Estou acostumado, só vocês sabem o que é bom ou ruim pra gente.

Sorri tranquilo, volta a recostar-se no banco querendo dormir.

Paro o carro, peço a Wires que desça, dou a ele uma nota de dez reais, falo que apanhe um mototáxi e volte à hospedaria.

O que falta para eu agir assim?

Força de resistir ao meu desejo, à vontade de sair no sol quente, me deitar nos lajedos em brasa e queimar de vez.

— Diminua a marcha, é logo ali à direita.

— Como faço para entrar?

— Vai aparecer um número aceso. É o número do nosso quarto. Estacione lá. Deixe que eu aciono o fechamento da garagem.

— E a chave do apartamento?

— Está na porta.

— Vinte e três, é aqui, entre!

Mais tarde sentirei vergonha porque tratei Wires com desconfiança, um terror menor apenas que o desejo. E remorso, um remorso corrosivo, úlceras no estômago que nenhum remédio previne. Não conseguirei olhar seu rosto, onde leio sinais de ternura e abandono. Há pântanos separando as pessoas, estudei teorias sobre eles, como se formaram, e por que mantemos relações escravocratas, de poder. O conhecimento não ameniza a consciência. Chafurdarmos nos lamaçais querendo chegar limpos ao outro lado, sem pagar um preço.

Enquanto dirijo o carro ao motel, fantasio a conversa que terei com Wires, de volta à sua pensão desconfortável e escura, ao quarto sem janelas onde se comprimem cinco beliches debaixo de um ventilador de teto, girando as labaredas do calor infernal. Vi lugar parecido, uma antiga senzala. Melhor esquecer.

— Você pode me ajudar, Francisca?

— Quanto?

— Quinhentos. É muito?

13

No tempo em que eu saía de gravador a tiracolo, entrevistando quem passava em minha frente, entrei certa noite na casa de um brincante popular. Era uma pequena construção de taipa, num recanto onde a cidade começava a invadir a serra. Duas lâmpadas de baixa claridade pendiam dos caibros, lembrando a iluminação a candeeiro. Talvez o proprietário sentisse nostalgia do escuro, ou mais provavelmente procurasse economizar os gastos com a energia elétrica. Fui recebida na calçada, sentamos em cadeiras rústicas e conversamos. De vez em quando subiam e desciam carros pela rua estreita, projetando a luz dos faróis sobre mim e o entrevistado. Filho mais velho de uma família de músicos, ele próprio fabricava os instrumentos da banda composta pelo pai e os três irmãos. Recolhia madeira, cipós e bambus na mata. Durante as apresentações do grupo dançava, fazia arremedo de pássaros e tocava zabumba, caixa e pífaro. Tinha orgulho de ficar dias sozinho no meio da floresta, caçando aves e veados. De noite, armava a rede para dormir no topo das árvores e, de madrugada, se escondia em esperas camufladas, próximas aos lugares onde as caças vinham beber água. Narrava como se fosse agora o que já se tornara passado. Há tempos a caça fora proibida, mas sobrara o costume de recolher-se ao silêncio da serra, onde era possível observar pássaros, animais e insetos e representá-los nas músicas e danças.

Confessou-me que acreditava ser possível esconder-se na floresta e nunca ser descoberto. Se acontecesse uma Terceira Guerra Mundial, escaparia facilmente dos inimigos. Porém, agora, perdera a crença de se tornar invisível. Não havia lugar onde os homens não tivessem chegado com os carros, helicópteros, aviões, filmando e fotografando, expondo o que antes parecia oculto. Ao revelar sua constatação, fechava a mão em punho sobre o estômago, como se algo explodisse dentro dele, e numa agonia extrema me confessava que os mistérios haviam findado.

— Todos?

— Sobrou apenas um.

— Por favor, me revele.

Sorria com parcimônia, enrolava o fumo na seda, acendia o cigarro e fumava. Pedaços de conversas chegavam das casas vizinhas, buzinas de carros e latidos de cães ao longe. Lá dentro, a esposa arrumava as panelas e a louça do jantar. Sentia-me protegida naquele mundo desgarrado no tempo, porém temerosa de que o homem morresse sem me revelar seu mistério. Numa das vezes em que voltei a entrevistá-lo, era cedo da tarde e ele se preparava para tocar numa festa. A mulher servira a refeição e passava a ferro quente a roupa domingueira. Eu conhecia a oficina onde fabricava os instrumentos da banda e alguns violões por encomenda. Uma oficina rústica, com uma mesa de carpinteiro, plainas, formões, serrotes, puas, escalas musicais desenhadas em papel ou compensado, incompreensíveis para mim. Mesmo sem alcançar as dimensões daquele universo, acreditava estar diante de um gênio anônimo da música, uma certeza que crescia a cada apresentação da banda. O artista percebeu minha devoção, beirando o fanatismo. Nessa tarde em que ele jantava antes de ir tocar na festa, me excedi nos elogios aos seus dons. De repente, ele se levantou da cadeira, me chamou, e eu o acompanhei até um quarto de porta fechada. Abriu a porta e me mostrou o interior do cômodo. Não decifrei a mensagem. Pensei que exibiria instrumentos raros, que confeccionara sozinho. Não. Apontou sacos de arroz, feijão e milho, empilhados uns sobre os outros.

— Plantei e colhi tudo isso, falou, sorridente.

Seria esse o mistério?

Algo parecido aconteceu na segunda visita ao primo Bernardo. Começava a desconfiar que nas buscas esbarraria em portas fechadas, e que nenhuma se abriria para a revelação de Dora. Mesmo assim insistia, sem método ou ordem.

— Francisca, esse é o mestre Alexandre.

— Boa noite. Como vai o senhor?

— Vou bem. E a senhora?

Quando entramos na sala, o mestre Alexandre tinha sentado num pequeno banco de madeira. Mal vislumbrei sua figura recolhida, iluminada pela luz fraca das arandelas. Bernardo me revelou que ele sempre agia assim. Entrava sem se anunciar e, só depois, alguém o descobria esperando, imóvel como os objetos decorativos. Vinha apanhar remédios do coração, que o primo trazia para ele. Era um negro de estatura mediana, risonho e magro.

— Mestre, por que não me chamou?

— Porque não tinha pressa. O senhor está com visita, escutei que lia, até pensei em voltar depois. Mas os remédios acabaram e a necessidade me obrigou a ficar.

— Minha prima Francisca quer muito conhecê-lo.

Não era verdade, Bernardo desejava a nossa conversa, achando que o mestre faria revelações importantes. Iríamos à casa dele, mas a chegada brusca do velhinho antecipou o encontro.

— É mesmo? Pra quê?

— O senhor morou no Acre, foi seringueiro.

— Disse a verdade.

— Francisca procura notícias de uma pessoa.

— Tem muitos cearenses habitando naquelas matas, achar algum conhecido tornou-se difícil.

— A prima não duvida.

Mestre Alexandre encolhe-se no banco, e ficaria em silêncio pelo resto da noite se nada fosse perguntado. Desejo que o velhinho ponha um fim às minhas angústias, revelando o paradeiro de Dora.

— Tudo lá é diferente daqui. É necessário aprender as diferenças, se quiser sobreviver.

Peço uma cerveja, mas Bernardo deixou de beber. Mestre Alexandre, por princípio religioso, rejeita o álcool.

— Sou uma mulher que aprecia cerveja gelada, entre dois homens abstêmios.

Queixo-me sem graça e encho um copo d'água.

— Viajei ao Acre nas últimas levas de cearenses. O Padre tinha morrido e sabíamos que a seringa perdera o valor. Mesmo assim, ainda empurravam os famintos que chegavam ao Juazeiro para a Amazônia. Iam mandar toda essa gente pra onde?

— Minha avó viajou bem antes. O Padre ainda vivia.

— Não conheço sua avó, não sei de quem se trata. Com certeza morreu há muito tempo. Eu era criança quando fui embora ao lado dos meus pais e irmãos.

A afirmação de que Dora morreu me abala.

Com a friagem da noite um cheiro de mata invade a casa. Bernardo traz café forte e ninguém recusa a bebida quente. A nascente d'água corre e, vez em quando, a buzina ou a aceleração de um carro, bem longe, quebra a ordem do silêncio.

— Mestre Alexandre trouxe o Santo Daime para nossa região. O sítio onde as pessoas bebem a ayahuasca fica bem no meio da serra, um lugar bonito. Você precisa conhecer, Francisca. Os membros da comunidade preparam o chá do cipó e da folha, num clima de festa e mutirão.

O velho escuta a conversa, o sorriso plasmado no rosto. Desconfio que minha busca não o interessa. Bernardo afirma que Alexandre havia conhecido o maranhense mestre Irineu, fundador do Santo Daime, mas o velhinho não confirma nem desmente a fala do primo. As pessoas bondosas às vezes me provocam irritação e o desejo de agredi-las, como se me desgostasse essa virtude pela simples constatação de que nunca irei alcançá-la.

— A senhora já bebeu o chá, dona Francisca?

— Não, nunca.

— Por que tanta força na resposta?

— Porque não me interesso em pertencer a uma congregação religiosa. Sofri bastante para me livrar do catolicismo de minha mãe.

Na pouca luz da sala, percebo que o velhinho se agita em seu banco. Sinto-me irritada, mas procuro não agredir ninguém, nem o mestre indiferente à angústia que me consome, nem Bernardo, interessado em me ajudar.

— A senhora é feliz no seu ateísmo?

— Não me ocupo com questões de ser ou não feliz.

— E se ocupa com o quê?

Penso antes da resposta e falo com as mesmas pausas que o mestre usa durante a conversa.

— Com a ética e em fazer o bem. Para isso, não necessito de religiões. No passado, Bernardo também pensava como eu penso. Creio que mudou. Mudamos a cada hora, felizmente.

Mestre Alexandre dá um sorriso vago e baixa a vista, talvez esteja doente ou incomodado com a conversa.

— O senhor não me parece bem.

— Sim, ando doente.

Respiro fundo, descanso as pernas no sofá e jogo uma pergunta boba e desnecessária.

— Está certo de que sua fé é mais digna de respeito que a total ausência de fé?

O mestre baixa a cabeça encabulado. Em seguida, me olha com um sorriso maroto. Quando responde, fala com simplicidade, quase alegria.

— O ateísmo completo é melhor que a indiferença mundana.

Minha irritação dá lugar à perplexidade.

— O senhor acha que pedi essa entrevista para revelar algum segredo?

— Pelo seu rosto, vi que tem algo a dizer.

— Tenho mais o que perguntar. Prometi a alguém que encontraria uma pessoa desgarrada. Sempre soube que isso era impossível. Mesmo assim, procuro e peço às pessoas como o senhor que me ajudem a achá-la, se puderem.

— Tem certeza de que busca somente uma criatura perdida?

Quebrando a maneira paciente de dialogar, me interroga:

— A senhora quer beber a ayahuasca?

Demoro a responder.

— Algum tempo atrás precisei dos cuidados de um médico, no Recife. Sofria com uma sinusite crônica e disseram que ele podia me curar. Na primeira consulta afirmou que não existe cura das doenças, e sim um equilíbrio da saúde. Meu esposo é médico, mas eu nunca tinha escutado um conceito tão correto sobre o que é o tratamento. Fui conquistada e me senti segura com o meu terapeuta. A sinusite melhorou, ia tudo bem, até que um dia me disse que era mestre da União do Vegetal, uma religião parecida com o Santo Daime. Me convidou para conhecer a comunidade e beber o chá. Fiquei desconfiada e abandonei o tratamento.

— Uma vez, lá no Acre, fiquei perdido na mata e depois de alguns dias encontrei um seringueiro, que me levou para beber um chá cozinhado com três plantas. Com duas plantas, a viagem é para dentro, com três, para fora, ele falou. Tratava-se do que o xamã bebe amarrado no jirau para achar caça, vigiar inimigos, pegar peixe bom, avistar mel no alto. Também fui amarrado no jirau e me deram a bebida para eu ver minha mãe, que tinha retornado ao sertão, e aquietar um pouco o juízo. No começo senti medo. Mas a curiosidade era mais forte e vi o que desejava ver. A senhora está temerosa. Se quer mesmo encontrar o que procura, vá em frente.

Bernardo me olha com ternura e compaixão. O mestre se posicionou no ponto mais escuro e quase não enxergo seu rosto. Sinto-me frustrada e incapaz de entregar-me aos desafios da viagem. Talvez rejeite esse mundo desconhecido, onde vivi com disciplina e vontade de compreendê-lo durante muitos anos. No papel de pesquisadora, habituei-me a observar a realidade de fora, o que me impede de sentir de outra maneira a nova experiência.

Nada se move na casa, mas, em algum lugar, as águas da pequena nascente continuam jorrando. Depois de longa espera, durante a qual tento ouvir os sons dos carros na pista distante, o velho move a cabeça para a frente e seu rosto se ilumina, à luz de um abajur.

— Para o bem ou para o mal, quem procura acha.

Percebe minha inquietação e continua:

— Mas pode ser melhor deixar no escuro o que no escuro se perdeu.

Não aprecio a fala carregada de sabedoria, seria mais agradável molhar-me na pequena nascente. Continuo imóvel, sem coragem para um único movimento. Procuro o rosto do mestre e não acho. Ocultou-se na sombra.

— Escutem. Quando eu ainda morava no sertão, antes da grande seca e da viagem ao Acre, aconteceu um crime que feriu a lei da hospitalidade sertaneja. Um homem pediu arrancho por uma noite, numa casa-grande de fazenda, onde moravam um casal de velhos e o filho mais novo. Os outros filhos tinham ido embora há bastante tempo e só de vez em quando apareciam em visita. Os fazendeiros acolheram, alimentaram e puseram o hóspede para dormir no quarto do filho. Tarde da noite, o visitante abriu a porta da casa e deu entrada a dois comparsas, que tinham se escondido nos arredores. Os criminosos primeiro enforcaram o rapaz e depois fizeram o mesmo com os dois velhinhos. A mulher ainda respirava e eles acharam seguro cortar seu pescoço com uma faca. Começou a procura de moedas e objetos de ouro, dinheiro e riquezas que os facínoras imaginavam haver na residência. Perda de tempo. No sertão, os bens são a terra, o gado, a morada, os baús cheios de redes, os legumes e os queijos na despensa. Os homens fugiram com algumas moedas de cobre. Não sei se carregavam os mortos na consciência. A volante policial destacada para persegui-los hospedou-se alguns dias em nossa casa. Meu pai contou que o tenente se entretinha comigo para lembrar-se do filho pequeno, deixado longe. Numa foto, meu pai e ele aparecem em cadeiras de couro, as pernas cruzadas e as mãos na cintura, de onde pendem revólveres. Os dois usavam bigodes finos e cultivavam o mesmo rancor pelos bandidos. Um rastreador de faro mais apurado que o dos cachorros reconhecia as marcas deixadas pelos homens em fuga. Eles decidiram se separar quando alcançaram o rio Jaguaribe, seco pela estiagem. Pulavam sobre as pedras para não deixarem pegadas na areia. Mesmo assim, o rastreador chegou a dois deles, unicamente pelo cheiro. A sola dos pés dos fugitivos havia largado e causava arrepios ver a carne viva e os ossos expostos. Os soldados não tiveram compaixão e arrancaram a cru as unhas de cada um, até que eles confessassem por onde fugira o comparsa. O infeliz se abrigara na casa de um velho curador, devoto e caridoso, habituado a fazer apenas o bem. O homem tratou os ferimentos do bandido até que sarassem e ele pudesse ganhar novamente a estrada. Como rezava a tradição sertaneja da hospitalidade, não olhou o seu rosto, não perguntou quem era nem do que fugia. Quando a volante invadiu a casa do beato, os soldados decidiram castigá-lo. Escutei do meu pai que o surraram até sangrar e depois o obrigaram a carregar um tronco de mais de sessenta quilos, no sol quente do meio-dia. Uma criança chorando penalizada trouxe à lembrança do tenente o filho longe. Ele mandou suspender os castigos e todos partiram à caça do último foragido.

Mestre Alexandre termina o relato e se levanta do canto escuro onde se escondeu a maior parte da noite. Na moldura da porta, sua figura encurvada me parece menor. Desejo saber por que nos contou a história, mas não me atrevo a perguntar. Antes de embrenhar-se na mata, se vira, me olha demoradamente e fala sorrindo:

— Às vezes a tentação do bem é mais perigosa que a do mal.

14

Ninguém sacode a poeira da roupa nem toma banho antes de visitar os lugares sagrados de romaria. Quem inventou a interdição à higiene? Talvez seja herança do cristianismo antigo, que enxergava pecado no simples ato de lavar-se, ou herança dos judeus fugidos à Inquisição, que mesmo batizados mantiveram as proibições aos sábados. Somente depois de cumprirem seus deveres, os romeiros podem mergulhar na água. Buscam a regeneração. Vivem o tempo entre cada romaria como um hiato em suas vidas. Amarrotados e sujos, as vestes suadas durante a viagem, eles peregrinam por sete lugares, acendem velas, rezam e deixam esmolas.

Bem cedo Maria do Carmo arranca o marido e os filhos do sono da primeira noite. Comem apressados e partem. Constrangida, Daiane segue no traje de noiva, arrastada pela mãe. O pai e o irmão, livres de obrigações, caminham um pouco atrás delas. Afonso alcança a família na segunda parada obrigatória, a igreja das Dores. Cumprimentam-se e continuam o périplo. Daiane não disfarça o mau humor, a raiva por submeter-se à promessa. Afonso tenta consolar a moça, mas só consegue deixá-la mais irritada. Por volta das nove horas chegam à penúltima visita, a igreja dos franciscanos. Depois, faltará apenas a igreja do Socorro, onde Daiane poderá despir o vestido que a envergonha.

Apesar do sol quente, sopra um vento agradável no pátio contornado pelos arcos dos franciscanos, onde as pessoas circulam e olham a cidade ao longe. O santuário é amplo, na forma de cruz latina dupla com torres elevadas e paredes repletas de vitrais. Nenhuma ostentação de riqueza, talvez em obediência a São Francisco, o santo pobre de Deus.

A família e o aspirante a namorado sentam-se em bancos compridos e olham para cima. Maria do Carmo se ajoelha, pega um terço e reza. Ordena aos da família que a imitem. Afonso se aproxima de Daiane, ajuda a moça, arruma o vestido longo e os apetrechos de noiva. Em seguida, imita as outras pessoas, fecha os olhos e tenta lembrar a última vez que rezou. Não se lembra. Fugia ao controle da mãe e da avó, à obrigação de ir à missa. Tinha dezesseis anos quando decidiu nunca mais se confessar. Agora o arrastam de volta à igreja e ele segue passivo, sem protestos. Avalia os ganhos, sorri e encolhe-se no banco, procurando não ser percebido pelos fiéis. Que prêmios recompensam a sedução? O perigo e o gozo ligeiro. Abusa da aparência respeitável e excita-se com o medo de ser descoberto. Cerca a vítima, sempre mais vulnerável do que ele, até senti-la entre as unhas. O processo de atrair pode durar semanas, meses, depende da resistência da caça. Quanto mais ela recusa a ação predatória do corruptor, mais excitante se torna o jogo. Depois da posse, se arrepende. Porém, deseja o prazer novamente e volta ao ataque.

Uma danação.

A cena da infância marcou-o, embora despreze a psicanálise. Deitado no chão de sua casa, de bruços e chorando, pede à mãe para não revelar ao pai o que ela descobriu. Tinha apenas cinco anos. A mãe chantageia, ameaça contar o segredo que pertence aos dois. Flagrado em brincadeiras de sexo com a prima e um amigo. Coisa inocente, pueril. As crianças indígenas praticam na presença da tribo. Todos acham graça. A mãe condenou-o ao inferno. Pouco tempo depois foi novamente surpreendido. Agora, a brincadeira era apenas com meninos. Ele por baixo. Chegaria a vez de deitar sobre os colegas. O vizinho encontrou-os dentro do mato. Sua primeira reação foi pedir aos meninos que o deixassem pegá-los por trás conforme haviam combinado, senão ficaria em desvantagem. A dívida que nunca saldaram. Cobra e nunca se considera pago. O vizinho revelou o flagrante, criminalizando a brincadeira. O pai foi implacável na sentença: um ano preso em casa, saindo apenas para a escola, sem direito a cinema, rádio, circo, teatro ou piscina. Terminado o prazo, Afonso sentia-se estranho ao ganhar novamente a rua, diferente dos outros meninos, que não o reconheciam nem o estimavam mais. Fora o único punido. Os outros garotos escutaram um sermão ligeiro dos pais. Apenas isso. Talvez porque deitavam em cima dele, na posição de machos cobridores. Essa vantagem os tornava menos infratores perante a família e a sociedade. Ele por baixo, usado como se fosse mulher num corpo de homem.

Uma vergonha.

Ajoelha-se.

Olha a cruz no alto, precisa vingar-se da humilhação, convencer Maria do Carmo e Josué de uma contrição que anda longe de sentir.

Daiane percebe a palhaçada de Afonso, ri e entra no seu jogo. Ainda não computou os lucros, nem escolheu o parceiro mais vantajoso. O médico? O caminhoneiro?

Os pés do casal se tocam.

As imagens piscam os olhos nos altares.

São Francisco foi esculpido em Gênova. Os santos testemunharam séculos de luxúria entre as paredes de conventos, abadias e igrejas sob o disfarce da pureza. Lugares propícios às uniões abençoadas se tornaram o esconderijo de crimes, de prazeres imoderados, sodomia, estupros, à noite ou em plena luz do sol, dentro de celas, cocheiras, cozinhas, sacristias, torres, corredores e altares. Em defesa da castidade, proibiam os banhos por temor à miragem da nudez. Em repressão ao gozo, interditavam a imersão do corpo na água quente. O calor excita, abre os poros a desejos perversos. Somente os banhos gelados impedem a circulação de sangue e a lubricidade.

Os pés de Afonso e Daiane se esfregam sob o vestido branco com a barra suja de lama. Acima de suas cabeças, colunas, arcos góticos e pinturas no teto. Se alguém desviar os olhos das imagens dos santos no alto e olhar para baixo, estranhará o cruzamento entre o senhor de cabelos grisalhos e a moça pálida.

Os pés agora caminham pelo extenso pátio, onde os visitantes se reúnem para as bênçãos e despedidas, no término das romarias. Sobem as escadas que dão acesso à passarela suspensa, formada pelos arcos. Do alto de uma torre um relógio marca as horas, enquanto oito sinos tocam para deslumbramento dos romeiros. Maria do Carmo não contém o êxtase, Josué e Sandro parecem abestalhados com tamanha beleza, Daiane esquece Afonso e suas intenções suspeitas. Justo nessa hora os sinos repicam e a família sente-se viajando por Roma.

— É lindo!, alguém grita.

É mesmo lindo, mais ainda quando sobe uma revoada de pombos para as torres, anotou Afonso no diário.

— Quem viu Daiane?, pergunta Maria do Carmo, aflita.

O marido e o filho giram os olhos, à procura. Ninguém adivinha o paradeiro da moça vestida de noiva em meio aos milhares de romeiros caminhando por alamedas, pátios, jardins e corredores. Afonso retarda os passos. Percebe que são seguidos. Reconhece Hermógenes e o rapaz louro magro. Daiane recosta-se numa parede, deixa que o homem de camisa quase aberta, expondo a barriga volumosa, chegue perto dela. Afonso segue em frente sozinho, arrastado pela multidão giratória, de vez em quando olha para trás e pergunta se vale a pena arriscar a vida, enfrentando o caminhoneiro. Prefere não morrer. Observa o encontro de longe, através das cabeças em movimento de ondas. Hermógenes segura as mãos da noiva, ela se deixa tocar, o rapaz louro sorri, indiferente à cena amorosa. Olha com desprezo para Afonso, próximo à escada de fuga. Hermógenes pergunta por que Daiane fez aquilo. Aquilo é o aborto. "Porque quis", ela responde. Deseja saber se a moça ainda gosta dele. Oferece uma caixa, ela abre. Contém joias compradas na cidade, ouro falso, que a moça devolve com indiferença. Hermógenes convida para fugirem, aceita viajar para qualquer cidade que ela escolha. Daiane não responde sim ou não, escolhe pensar com calma, no tempo certo dará a resposta. "Hoje ainda?" "Não." Tem a romaria pela frente, ainda nem terminou de pagar a promessa. "E o velho?" "Ah, o velho tem a mulher dele, é amigo do pai e da mãe." "Você não me traia. Sabe do que sou capaz." "Sei que não presta. Por isso não quis filho seu, tinha medo que nascesse ruim como o pai." "Cale a boca ou te mato", o homem ordena com raiva. "Cale a boca você", ela rebate sem medo. O rapaz louro magro segura Hermógenes pelo braço, tenta arrastá-lo para o meio dos romeiros, que param, se agitam, perguntam o que está acontecendo. "Nada, nada da conta de vocês", é a resposta do Hermógenes.

Os sinos tocam dobrados, vai começar nova missa. Daiane se aproxima de Afonso, ele tenta segurar sua mão, mas ela o recusa com desdém. Os olhos da moça faíscam de raiva, tornando-a mais bonita entre as moças que passeiam carregando sacos plásticos, cheios de compras. Caminha como se não tivesse de pagar a promessa, o vestido roto e sujo pelos dias continuados de uso. Agora, já ninguém a conduz ou detém. A família se reencontra, a mãe pergunta por onde a filha andou. Ela não responde e continua a marcha de noiva sem núpcias.

Descem as escadas do passeio, atravessam com dificuldade a multidão apinhada no pátio externo, ganham a rua e prosseguem em meio a pessoas iguais a eles.

Maria do Carmo usa um chapéu de palha e mastiga pipocas. É seu primeiro dia na cidade. Sente saudades de casa, dos afazeres domésticos e da luta com o rebanho de cabras. Nessa hora estaria limpando os cochos de madeira, repondo a água nos bebedouros, varrendo o curral construído por Josué. De vez em quando, correria até a casa para cuidar do almoço. Amassa o saco vazio, larga no chão, bebe água de uma garrafa plástica. Mandou Daiane caminhar à sua frente, assim não perde o controle sobre a filha. A moça deseja as quinquilharias que vê nas lojas, escolhe, prova, Afonso paga sem regatear. O pai finge não perceber. A mãe se aproxima, reclama, basta de extravagâncias, não é correto aceitar presentes do homem quase desconhecido, ela não tem como pagar as despesas. Afonso contemporiza, são coisas baratas, não custa satisfazer os caprichos da menina, sofreu muito. Seu desejo por joias, perfumes e roupas revela os sinais de cura. "Não esqueçam, falo como médico." "Pois se é assim, está bom." Do Carmo acata os argumentos, pergunta por Francisca, estranha ela não se encontrar na companhia deles. "Ah, Francisca anda por aí, atrás da avó e dos tios que já morreram há muitos anos." "Não fale desse jeito de minha amiga, ela sofre com a missão do pai." "A senhora falou bem, foi o pai quem pôs a filha nessa agonia. Morresse calado, como sempre viveu. Não tinha de fazer revelações na hora da morte." "Nunca é tarde pra se arrepender."

A conversa morre sem graça.

Afonso olha para trás. Avista o Hermógenes e seu companheiro louro magro. "Eles continuam a nos seguir", fala para Daiane. "Deixe cansarem as pernas", ela diz com indiferença. Afonso treme. Cansou de cortejos. Não fosse Daiane e estaria longe dessa gente que o sufoca.

* * *

Por que matam mulheres em Pernambuco? Por que matam tantas mulheres no mundo? Quem estabeleceu o sacrifício?

Hermógenes bebia cerveja com dois sobrinhos, ambos menores. Ao lado dos homens, as mulheres. Uma tinha cerca de trinta anos e as outras duas haviam completado dezessete. Os jornais não registraram se eram bonitas nem como se vestiam. Também não chamaram a atenção para o costume do Hermógenes de abotoar parcialmente a camisa, deixando o ventre obeso exposto. Nenhum jornalista especulou sobre as motivações das jovens, por que aceitavam a companhia de homens grosseiros e violentos. O Hermógenes pagou as bebidas, os tira-gostos, escolheu as músicas que ouviram durante o tempo em que ficaram no boteco. Forrós de linguagem vulgar, em que as mulheres são tratadas como lixo, objetos descartáveis do desejo sexual, insultadas e cuspidas. Num volume alto e distorcido, a música excita os nervos, enlouquece como a aguardente que os homens bebem sem pausa.

Embriagados, eles sobem sem os capacetes nas motos e partem em alta velocidade. Nas garupas, as mulheres sem os capacetes. Seguem para lugar ermo, um resto de mata. Depois de espancarem e estuprarem as vítimas, jogam gasolina sobre elas e ateiam fogo, até os corpos carbonizarem. Nunca revelaram os motivos nem sofreram pena. Livres, não saem da condição de suspeitos.

O Hermógenes obsceno e inteiro vigia os passos de Daiane. A garota caminha altiva, indiferente a ele. Quem marca o ritmo do cortejo? Por que ela não se desvia do trajeto perigoso? Daiane, na frente de todos. Maria do Carmo, Sandro e Josué próximos a ela. Em seguida, Afonso. Longe, o Hermógenes. Vigilante na retaguarda, seguindo a noiva sem noivo, Wires com sua perna manca.

Somente Daiane não olha para trás. De quem escutou o conselho de nunca olhar para trás? De ninguém. O vestido perde o branco no contato com as pessoas sujas. Desfaz-se em rasgões. Em breve, só restarão molambos, trapos sem indícios de pureza, arrancados do corpo como o filho que ela gerou e não amava, não se importando em expulsá-lo do útero. Não sente dor, apenas enfado e repulsa. Despreza os dois homens que a assediam, arranca deles o que não possui. Migalhas. Sobras. Afonso lhe parece o mais patético, pisando a cauda do vestido a cada cem passos e pedindo desculpas. Um rei seguindo a majestade feminina, zangão desejando fornicar a abelha rainha, mesmo sabendo que morrerá depois. É necessário prolongar o voo, executar espirais complicadas e perigosas, correndo o risco de perder o equilíbrio e morrer. Que os dois homens vivam, cortejem, bajulem e se arrisquem pela rainha. Paguem o preço caro de um coito sem reprodução.

Conseguem atravessar as ruas congestionadas de gritos, cheiros e corpos suarentos. Chegam à igreja do Socorro, à capelinha do Socorro, e agora lutam para se aproximar do altar, do chão revestido de mármore, onde enterraram o Padre. O cerimonial não estendeu tapete vermelho para a noiva, nenhuma dama a precede com alianças de ouro e pétalas de rosas, não há organista tocando a marcha nupcial. Mesmo assim Daiane luta, dá cotoveladas, transpõe a multidão de fiéis e chega ao altar.

Altar túmulo.

Túmulo altar.

O Padre enterrado aos seus pés.

No trajeto até a igreja, carregando um buquê de flores de pano, nenhuma jovem solteira saiu às ruas para oferecer ervas cheirosas, lírios, avencas, ramagens, temperos que a protegeriam dos maus-olhados e da inveja de outras mulheres desejando casar.

O que ela primeiro arremessa sobre o túmulo é o buquê amarrotado.

Depois, despe a grinalda amassada, reduzida a arame, papel crepom e pano. A grinalda deveria ser a mais elevada peça do vestuário, acima de todas as alturas. Mas é inferior à cabeça dos convidados, romeiros pobres, oferecendo donativos e pedindo alguma coisa em troca.

Sacode a grinalda.

Depois o véu de tule, que não cobre um rosto virgem, impedindo que o reconheçam, nem separa a vida de solteira da vida de casada. Em Daiane se confundem bodas e maternidade.

A promessa de vestir-se de noiva foi negociada pela mãe, a troco de escapar à morte.

Maria do Carmo solta os botões presos às casas do vestido e ajuda a filha a livrar-se dos molambos. Os panos que já foram brancos sob o sol de tanta luz e calor se depositam cobrindo as relíquias do Santo, ossos e pó, ou apenas pó.

Os atavios do casamento, buquê, grinalda, véu e vestido são entregues a um morto que viveu a contenção e a castidade, e nenhum deleite de bodas.

A Morte está paga.

Está?

Por último, Daiane se revela numa calça jeans apertada, blusa curta, mostrando a barriga sem as marcas de gravidez, os cabelos soltos, a beleza nua e crua.

Justo nessa hora os sinos tocam, e todos, com exceção de Daiane e de três figuras enxergadas longe, se ajoelham.

Na porta da igreja, um senhor moreno e grisalho contempla a moça, embevecido.

Mais longe, um homem barrigudo e desabotoado resmunga com furor.

Atrás dele, um rapaz louro e magro com os olhos cheios de lágrimas pede calma.

15

Quando o romeiro apunhalou o sacerdote nas costas, sentia-se ofendido pelo sermão da missa dominical. Preso e levado à cadeia, repetia que o padre zombara de um milagre e que ninguém tocava impunemente nos mistérios de Juazeiro. As mãos ensanguentadas, a cabeça erguida, o homem não esboçou sinal de culpa. O sacerdote chamara de embuste os acontecimentos miraculosos da pequena vila, a hóstia transformada em sangue na boca de uma beata. "Não se pode questionar o acontecido, muito menos debochar em público", repetia como se fosse uma reza.

O devoto do Padre Cícero precisava de um mistério em sua vida. Viera de longe em busca do lugar santo, a terra de Juazeiro do Norte. Teve a sorte de falar com o Padrinho, que o mandou fabricar candeeiros. Sertanejos iguais a ele haviam perdido a fé religiosa, lutando pela sobrevivência, pelejando com as pedras que nada ensinam. Mas ali no Juazeiro acontecera um milagre, o sangue fora recolhido em paninhos e guardado numa urna de madeira.

Devotos garantem que na igreja matriz de Nossa Senhora da Penha, onde aconteceu o crime, o jacaré e a serpente dormem sob os pés da Virgem, no altar principal. Se os dois acordam, o mar antigo ressurge das profundezas e reclama seus domínios, afogando as pessoas nas águas. "Essas coisas estranhas nunca aconteceram, mas sempre existiram, por isso é necessário crer nelas", proclamava o homem em tom profético.

Contam ainda que os colonizadores brancos chegaram à região com rifles e espadas, e que os índios taparam as nascentes com chumaços de algodão, antes de morrerem ou fugirem. A água se recolheu às entranhas da serra e bem pouca continua jorrando até os dias de hoje. No passado, acreditava-se em muitas histórias, porém já não se acredita mais. Sem crença no presente, os velhos calaram. A serra envolta em neblina perdeu os segredos. As veredas escuras, onde os caçadores se perdiam, abriram-se em estradas. As motocicletas percorrem os caminhos de onças e caititus, espantam os enigmas com o barulho dos escapes.

A chapada, a floresta, os rios e os fósseis tramavam o silêncio. Porém tudo se tornou franqueado à vista, nada mais se esconde inacessível. O sacrário abre as portas a qualquer profano. Violadores sobem a serra e adentram o negrume da mata. Mãos profanas tocam os caules das árvores e, sem remorso, põem tudo abaixo.

Criados em meio à floresta e às águas, os homens abjuram a natureza, extraem saciedade e conforto dela, e nada pagam em troca, nem as moedas que se deixam na mesinha de uma prostituta. Desnudam a mulher, esfregam-se entre as suas coxas, não se incomodam em sujá-la por dentro e por fora. Com uma lanterna na mão, investigam as linhas do seu corpo, destrinchando os acasos. Já não existem curvas perigosas, nem sustos, nem medos, apenas terras brocadas à espera do fogo.

Tudo isso proclamava o homem que assassinou o padre, usando palavras toscas que os poetas deformaram. Ele fugia de uma terra seca, onde quase nunca chove, e o sustento tornou-se impossível. Caminhou mais de trinta dias a pé, sozinho, sem nenhuma companhia além da própria sombra. Fez o percurso invocando o extraordinário de que os outros falavam. Quando anoitecia e ele deitava sob as estrelas, apareciam nos sonhos confusas imagens de floresta, água entre pedras e sangue na boca de uma virgem. Na capela pequena e cheia de romeiros, olhou as vestes pretas e cinza da moça beata, a língua expectante estirada para fora, a tintura vermelha insinuando-se entre os lábios. Viu essas coisas e sentiu haver chegado num lugar de comunhão.

A ponto de acreditar no sobrenatural, sua vida ganhou um impulso para dentro. A esposa, os pais, os filhos, os parentes e amigos, todos mortos pela fome durante a seca, renasciam no milagre. O mistério penetrou sua alma e ele descobriu-se um novo homem. Aprendeu a fabricar candeeiros com flande, o bastante para a sobrevivência. Porém seu verdadeiro alimento era o sagrado.

Foi quando soube das heresias de um padre, no Crato. Ninguém pediu que ele fizesse justiça. Com as economias comprou o punhal. Sozinho chegou à cidade rica e pedante. Assistiu à missa em pé, junto à porta de saída. Escutou o sermão apócrifo e aguardou a hora certa.

16

Sonhava com um banho desde que cheguei ao Juazeiro. Cirilo me levou à nascente, quando eu fazia a pesquisa de mestrado e ainda não diferenciava as cidades vizinhas. Muito antigamente, elas formavam um único território. Agora eu dirijo na companhia de Wires, atravesso os quilômetros até o Crato, subo ladeiras, estaciono o carro junto de uma cerca e pergunto a Wires se a perna resiste a uma caminhada. Ele responde que, se der algum problema, se queixa na casa dos milagres e apanha a cópia em gesso de volta.

Antes, o carro chegava junto à nascente, mas o atual proprietário mandou cercar as terras, por medida de segurança.

— Uma pena, comento. Era aberto como se não tivesse dono.

— Lá onde moro também cercaram tudo. Mal conseguimos praticar rali nas estradas.

— Moto faz barulho.

— E carro não faz?

Deixo a pergunta sem resposta. Prendo os cabelos, ajusto o chapéu de palha, renovo o protetor solar.

— Quer?

— Não costumo usar isso.

Chego junto e ponho o creme em seu rosto.

— Um dia a menos de câncer de pele.

Ele espalha o líquido branco e fica parecendo um palhaço.

— Você não leva nada a sério.

— Se não levasse, não tinha aceitado seu convite.

Com a ajuda de Wires transpomos a cerca de arame e ganhamos o velho caminho, interditado por cancela e cadeado. Escuto o barulho das palmeiras. São muitas, de várias espécies.

— Tem perigo deixar o carro aí?, Wires me pergunta.

— Se roubarem o seguro paga.

— Ah, sei, pra vocês tudo é fácil.

Tenta segurar minha mão. Recuso. A chance de passar algum conhecido é remota, mesmo assim não quero ser surpreendida. Estranhariam a mulher exótica caminhando por uma estrada deserta, de mãos dadas com um homem mais jovem.

— Isso aqui é bem diferente do agreste seco.

— Já foi mais exuberante. Infelizmente, destruíram quase tudo.

Avanço alguns passos e aprecio a paisagem.

— Vim aqui muitas vezes, durante anos. Sinto falta de um engenho de rapadura, ali adiante, do cheiro de melaço, dos burros carregando cana, dos gritos dos homens tocando os animais. A moenda girava pela força da água que corria numa levada. Descia de uma nascente, na encosta da serra. Depois instalaram um motor elétrico. No começo eu pensei: tudo bem, viva o progresso. A máquina não muda o doce da cana, nem o da rapadura. Mas sentia um aperto no coração quando olhava a antiga mó, feita com madeira de lei, um caule grosso de uma árvore da região. Sem uso, ela foi atirada no meio da bagaceira, parecendo um elefante morto, as pernas para cima, apodrecendo depois que lhe arrancaram as presas de marfim. Doía ver aquilo. Era o sinal de uma transformação, uma coisa condenada a desaparecer, como as manadas de búfalos ou os bandos de gorilas. O dono do engenho perguntou se eu queria a moenda. Que função teria, além de virar peça de museu? Melhor apodrecer onde estava e adubar a terra.

Wires me olha atento.

— Acho bonito quando você fala. Queria dizer as coisas que sinto, mas não sei me expressar. Sou bronco.

Sinto vergonha por ter falado além da conta.

— Desculpe, me excedi.

O joelho acidentado ainda não recuperou a flexão, mas Wires caminha bem. Avançamos pela estrada cheia de buracos e pedras, aqui e acolá atravessamos pequenos riachos. São alguns quilômetros até chegarmos à serra, vista cada vez mais próxima, em matizes de azul--escuro e verde. A vegetação se adensa, ganha altura, surgem árvores encorpadas, típicas da floresta atlântica. A temperatura cai e o ar se perfuma. Subimos mais, sinto-me exausta, não tenho a resistência de quando era jovem, o corpo pesado atrapalha.

— Podemos sair da estrada, encurtar alguns metros.

— Cansou?

Orgulhosa, respondo que não.

— Quero ver as ruínas do engenho e da casa, o que sobrou daquele tempo. Uma vez fiquei uma semana por aqui, entrei na rotina do sítio. Acordava às três da madrugada, assistia ordenharem as vacas, coalharem o leite dos queijos, cozinharem o almoço para os trabalhadores. Muita gente, muita comida. Nunca esqueci o perfume do bagaço de cana, queimando nas fornalhas. O mestre trocava a garapa fervente de tacho em tacho, até chegar ao último recipiente, convertido em mel espesso. Dois homens atravessavam um pau nos aros do tacho e despejavam o mel nas gamelas, onde era mexido com uma palheta de madeira pelo mestre cacheador. Ele deixava o melaço no ponto de rapadura e arrumava nas formas. Eu ficava horas admirando o movimento dos homens, a dança dos corpos, as habilidades para cada função. As pessoas da casa não acreditavam que alguém se distraísse olhando os gestos repetidos, porque não viam graça nenhuma naquilo. Mas, para mim, tratava-se de um ver- dadeiro bailado. Só lamentava que os trabalhadores se esforçassem tanto e recebessem tão pouco dinheiro em pagamento. Nem direitos trabalhistas eles tinham.

— Para o povo do campo a escravidão continuou.

— Não tanto.

— Permanece a mesma coisa.

Estranho o tom agressivo de Wires. Olho o rosto dele e percebo que ficou sério. A máscara branca de palhaço se desfez com o suor.

— Havia um modelador de rapaduras, um rapaz jovem, muito bonito. Falava fino e era branco, ao contrário da maioria dos homens de pele escura do engenho.

— Você só curte homens brancos como eu?

— Meu esposo é moreno.

O caminho por onde enveredamos se fecha, quase não conse- guimos transpor as unhas-de-gato, o capinzal e as moitas espinhosas. Teimo em continuar à procura de minhas lembranças. Avisto as cumeeiras do engenho e da casa senhorial arruinadas, o que me deixa excitada, com vontade de ver tudo de perto.

— Numa noite, me levaram para assistir a um reisado. Os brincantes eram os trabalhadores do engenho, apenas homens. Da mesma maneira que no teatro grego antigo, não se permitiam mulheres representando. O folguedo podia durar horas, dependendo de quem recebia o reisado na sua residência e da fartura de cachaça. Impressionei-me com o talento dos homens para cantar, dançar e interpretar os papéis. Havia dois Mateus, uns palhaços iguais aos dos circos. Lá para as tantas, entrou a personagem Sereia, dançando e cantando numa voz de falsete, o vestido longo de seda azul, uma cabeleira loura, o rosto coberto de maquiagem branca, feita com talco. Achei a representação belíssima e não acreditei que um homem rude alcançasse tal desempenho. Depois me disseram que se tratava do mestre de rapaduras, o rapaz que mencionei há pouco. No dia seguinte fui cumprimentá-lo. Encontrei-o noutra função. Ocupado com a concha de cobre, o cabo longo girando em suas mãos firmes e grossas, atento em jogar a garapa de um tacho para o outro, não me deu atenção nem considerou meus elogios. Eu estava apaixonada por ele.

— Sei.

— Compreenda, por favor.

— Compreendo.

Wires me olha sério. Se existe alguém capaz de compreender o que falo, deduzo ser ele. Mesmo que eu não descubra o motivo de minha certeza. Acho que enlouqueci de vez.

Um cheiro forte de carniça aguça nossas narinas e nos arranca dos devaneios.

— Tem bicho morto aí na frente, é melhor avançar com cuidado.

— Quero chegar à casa.

— Não seja teimosa. O caminho se fechou muito e pode ficar perigoso. É mais seguro voltar para a estrada.

— Ficou com medo?, provoco.

— Não. Só não vejo sentido em prosseguir.

Desprezo a advertência. Transponho a cerca de espinhos, sem ligar aos arranhões na pele. De repente, como se brotassem de uma cratera aos meus pés, um bando de urubus alça voo, bate asas com força, emitindo sons horríveis. Avançam sobre mim, talvez me confundam com a carniça que devoram. Grito aterrorizada, dou um passo para trás e não caio dentro de um buraco porque Wires me segura a tempo.

— Vamos embora. Eles não gostaram que você fosse em cima da comida deles.

Reparo num boi morto, as pernas tesas, as vísceras e os olhos devorados. Os urubus pousam em roda do banquete, giram numa dança ameaçadora, defendendo o repasto. O mau cheiro sufoca. Wires me conduz de volta à estrada. Olho pela última vez na direção do engenho e da casa, ambos entorpecidos de sono. Os tijolos e as telhas voltam ao barro, de onde nunca deveriam ter saído. Cobertas de mato e mofo, as construções perderam o estilo, o ar senhorial, o relógio das horas marcando anoitecer e madrugada. Mais que saudade, agora sinto medo e desamparo.

— Quero voltar ao hotel.

— Por quê?

— Urubu é um pássaro agourento, pode acontecer coisa ruim.

— Acredita nisso?

— Acredito. E você?

— Não.

Caminhamos em silêncio, eu à frente, chorando. Alcançamos um córrego, onde é necessário decidir o caminho a tomar.

— Pegamos à esquerda?

O ímpeto e a excitação do início desapareceram, sinto-me covarde.

— A manhã está bonita demais pra gente voltar ao Juazeiro. Você se queixa de barulho e aqui faz silêncio. Então?

— Não sei.

— Desistir do passeio por conta de uns urubus famintos? Vamos continuar.

Segura minha mão. Não resisto, sigo obediente ao seu lado. Passamos por várias casas, todas fechadas. Os telhados de algumas ruíram e as frutas apodrecem debaixo das árvores, sem ter quem colha.

— Pra onde foi o povo daqui?

— Talvez more na periferia do Crato ou Juazeiro.

— Deixar o paraíso pela cidade. Só maluco.

— Pensei que você fosse urbano.

— Moro num sítio.

— E as lingeries?

— Costuro em casa.

Acha graça e faz careta.

Pelo barulho de água, reconheço que chegamos próximo à nascente. Avisto uma casa pintada de verde, jarros de plantas e jardins em volta. Os terreiros são limpos, as frutas recolhidas em balaios foram arrumadas nos terraços, talvez para serem levadas à feira ou à residência do patrão. Num pequeno estábulo, vacas e bezerros comem o capim moído em forrageira. Um cachorro anuncia nossa chegada ao morador, um velho conhecido de Bernardo. Os latidos alvoroçam galinhas, perus e patos criados soltos. O homem cuida do sítio há anos, teve grande prole, mas agora vive apenas com a esposa, um filho, a nora e uma neta.

— Bom dia!

— Bom dia! Como vai a senhora? Há quanto tempo não aparece.

— Está me reconhecendo?

— É prima do dr. Bernardo, a que faz pesquisa. O rapaz, quem é?

— Meu sobrinho, filho de uma irmã do Recife, minto.

Wires me olha com reprovação.

— Brincadeira dela. Me chamo Wires, somos amigos.

O velho sorri.

— Não estou vendo a família, cadê todos?, pergunto.

— Na feira do Crato.

— Esqueci, hoje é dia de feira!

O velho conversa animado, vive solitário e aprecia quando chegam visitas.

— E a nascente?, procuro saber.

— Correndo.

— Podemos ir lá?

— À vontade. Tenham cuidado com as abelhas, o patrão encheu isso aqui de colmeias de italianas.

— Não confio em abelhas, se queixa Wires. Um tio meu era metido a ecologista, nem cobra deixava a gente matar. Um dia as italianas se arrancharam no alpendre da casa do sítio. Ele chegou sozinho, armou a rede no terraço, adormeceu e acordou com as abelhas ferroando. Morreu antes de chegar ao hospital.

— Não tenha medo. As colmeias ficam longe da nascente. E, se não mexerem com elas, não atacam.

Wires pede mangas, o velho manda apanhar à vontade. Ele escolhe duas maduras e nos preparamos para entrar na mata.

— Passa muita gente por aqui?

O velho finge não compreender o meu receio.

— Podem tomar banho sem susto, ninguém vai perturbar vocês.

Deixamos o sítio para trás, mangueiras, frutas-pão, cajueiros, jaqueiras, seriguelas, sapotizeiros, cajazeiras, laranjeiras e limoeiros, uma fartura que escasseia aos poucos entra timidamente pela mata até desaparecer de vez, dando lugar às árvores e fruteiras nativas. Sinto falta de Bernardo, ele conhece várias espécies e gosta de exibir os conhecimentos, dando aulas de botânica.

Seguimos o trajeto de um córrego escavado na terra, revestido pelas folhas que caem das copas altas e apodrecem submersas. A água é clara e pura, posso me agachar e bebê-la como os quadrúpedes, ou apanhá-la na concha das mãos e levá-la à boca. Prefiro a segunda maneira, do jeito que procederam os trezentos soldados escolhidos por Gideão, antes da batalha.

Nos terrenos baixos, ladeando o caminho, há charcos em meio a troncos apodrecidos. Crescem bromélias, avencas, samambaias, aguapés e ninfeias, formando um jardim de rara beleza. Cipós descem do alto, me enredo neles e temo cair. A profusão de água torna o caminho lodoso e escorregadio. A temperatura cai, o sol não atravessa a cobertura vegetal, a luz escasseia, parecendo noite em lugares de vegetação mais densa. Pássaros desconhecidos cantam. Minha sensação é a de que entro no paraíso.

A mãe me interroga sobre o catecismo da primeira comunhão.

— Por que no homem existe o desejo de Deus?

— Não sei responder.

— Como é que se pode conhecer Deus, apenas com a luz da razão?

— Não sei.

— Basta a luz da razão para conhecer Deus?

— Não me confunda com essas perguntas, mamãe!

Começo a chorar. Largo o catecismo sobre a cama e saio do quarto. A mãe ordena que eu volte, mas não obedeço.

A cada passo é mais forte o som da água correndo. O caminho à nossa esquerda se abre para um buritizal, em meio a um pântano sem profundidade. Alguns frutos submersos soltam as escamas que os revestem como se fossem peixes de água doce, expondo a polpa amarela. Alegro-me em descobrir que algumas palmeiras sobreviveram ao desmatamento. Sinto o cheiro familiar do buriti e a boca se enche de saliva à lembrança de um doce fabricado da polpa. Cachos descem pelos troncos esguios e elegantes. O vento agita as folhas mais altas e já nem escuto a nascente. Vez por outra um ploft anuncia a queda de um fruto, formando círculos na água parada.

— Estamos perto?

Tinha esquecido a presença de Wires.

— Já chegamos. A nascente é logo depois das samambaias.

Ele descalça o tênis, despe a camisa e a calça numa rapidez espantosa. Não usa cueca.

— Ei, rapaz, deixe de afoiteza! Aqui não é praia de nudismo.

Em resposta, me abraça e morde o meu pescoço com suavidade.

— Pensei que estava no hospital. Fiquei três meses pelado, coberto apenas com uma toalhinha.

— E por que esse exibicionismo? Queria impressionar as enfermeiras?

— Não me peça pra falar dessas coisas.

Volta a me abraçar.

— Se falo, estraga o passeio da gente.

Segura minha mão e tenta me conduzir. Resisto.

— Venha, me pede.

— Conte essa história do hospital, ou não vou.

Ele se vira e enxergo a nudez sem camuflagem, o corpo com projeções de luz e sombra, filtradas através das folhas.

— Você insiste em saber, depois não se arrependa. Além dos ferros na perna, eu tinha muitas doenças venéreas. O médico urologista perguntou se achei o meu pinto no lixo, por conta da sujeira. Deu trabalho curar, mas agora estou limpo. E também não tenho aids. Ficou satisfeita? Vamos pra nascente, estou louco por um banho.

Quero saber tudo, menos por receio ou prevenção do que por um desejo mórbido de me excitar.

— Com quem você pegou tudo isso?

— Sei lá. Ficava com muita gente. Nunca quis usar camisinha, achava que diminuía a sensação. Agora uso.

— Você não tem juízo.

— E você tem?

Sente-se humilhado. A nudez deixa-o vulnerável às perguntas.

— E quem eram as mulheres?

Faz careta, me olha com desgosto.

— É difícil falar, você não compreende. Gosto de fazer sexo, não passo sem ele. Mulher, homem, não tem diferença pra mim. Fico um dia, dois, e largo numa boa. Com quem peguei? Interessa a você? A mim, não. Nunca mais vou procurar essas pessoas. Mandei as que eu conhecia consultarem um médico. Fiz a minha parte.

Silencia, espera algum comentário, não digo nada.

— Esse lugar é muito legal. As árvores escondem a gente e ainda tem água para o banho. Melhor do que motel, não acha?

Ri, me provoca. Fico calada, deixo que continue falando.

— Um dia eu voltava do trabalho. Um cara passou por mim de moto, parou ao meu lado, ofereceu carona e depois perguntou se eu topava comer ele. Falei que sim. A gente precisa fazer caridade de vez em quando. Concorda?

Não respondo, nem acho graça.

— Terminei e ele me falou que não tinha gozado. Pediu que eu beijasse a boca dele, enquanto se masturbava. Nunca tinha visto o cara, mas fiz o que me pedia. No final, recusei a carona e segui para casa a pé.

Assume um ar risonho e desafiador. Não me contenho e ataco.

— Você é sujo e descarado.

— E você o que é? Uma mulher que larga o marido doente e sai pra trepar com um desconhecido.

Recuo e por bem pouco não caio dentro do charco, no meio do buritizal. Seria bom afogar-me, beber a água escura e ferruginosa, talvez as polpas fermentadas curassem o amargo que sinto na boca. Wires cobre meu rosto com sua camisa, aspiro o perfume barato, não esboço um gesto para desvelar-me. Ele levanta cuidadosamente a camisa, descobre o meu rosto e me beija com paixão. Novamente penso em afogar-me. Lembro o homem da moto, a história sórdida que acabei de escutar, tento reagir à embriaguez, mas Wires só me larga quando percebe minha completa entrega.

— Vamos, senão a nascente seca.

Sai correndo, agita as roupas no ar, ouço sua voz gritando:

— A água está gelada!

Me aproximo sorrateira.

O lugar permanece selvagem, a não ser por um aparelho que mede a vazão da nascente. A queda d'água cavou um poço natural, forrado de areia e cascalhos finos, perfeito para se banhar. Pouca luz consegue atravessar os galhos altos e enfolhados das árvores. A serra ganha altura e se torna íngreme, depois do pequeno plano. Desejo subir, chegar aonde a água nasce em meio às pedras, um esconderijo misterioso, morada de seres encantados, acreditavam os índios cariris. Em torno, avencas e samambaias escalam as barreiras e troncos, agarram-se em ramagens e lianas, cheias de borboletas e flores. Além do murmúrio da água e do canto dos pássaros, apenas os gritos de Wires quebram o silêncio. Ele parece uma criança. Esfrega argila no corpo, corre para junto de mim, tenta arrancar minha roupa. Reajo, peço calma, digo que eu mesma farei isso. Ainda não adquiri coragem de expor minhas curvas barrocas à luz do dia, mesmo escurecida pelo filtro da floresta. Na primeira vez no motel, exigi que as luzes fossem apagadas.

Localizo ganchos nas árvores, penduro as roupas que Wires deixou espalhadas pelo chão. Descalço os tênis, dispo a calça e a blusa, olho as minhas coxas e sinto vergonha das estrias. Caminho em direção à água.

— Não!, protesta Wires. Fique pelada.

Falo alguma coisa, estou em pânico, ele se aproxima e me ajuda a despir a calcinha e o sutiã. Põe tudo dentro da bolsa, segura minha mão e me conduz pelo caminho escorregadio.

Estamos de pé, um de frente para o outro, imagino que Wires vai me abraçar. Com as duas mãos em concha, ele apanha da água, antes que ela toque o chão, e me oferece.

— Beba, vai lhe fazer bem.

Bebo até quase lamber as palmas de suas mãos. Ele me olha risonho, o oficiante de um ritual.

— Vou batizar você. Ou prefere que a gente se case?

Dessa vez, apanha a água que já tocou a terra e molha minha cabeça. O líquido gelado escorre pelas costas e entre os peitos. Sinto calafrios, um frêmito de prazer.

— Você não tem juízo, digo.

— Venha, me pede.

Sentamos na água e depressa me acostumo ao frio. Em nenhum momento sinto o meu corpo devassado pelos olhos de Wires. Ele levanta, fala que vai descobrir onde nasce a água e sobe por um caminho que avança por dentro da serra. Depois de alguns minutos, grita me chamando. Respondo que não consigo subir, preciso de ajuda. Proponho nos vestirmos, ele recusa e seguimos pelados.

— E essa bolsa enorme, pra onde vai levar?

— Todas as minhas coisas estão aí, não me separo delas.

— Vocês mulheres, hem?

— As índias caminhavam peladas, com um cesto às costas.

A nascente fica próxima de onde nos banhamos. A água jorra em meio às pedras, do nada. Fico em silêncio, contemplando o nascimento misterioso.

— Vamos, Wires me convida.

— Para onde?, pergunto.

— Quero lhe mostrar um lugar que descobri.

Subimos um pouco mais, tento não me queixar de cansaço. Alguns metros adiante há uma escavação natural entre as rochas, um espaço onde é possível se abrigar da chuva e descansar da caminhada.

Mal sentamos, ele revela as intenções. Peço calma, procuro uma canga na bolsa, forro o chão e me deito.

— Mamãe contava uma história indiana de três mil anos, muito popular em todas as castas, na tradição oral e escrita. Minha irmã mais nova adorava ouvir.

— Não sabia que tinha uma irmã.

— Tenho, mas não vem ao caso.

— Desculpe.

— É o relato do amor entre uma mulher e um homem. Na adolescência, depois que li *O segundo sexo*, livro de uma escritora feminista, desprezei a história e nem aceitava que mamãe a mencionasse nas conversas. Eu era radical e andava com Simone de Beauvoir dentro da bolsa, como se fosse chocolate. Desculpe a enrolação.

— Adoro você falando, posso ficar um dia e uma noite e não canso de ouvir.

— Então, paciência.

— Tenho toda.

Ele acomoda a cabeça no meu colo, percebo um leve tremor, pergunto se está com frio e me diz que são tremores de prazer. Ajusto as costas no tronco da árvore, acomodo as coxas e as pernas no chão. O corpo magro e despido de Wires se confunde com as raízes. Pego uma folha ao acaso e entrego a ele.

— Use. Fica parecendo Adão, depois de pecar.

— Quem disse que eu pequei? Estou santificado pelo que fizemos.

Torço para que nenhuma formiga ou abelha tenha se escondido na folha.

— Por favor, continue, ele pede.

— Minha mãe era uma mulher pequena, bastante culta e inteligente, mas de tão apaixonada pelo marido tornou-se submissa e dominada. Embora eu adorasse o meu pai, odiava essa condição feminina e tornei-me competitiva com os homens, mesmo possuindo mais amigos do que amigas.

Respiro fundo, olho em torno e imagino se Afonso, Emílio e Isaac surpreendessem a cena paradisíaca.

— Quando percebi a força de mamãe e o quanto meu pai dependia dela, foi tarde. Ela sofria uma doença neurológica. Perdeu os movimentos, a fala, a respiração, a capacidade de comer. Uma morte lenta, anos definhando com resignação e vontade de viver.

Não me contenho e choro. Wires senta, me abraça, afaga meus cabelos. Percebo sua aflição e me controlo.

— E a história? Você explicou tanto que não sei se ainda tem graça contar.

Eu o beijo e puxo sua cabeça para junto de mim.

— Vamos, deite no meu colo, juro que não choro mais.

— Chore à vontade, faz bem.

— Desculpe, tenho mania de prólogos. Sabe o que é isso?

— Não. Às vezes você fala difícil e fico por fora. Fiz apenas o ensino médio.

— Prólogo é essa conversa fiada, antes de se entrar no que interessa de verdade.

— Uhn!

Procuro um fio para reconduzir-me à narrativa.

— Savitri, a filha de um rei indiano, era jovem e belíssima. Muitos príncipes vinham ao reino do seu pai, pensando em desposá-la, mas ela não se agradava de nenhum. Achava todos vaidosos, cheios de orgulho e presunção. Um dia ela comunicou ao pai que sairia pelo mundo à procura de um marido e não voltaria enquanto não o encontrasse. Visitou cidades e vilas sem achar um companheiro que valesse a pena. Resolveu procurar dentro da mata, no retiro de pessoas que tinham trocado o mundo pela floresta. Tempo depois ela voltou para casa, foi até o seu pai e falou: "Eu o encontrei". "Quem?", perguntou o rei. "Satyavan", respondeu. "É o filho único de um rei cego. Além da visão, também perdeu o trono para os inimigos, e recolheu-se à floresta com a esposa e o filho." "Fico feliz", disse o pai. "Comece os preparativos que iremos até eles." Antes, chamou seu ministro e perguntou o que ele sabia sobre Satyavan. "Majestade", o ministro falou, "ele nasceu na cidade do seu pai, mas ainda bebê foi levado para a floresta, de onde nunca saiu. É leal e bondoso, cheio de vigor e coragem. Como se não bastassem essas qualidades, é generoso, paciente e belo como a Lua. Só possui um defeito: dentro de exatamente um ano irá morrer." Savitri foi chamada à presença do pai e ele lhe contou o que havia descoberto, pedindo que mudasse de ideia e não casasse para sua infelicidade. Ela respondeu que não escolheria duas vezes e era indiferente para ela se Satyavan teria a vida longa ou curta, porque já o tinha elegido no seu coração. O pai reconheceu que não demoveria a filha de sua escolha e anunciou que no dia seguinte iriam ter com o rei cego na floresta. Tão logo o dia amanheceu eles partiram a pé e antes do almoço chegaram ao eremitério. Sentaram em esteiras de capim debaixo das árvores e o pai pediu ao monarca que aceitasse Savitri como filha. "Como ela irá suportar viver na floresta?", ele perguntou. O pai de Savitri não se abalou e respondeu: "Tanto ela como eu sabemos que a alegria e o pranto seguem seu curso, onde quer que estejamos". Em seguida, pediu que não desconsiderasse o pedido, desfazendo suas esperanças. O rei cego deu as boas-vindas à moça e junto com o seu pai abençoaram os noivos e celebraram o matrimônio. Antes do anoitecer, o rei partiu. Pleno de amor e graças o primeiro ano de casados transcorreu depressa e Savitri foi contando os dias, até que só restava o derradeiro. Na véspera da morte, ela passou a noite sem dormir, olhando o marido, até a madrugada. Preparou uma refeição e serviu-a, mas ela mesma não tocou num só alimento, esperando a hora e pensando: "Hoje é o dia". Quando estava amanhecendo, Satyavan pôs o machado sobre os ombros e partiu na companhia de Savitri para recolherem lenha na floresta. Cheia de ternura, ela o seguia sorridente, observando as pequenas mudanças no seu espírito. Encontraram uma árvore caída, logo adiante. Satyavan pôs-se a cortar os galhos, mas sentia calafrios e o corpo se encharcava de suor. Parou para enxugar-se. A cabeça latejava com dores, a luz o incomodava e fazia os olhos arderem. Sem força, largou o machado e deitou no colo de Savitri para descansar. Quando fechou os olhos, a face retorceu-se e empalideceu. Enquanto parecia dormir serenamente, a esposa corria os dedos por seus cabelos úmidos. Nesta hora, percebeu que alguém a observava e não sentiu medo. Um homem alto e magro fitava Satyavan. Usava vestes rubras e uma flor vermelha nos cabelos negros e soltos. De pé, a uma distância pequena, mantinha os olhos escuros fixos no rapaz, com paciência e bondade. Segurava um pequeno laço de fibras douradas na mão esquerda. Savitri depositou a cabeça do esposo no solo, com extrema doçura, e disse: "Senhor Yama, eu sou Savitri". O deus falou com brandura: "Os dias da vida de Satyavan estão completos e eu vim buscá-lo". O Senhor da Morte estendeu a mão e arrancou a alma de Satyavan do peito esquerdo, nas proximidades do coração, e amarrou-a no seu laço. O corpo do rapaz parou de respirar e tornou-se frio. Yama se retirou para a floresta e Savitri seguiu-o, caminhando ao seu lado. Adiante, ele virou-se e disse: "Volte e prepare o funeral". Savitri parecia não ter escutado a ordem pronunciada com doçura. "Ouvi dizer", ela falou, "que o Senhor foi o primeiro homem a morrer que encontrou o caminho da morada sem retorno." "É verdade", Yama confirmou. "Agora volte, pois não pode seguir-me além deste ponto. Você está livre de qualquer elo com Satyavan, e de qualquer compromisso." "Todos os que nascem um dia são levados pelo Senhor. Permita que eu o siga um pouco mais, como sua amiga." Yama ouve e para, se volta lentamente e mira Savitri. "Você não tem medo de mim. Aceito-a como amiga. Receba em troca uma dádiva minha, qualquer coisa, mas não posso lhe devolver a vida de Satyavan." "A amizade só se consuma depois que damos sete passos juntos", disse Savitri. "Permita que o meu sogro recupere a visão." "Já recuperou. Agora volte, pois está cansada." Ela disse não se sentir cansada e que estava na companhia de Satyavan pela última vez. Referia-se à alma, presa à corrente dourada. Pediu permissão para continuar caminhando ao lado de Yama mais um pouco. Ele permitiu e queixou-se de que sempre tirava e novamente tirava, mas descobria agora que também era bom dar. Deixou-a segui-lo o quanto quisesse, e mandou que pedisse mais alguma coisa, exceto o que ele não pudera dar da outra vez. "Que meu sogro recupere o seu reino", a moça pediu. "Ele há de recuperá-lo", prometeu. Caminhavam sempre em direção ao sul e os galhos das árvores se abriam dando passagem aos dois. Quando chegaram à beira de um riacho, o Senhor da Morte deu de beber a Savitri da sua própria mão. "Não é difícil dar", disse Yama. "Quando a vida é finda e tudo precisa ser entregue, dar não é difícil. Durante a vida existe dor, mas nenhuma na morte. Difícil é encontrar alguém digno de receber. Ninguém me escapa. Eu já vi a todos", falou olhando para Savitri, "e, contudo, esta água não é mais límpida do que seu coração. Você busca o que almeja, você escolhe e a questão se encerra. Não deseja ser nenhuma outra pessoa. Há muito que não vejo isso. Faça-me outro pedido, menos o que já falei." "Que meu pai tenha mais um filho." "Ele o terá", disse Yama. "Mas, peça-me algo para si mesma, menos a vida de Satyavan." Savitri respondeu: "Que eu também tenha um filho de meu marido". Yama sentou-se na margem do rio e ficou contemplando a água que corria formando pequenas correntezas. "Sem pensar, você me respondeu e falou a verdade. Como há de ter filhos de Satyavan se ele está morto? Mas você não pensou nisso." "Não", Savitri confirma. "Sei que não. Mas já não existe vida nele, tudo está encerrado." "Por isso nada pedi para mim mesma, eu que estou metade morta, e não mais anseio sequer pelo céu." Yama suspirou. "Sou imparcial com todos os homens. Mais do que ninguém, sei o que são a verdade e a justiça. Sei que o passado e o futuro são mantidos coesos pela verdade. O perigo foge dela e se esquiva. Quanto vale sua vida sem Satyavan?" "Nada, Senhor." "Entrega-me metade dos seus dias na terra?" "Sim, eles são seus", afirma Savitri. Os olhos fixos e impassíveis de Yama pousam nela. "Está feito, tomei os seus dias e dei-os ao seu marido como se fossem dele. Quer que eu lhe diga o número desses dias?" "Não", ela responde. Em seguida, a jovem pergunta: "Voltaremos agora?", referindo-se a ela e à alma de Satyavan. O Senhor da Morte mostra o seu laço e nele não há mais nada. "A alma de Satyavan descansa com você. Terá de levá-la de volta, você mesma." Yama levantou-se do lugar onde havia sentado e prosseguiu sozinho para o Reino dos Mortos, com um laço que não continha coisa alguma. Ao retornar, Savitri viu que um raio dos céus fulminara uma árvore perto da sua casa. Era noite quando ela chegou próxima ao cadáver gelado. Sentou-se junto ao marido, colocou sua cabeça no colo e sentiu a pele dele se aquecendo ao contato do seu corpo. Satyavan abriu os olhos, sorriu como alguém que retorna de uma longa viagem e vê novamente a amada. "Passei o dia inteiro dormindo", ele disse. "Sonhei que estava sendo levado embora." "Isso já passou." "Não foi um sonho?" Savitri disse que era tarde e, felizmente, eles teriam a luz de uma árvore queimando para guiá-los. Ajudou-o a levantar-se e se ofereceu para carregar o machado. Pôs os braços do marido em torno de seus ombros e os dela enlaçando a cintura de Satyavan. Havia estrelas nos cabelos de Savitri e ouro reluzindo na pele do casal feliz.

O dia se encaminhava para a viração da tarde quando eu e Wires retornamos à residência do caseiro.

— Pela demora, a água estava boa, o velho fala sorrindo.

— Por mim, dormia ali.

— E os mosquitos, meu rapaz?

— Acendia um fogo.

— Querem entrar na casa? A senhora deseja um café? Acabei de passar.

— Obrigada, é muito trabalho.

— Desde quando despejar café numa xícara dá trabalho?

Entramos na casa limpa e aconchegante. Sobre a chapa de ferro do fogão de lenha aceso, um bule de ágata com bordado de flores mantém o café quente. Bebo duas xícaras, agradeço a hospitalidade, pergunto pela família e o velho me informa que todos continuam na feira e só chegam à noite. Ponho um dinheiro em sua mão, peço que compre uma lembrancinha para a neta, ele de início recusa, mas cede à minha insistência. Wires escolhe algumas mangas num balaio, arruma num saco plástico e agradece. Fala que terá imenso gosto em receber a visita de alguém da família, no lugar onde mora. Agradecemos novamente, apertamos as mãos, fazemos mesuras e retomamos o caminho de volta.

— Cuidado que vem chuva, o velho adverte.

— Será bem-vinda, Wires responde e acena com a mão.

Mal caminhamos uns trezentos metros e os primeiros pingos nos alcançam. Corremos para uma casinha à beira da estrada, com um pequeno alpendre e um banco. Quando nos resguardamos, a chuva cai de vez, trazida por ventos fortes. O alpendre curto não protege das rajadas e em pouco tempo ficamos com os calçados e as pernas molhados. Wires forceja a porta e ela se abre. Entramos. Morcegos voam no escuro. Assusto-me e abraço Wires. Ficamos algum tempo assim, apoiados à parede, ele acariciando meus cabelos e peitos. Percebo sua excitação e me desvencilho do abraço. A chuva para, proponho continuarmos a caminho.

— Não quer?

— Temos de chegar ao carro. Se chove mais, faz lama e se torna difícil caminhar na estrada.

— Só um amasso.

— Conheço seu amasso e as camisinhas acabaram. Você não cansa?

— Nunca. Vamos na tora dessa vez, sem camisinha mesmo.

— Ficou maluco?

Começa a me despir. Preciso contê-lo.

— Ei, rapazinho!, não tenho vinte e oito anos como você.

— Tem vinte e nove. Qual a diferença?, pergunta brincalhão.

— Chega por hoje.

Saio para o terreiro molhado. Wires se aproxima, segura minha mão, não recuso, e seguimos caminhando sem pressa.

— Preciso lhe contar umas histórias, Wires.

— Temos a vida inteira pela frente.

— Será?

— Também quero falar do tempo que fiquei internado. Ainda sonho e tenho pesadelos com o hospital. Foi uma experiência ruim, pior só a morte do pai.

Paramos numa churrascaria antes de seguirmos até o albergue. Wires prefere carne e debocha porque me sirvo de uma salada.

Há pouca gente no restaurante. Através de janelas largas e envidraçadas, vejo o sol se pondo vermelho, lá longe na serra. Sinto angústia. Depois da euforia do passeio, estou sem coragem de encarar o meu futuro com Wires.

— Ficou morgada?

— Não, apenas triste.

— Não gosta de ficar comigo?

— Gosto. É difícil explicar, não tem nada com você. Desculpe, sou complicada.

Ele para de comer, me olha firme, busca resposta nos meus olhos. Baixo a cabeça e, quando falo, minha intenção é pôr um fim na loucura que mal começou.

— Wires, você precisa de algum dinheiro?

— Está querendo me comprar?

— Não é isso.

— Uhn! E o que é?

— Podemos partilhar o que eu tenho.

— Vocês não perdem a mania de comprar as pessoas. Já fez a mesma pergunta na primeira vez. Tenho amigos que se vendem. Com cem paus, uma cerveja e um cachorro-quente, você sai com caras bem bacanas. Barato, não? É a crise.

Agora sou eu quem procura os olhos dele. Quando encontro, percebo que se encheram de lágrimas.

— O que você quer de mim, Francisca? Investigou minha vida sexual como se fosse me admitir num emprego. Não pediu folha de antecedentes criminais, mas me interrogou mil vezes sobre o assassinato das três mulheres, na cidade onde moro. Falei que não sou comparsa do Hermógenes, ele apenas vende o que eu costuro. Faço sexo porque gosto, será que você entende?

Interrompe o almoço, quer saber se desejo mais alguma coisa, falo que não, ele chama o garçom e paga a conta. Depois me pergunta se posso levá-lo à hospedaria, se eu não puder, apanha um mototáxi. Estou surpresa, sem reagir a nada, obedeço aos comandos como um robô. Digo que vou levá-lo ao albergue. Reprimo o impulso de agarrá-lo e pedir que durma comigo no meu hotel, ali bem perto.

— Vamos, então, ele pede.

Atravessamos a cidade quente, agitada por milhares de romeiros que não sossegam, entram e saem de igrejas iluminadas, acendem velas em altares, santuários, vias-sacras, calçadas, onde é possível fixar um toco de vela, fazendo escorrer rios de parafina no asfalto. O preto das roupas se torna fosco, sujo e desgastado. O branco, de tanta poeira, adquire o luto que nasce com as pessoas. Buzino, temo atropelar alguém.

— Essa gente nunca se cansa?

Wires não responde, liga o som do carro, toca a *Paixão Segundo São Mateus*, de Bach. Bernardo esqueceu o disco. Reconheço o oratório aos primeiros acordes, minha mãe costumava escutá-lo durante a Semana Santa. Wires cruza os braços e fecha os olhos, se recosta no banco e presta atenção na música, como se tivesse o hábito de ouvir os clássicos.

...

Quero ficar aqui com você,
não me despreze!
Eu não vou deixá-lo
quando quebrarem o seu coração.
Quando seu coração empalidecer
no último golpe mortal,
então eu o acolherei
em meus braços e meu colo.

...

Choro e diminuo a velocidade do carro, mal enxergo através das lágrimas. Não se trata do oratório completo, são alguns coros e árias selecionados, que traduzo no esforço de ordenar os pensamentos.

O albergue de Wires fica longe do centro, quando conseguimos alcançá-lo já é noite. Estaciono sob uma árvore de copa frondosa, garanto a privacidade do escuro.

— Chegamos, consigo dizer.

— Que hora você passa amanhã?, me pergunta com singeleza.

Desligo o som, olho o homem sentado junto a mim, esperando uma resposta. Passo a mão em seus cabelos, toco os ossos dos ombros, os braços finos, e por último afago o rosto com escassos pelos louros.

— Wires, vê se me entende. Você é um rapaz sensível e inteligente.

— Obrigado.

— Eu vim a Juazeiro com a missão de encontrar uma avó, dois tios e uma tia que desapareceram há anos. É uma busca insana, sem futuro. Aqui, eu me desorientei e não fiz mais do que me desesperar e correr de um lado para outro, sem nenhum método.

— Percebo.

Seguro as mãos dele.

— Não encontrei nada, ainda. Ninguém.

Wires estremece, solta as mãos.

— E eu, não conto?

A intensidade da pergunta me abala.

— Você procura uma coisa, achando que ela faz falta, e descobre outra bem mais importante. Só não pode deixar de ver isso. Porque a oportunidade passa e adeus.

Ri com um riso dolorido, cheio de esperança no que afirma.

— Sei do que fala, embora meus sentimentos sejam nebulosos, cheios de avanços e recuos.

Ele escuta sem compreender, me olha com os lábios trêmulos, tenta me segurar em seus braços e eu recuo. Talvez diga para eu não partir, mas não tem coragem.

— Não vim ao Juazeiro por minha vontade, mas pela vontade do meu pai. Uma história complicada. Prometo lhe contar, se tivermos tempo para isso.

— Nós inventamos o tempo que for preciso.

— É possível.

— Meu pai foi assassinado e sofro as consequências até hoje. Ainda nem escutei a história do seu pai e já sinto pena de você. Pena é um sentimento ruim.

Sem que eu espere, me abraça e me beija. Sai do carro, bate a porta e não olha para trás. Vejo quando entra no albergue, o corpo despojado de toda alegria. Fico paralisada, sem direção. Soluço frouxamente. Tomo o mesmo caminho repleto de gente anônima como a avó e os tios. Busco consolo. O inconsciente me atira migalhas de poemas, aforismos, frases, trechos de cartas, a carta de Rosa Luxemburgo, escrita na prisão. No escuro, sorrio à vida, como se eu conhecesse algum segredo mágico que pune todo mal e as tristes mentiras, transformando-as em luz intensa e felicidade. E, ao mesmo tempo, procuro uma razão para essa alegria, não encontro nada, e tenho que sorrir novamente, de mim mesma. Creio que o segredo não é outro senão a própria vida; a profunda escuridão noturna é bela e suave como veludo, basta saber olhar.

A lembrança da carta expõe a fragilidade dos meus ideais, já nem sei se eles existiram algum dia. Cumpro a outorga do pai. Deveria tê-la recusado, me ocupava dela numa sessão de psicanálise e não precisaria ingressar na viagem absurda. Por que Wires estremeceu à menção do pai? Lembro o sacrifício de Rosa Luxemburgo e me envergonho de minha paixão sem grandeza, sem feitos heroicos, sem nenhum discurso filosófico ou sacrifício pela humanidade. Tenho apego a uma pessoa que costura lingeries femininas, somente isso. Mesmo assim, teimo em não me sentir inferior a Rosa, ela morrendo por muitos e eu por um único homem.

É possível tatear no escuro, mesmo que as portas pareçam fechadas? A escuridão existe, basta ligar a televisão ou o rádio, ler os jornais e ir ao cinema. Ou olhar pela janela do carro. Você nem precisa frequentar como paciente a emergência de um hospital público, ou como réu uma delegacia de polícia. Não vá tão longe. A ciência não nos colocou no lugar mais tranquilo e justo, sabemos. O medo de que algo inevitável está para acontecer atormenta nosso sono. Do mesmo jeito que atormentava o dos povos antigos, ao pressentirem o exército inimigo sitiando suas muralhas. Qual a diferença entre as bolas de fogo arremessadas das máquinas de guerra medievais e uma bomba atômica? Ou o terror de um meteorito se aproximando da Terra? A morte está no fim de tudo, não importa a intensidade do artefato. Penso nessas coisas desencontradas e aumento o volume da *Paixão*.

17

A conversa com Wires aconteceu à sombra de cajueiros e mangueiras, num barzinho recuado da estrada principal, entre Juazeiro e Crato. Quase não havia clientes. Deixei-o falar à vontade. Era o nosso primeiro encontro desde o passeio à nascente. Wires sempre risonho e afável se exalta quando o assunto são os três meses em que viveu preso a um leito, aguardando a cirurgia para caminhar novamente, retornar à sua casa e ao trabalho, sentir-se vivo. Nesse tempo, imaginou ficar louco, morrer vítima de uma infecção ou ter o pé e a perna amputados. A descoberta de sua fraqueza o acabrunhou, não costumava sentir medo. Deitado na cama, ouvia relatos de pacientes, acompanhantes, enfermeiras e pessoas que entravam e saíam nos quartos, em incessante movimento, como se todos estivessem fora de lugar. Histórias de homens e mulheres comuns, que sofreram uma brusca interrupção na rotina de suas vidas, se expondo ao confronto com a morte. A coragem e a covardia se revelavam na luta pela sobrevivência. Os mais velhos e indefesos se entregavam ao desejo de morrer. Wires percebeu que o hospital não diferia do que ele imaginava ser um acampamento de guerra, nos gemidos, na agitação, no cheiro de carne apodrecendo.

Lucas tinha vinte e dois anos quando veio do presídio para cuidar de um ferimento no pé. Durante uma rebelião de detentos ele se machucou, não recebeu cuidado médico e a infecção ganhou os ossos. Ao vê-lo, ninguém apostaria tratar-se do mesmo garoto que, aos dezoito anos, foi flagrado com vinte e uma pedras de crack. Em quatro anos, emagrecera mais de trinta quilos. O retrato de admissão no presídio parecia de outra pessoa. Os olhos perderam o brilho e a vontade. Lucas não conhecia o pai e havia estudado bem pouco. Negro, pobre, carregava sozinho o peso do corpo e a condenação sem julgamento.

Desde os dezessete anos se metera no tráfico, consumindo e disputando territórios de venda entre os grupos rivais, numa cidade da Mata Sul de Pernambuco, onde a monocultura da cana e o legado da escravidão condenaram as pessoas à violência e à miséria. Num tiroteio de facções, uma bala atingiu sua bexiga e ele perdeu o controle sobre a vontade de urinar. Caminhava, mas fazia uso de fraldas descartáveis. Internado numa unidade para adolescentes, voltou à casa, ao consumo e ao tráfico, depois de alguns meses ao presídio. A mãe o acolhia como se fosse um castigo de Deus. No tempo em que ficou internado no hospital, ela o visitava com resignação e apatia. Deixava folhetos contendo a Palavra, colava alguns nos azulejos da enfermaria e cantava hinos com as mãos para o alto. Numa das visitas, trouxe o pastor da igreja evangélica que costumava frequentar, pagando um dízimo mensal de dez por cento do salário ganho como faxineira.

Isolado por causa da bactéria que destruía o pé e a perna, Lucas não aceitava a comida e emagrecia visivelmente. Chamaram o médico clínico para assumir o caso e diagnosticou-se tuberculose no pulmão, em estágio avançado. Começaram um novo tratamento e pediram que Lucas usasse máscara para não contaminar as pessoas. Vigiado por dois agentes penitenciários, seu isolamento tornou-se maior, a tristeza um miasma sombrio como o dos mangues onde ele crescera entre os caranguejos. As bactérias e os bacilos minavam sua vida em decomposição. No dia em que o médico revelou a tuberculose, Lucas não tremeu. Mas quando lhe disse que o teste para aids havia sido negativo, os olhos do rapaz se encheram de lágrimas, fez um sinal da cruz atrapalhado e agradeceu a boa notícia.

Dois garotos de dezessete anos se internaram com várias fraturas. Presos durante uma perseguição policial, fugiam em um carro roubado. O veículo capotou algumas vezes, sem matar ninguém. Quatro militares vigiavam os menores, além dos dois agentes civis responsáveis por Lucas. O clima nas enfermarias tornou-se igual ao das prisões, tumultuado e explosivo, com armas expostas, prontas a disparar. As fardas, os coletes à prova de bala, os revólveres e fuzis se misturavam aos ingredientes hospitalares: gritos, sangue, fezes e pus. Os policiais cuidavam para os novos detentos não fugirem nem serem resgatados por suas quadrilhas. Nervosos e agressivos, mantinham-se em permanente estado de alerta. Os garotos pareciam inofensivos e alheios ao futuro sombrio. Algemados nas camas de ferro, não aparentavam a alta periculosidade descrita no laudo pericial nem a criminalidade dos currículos.

Novos presos chegaram às enfermarias, com guarnições de mais quatro homens, estabelecendo-se uma atmosfera de front. Os médicos assistiam os detentos com indiferença pelos seus dramas, numa tentativa de se protegerem, diziam. Não perguntavam nada sobre as histórias de cada um, limitando-se a examinar as fraturas e feridas. Os policiais queriam que os presidiários morressem, proclamavam aos berros que se tratava de indivíduos irrecuperáveis para a sociedade. A violência das ruas se reproduzia no espaço de cura, o mesmo ódio e a mesma indiferença. De um lado, prisioneiros considerados bandidos. Do outro, policiais armados, esperando uma chance de agir. E, no meio desse fogo, uma equipe de saúde em pânico, tentando salvar pacientes que muitos preferiam ver executados.

Lucas já não contaminava com a tuberculose e foi transferido do isolamento para a enfermaria dos jovens delinquentes. Controladas as bactérias, ele não tinha chances de recuperar a função do pé e da perna, pois os ossos haviam sido destruídos. No dia em que o informaram sobre a amputação acima do joelho, ele não manifestou revolta. Aos vinte e dois anos, acostumara-se ao destino de mutilado.

Um agente penitenciário chamava a atenção por ficar a maior parte do tempo estudando. Formado em direito, queria especializar-se na recuperação de menores criminosos. Lia bons livros, comportava-se diferente dos colegas que falavam alto, diziam palavrões e se envolviam em namoros com as acompanhantes. Quando o médico clínico comunicou o retorno de Lucas ao presídio de origem, o agente falou o mesmo que os policiais militares: "Melhor se ele tivesse morrido. Não existe nenhum futuro para Lucas. Solto ou na prisão, ele continuará se drogando". O médico escutou em silêncio, talvez achasse que não havia recuperação para o agente, por mais que lesse a melhor literatura. Deu as orientações de alta, despediu-se de Lucas e desejou-lhe boa sorte.

No dia seguinte, houve um tumulto no posto de enfermagem. O clínico reclamava que não tinham enviado as orientações sobre o tratamento da tuberculose, que precisava manter-se por mais cinco meses. Descontrolado, gritava com a equipe. Ocorrera desleixo ou boicote? Queria saber a todo custo. Telefonou ao presídio e solicitou que o serviço social viesse apanhar o resumo de alta e as prescrições. Uma enfermeira se aproximou do médico, pediu calma e cochichou alguma coisa, que ninguém conseguiu ouvir.

Desleixo, boicote, que diferença faz? A vida custa barato no rateio dessa gente miserável. Vale quase nada, menos que as trinta moedas barganhadas por Judas.

Wires precisa de alguém que o escute. Minhas entrevistas revelaram uma pesquisadora de olhar focado como o de uma câmera. Muitas vezes recusei-me a ouvir revelações, porque fugiam aos objetivos da pesquisa. Procurava nas três cidades mais importantes do Cariri e nos seus habitantes os traços de uma modernização conservadora, combinando o velho e o novo capitalismo. Investiguei uma aliança anticomunista na região, um movimento em escala nacional, amparado internacionalmente pelos Estados Unidos. Mesmo quando o tema foi a literatura de cordel, não me deixei amolecer pela poesia lírica do ciclo maravilhoso, nem pela graça dos versos satíricos e picarescos. Preferi investigar a época de ouro dos folhetos, que no plano econômico coincidiu com um surto industrial e um esforço popular de maior participação na vida política do país. Ainda me pergunto em que consistia o meu conflito com o poder, nas teses meticulosamente escritas. Escutava homens e mulheres simples, acreditando que as grandes ideias estariam entre os políticos e os intelectuais. Porém, já nessa época, as vozes humildes e ofendidas representavam a procura de um milagre, o encontro com a história que eu nunca ouvi narrada na academia. Talvez, porque essa história não interessava ao ambiente universitário, ou porque eu me tornara surda aos seus apelos.

Daniel perdeu a pele do membro inferior direito, da raiz da coxa ao pé. Foi como se descalçasse uma luva. Os músculos sangravam durante os curativos, os nervos expostos doíam. Escutavam-se os gritos de longe. Nem a morfina controlava as dores. O caminhão distribuidor de refrigerantes em que ele trabalhava arrastou-o por um longo trecho de asfalto. O motorista supôs que Daniel tivesse subido na carroceria. Quando percebeu que ele ficara pendurado, o pior já acontecera.

Mais grave do que a infecção e as dores era a anemia. Coisa fácil de resolver dentro de um hospital, se Daniel não fosse membro das Testemunhas de Jeová, uma seita que proíbe o uso de qualquer derivado de sangue. Com o nível baixo de hemoglobina, Daniel viu-se condenado a morrer. Os pais proibiram as transfusões e assinaram um termo de responsabilidade por tudo o que viesse a acontecer ao filho.

Numa tarde em que não havia acompanhantes no quarto, o médico manteve a seguinte conversa:

— Daniel, você é jovem, bonito e tem um futuro pela frente. Alguma vez já pensou em se casar?

— Já.

— E em ter filhos?

— Também.

— Coisa boa, falou o médico e deixou o quarto em que o paciente fora isolado.

No dia seguinte, voltou à carga.

— Sua religião proíbe o sexo fora do casamento. É isso mesmo?

— É sim.

— Mas, com toda essa força e saúde, eu aposto que você já desejou ficar com a namorada. Fale a verdade, não minta pra mim.

A conversa acontecia durante os curativos e as respostas eram dadas entre gritos e caretas.

— Desejei, ai, ai...

O médico conhecia o caminho que conduz ao sítio onde se guarda a vontade de viver, mais forte do que o desejo pela morte.

— Daniel, você pode amar sua esposa e ter muitos filhos.

— É sério, doutor?

— Depende apenas de você.

— E o que eu faço?

— Aceite o sangue.

— Com essa condição, não vou ter o primeiro filho.

Exausto pela dor, se entregava ao desânimo.

— Não posso, meus pais não aceitam. Preferem me ver morto.

— Eu sei, eu sei...

Habituado a fazer incisões com o bisturi, o médico mexia sem receio na ferida.

— E você aceita a vontade deles?

Daniel fecha os olhos e as lágrimas escorrem pelos lados da face.

— Sua noiva conversou comigo. Você tem bom gosto. Que garota!

Não há resposta à provocação, apenas um tremor no corpo, o que nada significa, porque são habituais. Mas o médico percebe a entrega de quem se deixa vencer pelo cansaço.

— Tem um jeito de tomar o sangue sem meus pais saberem?

Tornaram-se comuns as idas de Daniel à unidade de terapia intensiva, durante as manhãs. Os familiares sabiam que ali só eram permitidas visitas no período da tarde. Explicou-se que Daniel necessitava de procedimentos especiais, num aparelho da unidade. Se os pais suspeitavam de alguma manobra dos médicos, nunca reclamaram. A felicidade em ver o filho se recuperando, depois de cirurgias plásticas e muitos cuidados intensivos, impedia-os de se queixarem. E sempre havia Jeová, a quem eles atribuíam o consolo e o milagre da cura.

Contaminado pela dor alheia, depois de ouvir os relatos de pessoas agonizando, Wires se esforça em parecer brincalhão, mas a alma reclama, não se acomoda ao corpo enfermo, e esse já não obedece aos impulsos que antes o dominavam. Como dizer a esse rapaz que ele foi tocado uma segunda vez pela morte? A primeira, quando assassinaram o seu pai. Agora, pela urgência de sua própria doença. Vivemos cercados de mortos, tentamos desdenhá-los, mas, ao final, eles nos esperam. Carrego o pai, a mãe e me legaram encontrar os parentes, um sinal deles pelo menos. Uma saia de Dora, um vestido da tia, um cacho de cabelos dos tios, algo que eu possa carregar comigo por um tempo, depois enterrar e ter a certeza de que descansam em paz e já não me assombram.

O rapaz do outro lado da mesa narra o que lhe contaram. Precisa de tempo para livrar-se da memória. Compreendeu que só esquecerá narrando. A descoberta tornou-o mais velho. Por isso os pacientes sentem urgência em falar, calam apenas enquanto dormem, mas sonham dormindo. Sonhos perturbadores, povoados de novos relatos. Wires acredita que as narrativas irão mantê-lo vivo. Nada do que escutou foi gravado num aparelho, ou anotado em cadernos. Ouviu e guardou na memória. O que me relata agora já não é o que lhe contaram, transformou-se em sua própria história. Talvez deseje impressionar a amante e invente a maior parte do que narra. Não duvido. Isso é comum aos narradores.

Natália pilotava a moto quando o acidente aconteceu. A companheira viajava na garupa, sofreu poucos ferimentos e, no mesmo dia, após exames rotineiros voltou para casa. Teve sorte, disseram. Natália teve azar. A perna direita foi completamente esmagada. Gorda, mesmo depois de uma cirurgia para redução do estômago, ela mal conseguia sentar-se. Durante os quatro primeiros meses de internamento, o salão onde Natália trabalhava como cabeleireira fechou. O casamento se desfizera há algum tempo e a pensão do marido tornou-se irrisória para tantas despesas. As duas filhas foram morar com a avó. A companheira, que assumira o lugar do marido, viajou a São Paulo e nunca deu notícias. Desesperada, Natália procurou um psiquiatra que prescreveu remédios para depressão e ansiedade. No ambulatório onde era acompanhada, a infecção não dava sinais de melhora e o destino da perna se revelou sombrio até nas cartas. Natália tinha o costume de jogar o tarô. No nono mês, tempo de uma gestação, internou-se novamente. As fotos de sua tragédia pessoal ganharam a internet, pessoas da cidadezinha onde residia se mobilizaram para socorrê-la, mas seu destino estava nas mãos de um ortopedista, o mesmo que a havia operado e agora deveria tomar uma nova decisão. Ao saber das repercussões do caso, o chefe do serviço convocou o especialista e pediu uma definição de conduta. No dia certo e na horta certa, ele entrou na enfermaria e olhou a paciente no rosto. Alto, forte, corado, suava com desconforto, vendo a perna da moça exposta, sem curativos.

— Doutor Tiago, quanto prazer em revê-lo! Desde a minha primeira cirurgia, não voltamos a nos encontrar.

Além de bonita, Natália falava com desenvoltura, se destacando em meio à população humilde de enfermos.

Assombrado com a recepção fora de costume, o especialista não se deixou intimidar.

— É verdade, é verdade. Mas tenho notícias suas pelos médicos residentes que lhe acompanham. Eles fotografam sua perna e me enviam por WhatsApp.

Natália enche os olhos de lágrimas.

— O Senhor não quer me dar um abraço? Eu gostaria de receber.

O abraço é dado com sinceridade e carinho.

— Doutor Tiago, há meses essa é a minha casa. Pena, não tenho cadeira para lhe oferecer. Divido este espaço com duas pacientes e três acompanhantes.

Depois, com uma ironia que choca a todos, ela apresenta a casa imaginária.

— Conheça onde eu moro, dr. Tiago. Aqui é a sala, com sofás e a televisão. Ali, o quarto de dormir e minha cama king. Mais adiante, o banheiro, a cozinha e o quintal. Tudo humilde, decente e aconchegante. O cômodo da frente eu transformei no salão de cabeleireira. Pena que não consigo trabalhar. Avalie direitinho. Perdi tudo isso em nove meses e me transformei em ninguém.

O médico e a equipe que o acompanha não sabem como reagir à ousadia.

— Natália, vou operar você novamente, colocar um novo fixador e recuperar sua perna.

A moça reage com firmeza.

— Não quero cirurgia. Cansei de arrastar esses ossos e músculos podres. Ampute minha perna, por favor.

O médico empalidece, tenta convencê-la do contrário.

— Não é assim como você pensa. Precisamos lutar até o fim, recuperar o seu membro.

— Quero viver, trabalhar, amar. Com isso que o senhor está vendo, não é possível. Vamos, doutor, ampute minha perna.

Acuado, o especialista pede um tempo para decidir. Uma semana depois Natália foi operada. O coto cicatrizou e, na consulta de ambulatório, ela falava risonha sobre maneiras de fazer sexo com uma única perna. Essa dificuldade já vencera. Difícil era conseguir que o Estado pagasse a prótese.

Experiente em técnicas de pesquisa, mantenho distância do meu informante, não me envolvo nas suas impressões. Ele chora, se agita, e eu ajusto o microfone, esperando o momento adequado à pergunta seguinte. Escuto Wires, renuncio ao velho hábito de gravar e anotar. Quando escrever suas histórias, elas serão outras, diferentes das que ouvi, desprovidas de emoções fortes. Talvez não resista à tentação de produzir literatura. Esse vício deforma, garante Afonso.

Na era moderna, o artista desprezou a natureza coletiva da criação, assumindo um exacerbado individualismo. Atribuiu a si próprio a única responsabilidade por sua arte e nomeou-se o criador, epíteto antes usado apenas para designar os deuses. A autoria virou a marca do nosso tempo. Isso explica o desprestígio do conto oral, que se dilui no coletivo sem assinaturas.

Um professor americano propõe que a Bíblia seja lida como um livro de narrativas, uma obra de vários autores, escrita em tempos diferentes, sem reduzi-la a um amontoado de textos da tradição oral, compilados ao longo da história do povo hebreu.

Ao se conceder a um poeta ou prosador a autoria de cada um dos livros da Bíblia hebraica, reconhecendo-se as alterações sofridas ao longo dos anos, surge a questão sobre o papel de Deus nessa empresa. Sempre se acreditou na Bíblia como um livro de inspiração divina, ou até mesmo soprado do alto e impresso a fogo como as tábuas dos mandamentos. A leitura da *História Sagrada* pelo caminho da arte narrativa transforma poetas e escritores em videntes e profetas.

E os narradores comuns, gente do povo como Wires, são movidos por que necessidade? De onde vem o sopro de voz? Deles mesmos, da vontade de se livrarem da memória que os incomoda.

Em três meses de enfermaria Wires percebeu que a proximidade com a morte exacerba o desejo de falar, de preferência sobre a própria vida.

$*\quad*\quad*$

O carro em que viajavam Rute e Noemi capotou numa serra, próxima ao Recife. O esposo e os dois filhos de Noemi faleceram ali mesmo, no local do acidente. Um deles era marido de Rute. Sogra e nora foram internadas na mesma enfermaria, em leitos vizinhos. Negras, evangélicas fervorosas, elas declamavam versículos para fortalecer o espírito:

Que Iahweh me mande este castigo
e acrescente mais este
se outra coisa, a não ser a morte,
me separar de ti!

Amigos em visita referiam que as duas se amavam iguais a mãe e filha, e que Rute abandonara a família e o lugar onde nascera para viver com o esposo e a sogra. Consolavam-se nas dores do corpo e no sofrimento pelas perdas. Tornaram-se viúvas numa só tragédia.

As duas haviam sofrido o mesmo trauma, atingindo os braços e os ombros. Por sorte, conseguiam andar. Encontravam força e disposição para leituras da Bíblia, cantavam e pregavam a Palavra. A enfermaria se enchia com outros pacientes, buscando conforto junto delas.

Noemi era diabética, evoluiu com infecção respiratória e foi internada na UTI. Rute conseguiu permissão para visitá-la todos os dias. Orava e cantava hinos junto ao leito da sogra. Com as mãos erguidas em louvor, suplicava a cura da amiga e sogra. Nunca faltou um único dia ao ritual de invocação à vida, mesmo quando sentia dores, cansaço e os primeiros sintomas de uma infecção grave. Dois dias depois do retorno de Noemi para junto da nora, Rute entrou em coma e foi levada. Agora era Noemi quem tocava a campainha da UTI. Numa cadeira de rodas, pálida e com as pernas inchadas, aguardava permissão para entrar. Uma enfermeira ajudava com o soro. Mal havia se recuperado e já cantava forte, tão alto que era impossível não a escutar na vastidão de leitos ou no céu, para onde se dirigiam suas preces. Noemi descera aos portões da morte e conhecia o caminho que conduz de regresso à vida, dizia orgulhosa às irmãs de fé.

Rute também se curou. Sogra e nora tiveram alta juntas. Contou-se durante muito tempo a história, até que foi esquecida como quase tudo. Muitas coisas nos distraem e nem sempre guardamos na memória o que parece melhor de se guardar. Fica o exemplo de amor e amizade entre essas duas mulheres.

A noite ameaça findar, os garçons bocejam, fecham-se as portas e janelas do barzinho, os carros diminuem a frequência na estrada próxima, quase não se ouve o barulho de motores e buzinas, as corujas marcam presença com seus cantos agourentos. Wires continua narrando. São muitas histórias, umas se costuram nas outras.

Enquanto eu estiver embriagada por sua fala mansa, nosso vínculo não se desfará, continuaremos juntos, enredados. Ele ainda nem transpôs os limites de um hospital, as paredes das enfermarias, o exíguo tempo de três meses. A cada bocejo que disfarço, Wires me lembra que falta contar o assassinato do pai, guardado com suspense para o final, o relato do rapaz vitorioso depois de cinco anos lutando para não morrer de infecção ou amputar uma das pernas, o da prostituta que se recusava a deixar o hospital e preferia morar ali mesmo, o do alcoólatra desejando voltar às ruas, onde se embriagaria com aguardente.

É necessária uma eternidade para ouvir e narrar.

Pela madrugada, quando o movimento nas enfermarias tornava-se menor, os acompanhantes se acomodavam em colchonetes ou papelões ao lado e debaixo das camas, as televisões eram desligadas e os celulares emudeciam. Os pacientes conversavam em voz baixa, revelando pormenores de suas histórias. O silêncio, a penumbra, a intimidade com um interlocutor sempre foram os ingredientes favoráveis aos narradores.

— Nasci com o dom para escutar as pessoas. Ou elas sentem isso em mim. Muitos companheiros se aproximavam desconfiados, como se não quisessem nada, e meia hora depois falavam suas intimidades.

* * *

Já nem ouço a fala de Wires, os relatos me parecem iguais, um violoncelo em contínuo, a base sonora dos meus pensamentos desencontrados. Esforço-me em ser fiel a Wires, em manter a estrutura de suas frases. Mas, ao adaptar o que ouvi à linguagem escrita, alcanço outro saldo. As bordadeiras tradicionais usavam os mesmos recursos de mãos, agulhas, linhas, tecidos e desenhos, porém os resultados sempre variavam de um bordado para o outro, dependendo de quem o executava. Nunca eram iguais, como são os de uma máquina industrial. Sou a máquina, o teclado de um computador dando forma a palavras, sons, respirações, pausas, silêncios, modulações e gestos. Os barulhos que chegam aos meus ouvidos incorporam-se à narrativa, conversas, gritos de garçons, buzinas de carros, mesas arrastadas. Algumas palavras de Wires se chocam nos meus ouvidos, outras caem pelo chão e rolam, ganham as estradas e com muito esforço eu recupero algumas.

18

Caminho pelas ruas observando os romeiros em deslocamento, homens e mulheres ensacados nas roupas de penitência. Lembram uma bailarina americana que dançava dentro de um tecido elástico de malha, espécie de tubo em que se movia numa dança cheia de espasmos e sinais de luta. Uma escultura viva em lamentação, deixando aflorar através dos gestos a linguagem escondida na alma. O público experimentava a mesma claustrofobia da dança. Certa vez, depois de apresentar-se, ela foi procurada por uma moça de rosto sereno, com os sinais de quem havia chorado muito. A moça agradeceu à bailarina e falou que ela nunca saberia quanto bem lhe fizera naquela noite. Quando a artista perguntou o que acontecera, a jovem relatou que assistira ao filho de nove anos ser atropelado por um caminhão e morrer. Depois da tragédia, apesar dos próprios esforços e da ajuda de pessoas amigas, nunca conseguira chorar. Ao ver a dança, não segurou o pranto. Comovida, a bailarina disse que há sempre uma pessoa com quem é possível se comunicar na plateia. Sua lamentação representava a angústia do homem tentando romper os limites que o impedem de se expandir, estender braços e pernas, pôr a cabeça de fora, dar novo alcance às ideias e aos pensamentos.

Por que a memória não me concede um minuto de trégua? Até quando durmo, ela me perturba na forma de sonho. Saio à procura de Dora e seus filhos e isso é a prova da minha insanidade. Começo a acreditar que nunca existiram, o pai inventou a história para se vingar de algum abandono, da solidão de não ter conhecido os familiares. Nas lendas antigas, o filho homem sai à procura do pai ou de um amor idealizado. Nunca li relatos sobre mulheres em busca da avó ou de seus parentes. Sou pioneira, inauguro uma mitologia pessoal. Afonso tem razão. O pai se vinga em mim de suas frustrações, de uma história interrompida ao meio, da tristeza de não conhecer os ascendentes, nem os sobrenomes que o pudessem guiar de volta à mãe. Os sobrenomes que usou até a morte foram emprestados pelo meu avô, o pai de minha mãe, num registro falsificado. Sua data de nascimento também era mentirosa. Sem signo astrológico, sem planeta regente, meu pai afirmava não acreditar no sobrenatural.

Em nada.

Sento num banco da capela onde enterraram o Padre Cícero. Pergunto os motivos para tanto desconforto. Os estilos se misturam na pobreza da igrejinha. A parte mais elevada do altar lembra um pagode chinês ou templo hindu, com nove esplanadas terminando num minarete. Os romeiros se comprimem dentro do espaço exíguo e no pátio lá fora, rodeado de barracas onde se vendem todos os tipos de lembranças e comidas, tiram-se retratos em cenários enjambrados e escuta-se a história do milagre cantada por crianças. As portas abertas, os ventiladores e uma brisa tímida não amenizam o calor sufocante, nem o suor escorrendo dos corpos de pé ou ajoelhados em adoração.

Senti frio ao visitar a complexa catedral de Santiago de Compostela. Chovia bastante, as temperaturas haviam caído, mas os peregrinos não se intimidavam, da mesma maneira que os romeiros não reclamam do sol quente. A mistura de estilos arquitetônicos, românico, gótico, barroco, gótico espanhol, tornavam o escuro interior do edifício mais estranho e assustador. Há tanto o que olhar e descobrir que senti necessidade de permanecer alguns dias investigando detalhes camuflados na grandeza, sem a interferência de guias e turistas falando em vários idiomas, ocupados mais em fotografar do que em ver. Não experimentei recolhimento na catedral, apenas estupor e raiva pelo custo de tudo aquilo. A cada altar revestido de ouro, lembrei a mortandade de índios e negros, nos fundos das minas, para enriquecer o reinado espanhol e a Igreja católica. Via homens e mulheres ajoelhados no calçamento das ruas, sob chuva e frio, o ar tresloucado de contrição. Dava pena e vontade de rir. O mesmo burlesco que me cerca agora. Em Compostela, também há lojas, souvenirs, imagens, terços e escapulários. Guardada a intransponível distância entre a opulência e a pobreza, o excesso e a modéstia, tudo se iguala nas motivações das pessoas, no modo como a Igreja e o capital manipulam os peregrinos.

De que madeira fabricam os bancos duros, sem afago?, me pergunto novamente. A feiura e a aspereza revelam sinais por todos os lados. Uma via-sacra de gesso aponta os caminhos da paixão e da morte. Quatro janelas no alto das paredes, com vitrais em molduras douradas, desanimam os olhos a procurar beleza que extasie. No altar principal da nave única, duas colunas sugerem o estilo românico. Ao primeiro olhar percebemos que elas nem enfeitam nem sustentam estruturas.

A monotonia das rezas, o automatismo da fé e a preguiça na articulação das palavras talvez decorram do calor, do sol quente, do excesso de luz, do tédio e da falta de ocupação na romaria, nada além de subir e descer ruas à espera de um novo milagre.

— Por todos os que sofrem perseguição, por todos os que não acreditam, por todos os que padecem as desventuras do nosso tempo, rezemos ao Senhor.

— Senhor, escutai a nossa prece.

— Cristo, que viestes chamar os pecadores humilhados, tende piedade e perdoai a nossa culpa.

— Senhor, escutai a nossa prece.

Rezam e pedem.

Rezam.

Pedem.

Não aguento o calor e saio para o pátio externo, cheio de romeiros. Sou empurrada até o portão do cemitério, nos fundos da igreja. O primeiro túmulo que me chama atenção foi revestido em granito negro. Pertence a uma família ilustre, mandatária do lugar. Entre flores murchas e um anjo de mármore adormecido, um gato branco descansa. Chego perto, tento afagá-lo, mas ele foge. Caminho entre os mortos, olho fotografias opacas, leio datas e necrológios. Os jazigos pobres se resumem a cercas de madeira, algumas apodrecendo, e gradis de ferro. Cobertos pelas ervas, os túmulos se misturam na igualdade da morte. Um coveiro trabalha, revolve a terra úmida e fria de um buraco recente. Puxo conversa, mas ele não presta atenção no que falo. Avanço um pouco mais entre as sepulturas, nenhuma delas me chama atenção. Resguardo-me do sol debaixo de uma árvore carregada de frutos maduros, recosto o corpo no tronco e fecho os olhos. Gritos, vivas e palmas chegam de fora. Ouço os sons ritmados da enxada, cavando. Adormeço em pé por alguns segundos e acordo com uma pessoa se movendo atrás de mim. Viro bruscamente. Um vulto se esgueira junto a um mausoléu em forma de capela. Caminho até lá. Não descubro qualquer vestígio. Saio à procura do coveiro, quero perguntar se ele viu alguém, mas também não o encontro.

Numa cidadezinha francesa, visitei o túmulo de Vincent van Gogh. Às sete horas de uma tarde em que o sol continuaria claro até as nove e meia, os dois portões do cemitério estavam escancarados, sem ninguém cobrando ingresso, o que é bem estranho na França. À esquerda, próximas ao muro externo, duas sepulturas simples, cobertas por erva barata. Numa lápide de pedra, o nome do pintor hoje famoso, e as datas de nascimento e morte. Ao lado, Theo, que morreu poucos meses depois do suicídio de Vincent e que foi trazido mais tarde para junto do irmão, que ele tanto amava e protegeu.

Tamanha simplicidade, tamanho silêncio e solidão contrastam com a turbulência e a criatividade, o gênio e a loucura do artista. Mas estão em perfeita harmonia com sua vida de pintor sem fama, que nada vendeu do que produziu e que se mantinha graças à generosidade de Theo. O extenso campo em frente ao cemitério já não é de trigo, é de mostarda com flores amarelas, o amarelo que se repete obsessivamente na obra de Van Gogh. Em meio às flores, bem ao longe, uma ginasta corre. Tudo me parece tão expressivo e belo que penso em acordar Vincent, para que ele pinte a alegria que sinto no momento.

Dias depois, reencontrei Van Gogh no seu museu em Amsterdã. Durante seis horas contemplei os mais de duzentos quadros da coleção. Numa loja, vendiam agendas, camisas, canetas, cadernos, livros, marcadores, leques, sombrinhas, pratos, copos, todos os objetos em que fosse possível reproduzir uma pintura. O comércio ajuda a manter a instituição, faz circular o dinheiro que Vincent nunca imaginou que sua arte produziria. Ele, que experimentava novas formas de pintar e escrevia ao irmão, falando da esperança de vender pelo menos um quadro. Incompreendido no tempo em que viveu, só mais tarde reconhecido como gênio ou enigma da modernidade que anunciou, Van Gogh se transforma em mito para adoração. A mesma história acontecida em Juazeiro? Desigual e semelhante. Os souvenirs daqui são pobres e custam barato, mas servem ao propósito de mitificação. A arte e a santidade não escapam aos especuladores.

Chego às ruas menos congestionadas, ainda assim não controlo a maré de pessoas me empurrando para os lados. Perdi a vontade, fui acometida pela inércia e deixo-me arrastar. Avisto um cruzeiro de pedras escuras, em torno dele acendem milhares de velas. A parafina escorre pelo calçamento das ruas. O fogo alastrado lembra a representação em pintura de um rio do inferno. Sufoco, tento afastar-me dali. Estou suja, cheirando igual às pessoas com falta de banho. Se encontrasse Wires, sentiria vergonha do meu desleixo. Comprimida no meio dos romeiros — meus parentes por parte da avó Dora? — esqueço que desejei pingar gotas de Chanel na pele, para deleite de Wires. Lembrança remota. Escapa de mim como o perfume.

Numa esquina, esbarro na cega tocando a rabeca, sentada na mesma esteira, com a vasilha de metal junto às pernas, onde atiram moedas de pouco valor. Nem se demoram para ouvi-la. Será que lamenta o descaso por sua música? Talvez pense igual à bailarina americana, que sua arte chegará ao coração de pelo menos uma pessoa. Sou a eleita. Faço da parede onde a cega se ampara a minha barricada. Resisto à onda humana. Pego algumas notas na carteira, ponho na vasilha, mas temo que alguém possa roubá-las. O papel não tilinta como as moedas. Apanho as notas de volta, cochicho no ouvido da cega:

— Tome esse dinheiro e guarde.

Ela segura as cédulas, palpa-as com cuidado, sei que reconhece o valor e agradece:

— Obrigada, minha filha. Deus lhe proteja e cubra de graça.

— Quem é a senhora?, pergunto.

Ela fala alguma coisa, mas não consigo ouvir em meio ao barulho.

— Onde aprendeu o romance da Amazônia? É de sua autoria?

O tumulto se eleva, assaltaram alguém. As pessoas se agitam, correm. Um velho sentado num banco ao nosso lado, que parecia indiferente à mulherzinha, vem ajudá-la a recolher suas coisas, toma-a pelo braço e os dois se afastam numa rapidez de quem se acostumou às urgências. Resolvo fugir para não ser esmagada. Aos primeiros passos, me agarram pelas costas, tentam me imobilizar, mas eu resisto. Grito o mais alto que posso e, quando o estranho tapa minha boca com a mão, mordo-a com força e ela sangra. Consigo livrar-me, procuro descobrir quem é o agressor, mas a multidão enlouquecida me arrasta para longe. Limpo a boca com a manga da blusa, felizmente o sangramento foi pequeno, cuspo o sangue, quase sou derrubada quando me curvo. Alcanço um beco estreito, uma mulher vende água mineral, compro uma garrafa e lavo a boca. Ela oferece um pano bastante sujo. Agradeço, tenho lenços de papel e me enxugo. O corpo treme pelo esforço da luta, o coração ainda não se acalmou. Aceito uma cadeira, sento, respondo aos curiosos que fui empurrada e machuquei a boca em um poste.

Alguém queria me assustar? Cogito a possibilidade, embora desconheça os motivos para isso. Durante anos viajei à cidade, visitei sítios longe do centro e nunca me senti ameaçada ou insegura. Confundiram-me com outra pessoa, concluo. Decido não retornar ao hotel, prefiro continuar andando e descobrir até onde as ruas me levam.

A cidade se espraia por bairros distantes e pobres. Com o sol ainda quente, homens e mulheres sentam nas calçadas. Esperam que anoiteça e esfrie para entrar de volta nas casas, onde tomam café, almoçam, jantam, dormem e trabalham. Artesãos do couro, madeira, barro e flande competem com as quinquilharias importadas da China.

Entro num boteco de esquina, peço uma coca-cola. Na sala atrás da venda, mulheres fabricam flores de papel e tecido. Peço licença e avanço pelo cômodo. As flores são lindas, usam para enfeitar os santos nas paredes e altares. O comércio diminuiu com a proliferação das igrejas evangélicas. As mulheres passaram a fabricar coroas de defuntos. Em qualquer lugar do mundo a morte é sempre um negócio próspero. Trazem algumas coroas para eu ver. Minha agonia retorna com a lembrança de mortos, cemitérios e túmulos.

A mãe faleceu no mês de julho. Eu estava longe do Recife e não quis regressar de avião. Cinquenta minutos é tempo pequeno para se elaborar uma perda. Percorri de carro os mais de seiscentos quilômetros que separam o Recife do sertão. A enfermidade aprisionou o seu corpo ao longo de anos. No começo, percebemos que arrastava os pés ao caminhar. Depois, que tinha dificuldades na fala, os sons saíam baixos e incompreensíveis. Quando não conseguiu deglutir os alimentos, colocaram uma sonda no estômago. Na progressão, deixou de andar, de falar, de mover os braços e as pernas. O corpo se fechou em armadura, uma carapaça mais angustiante do que o pano elástico da bailarina americana. Sem movimento, além das pálpebras de um olho, respirando com a ajuda de aparelhos, a lamentação da mãe se fazia pelo olhar sobrevivente. Os últimos anos foram de luto. Temia afastar-me e ser necessário retornar às pressas para junto dela. Mesmo assim viajava, o trabalho exigia o sacrifício. Vivi presa a um fio, ameaçando partir-se a cada instante. Demorei a aceitar que posso muito pouco contra a ordem da doença e nada contra a morte.

Compro uma única flor. Peço a uma das mulheres que me ajude a prendê-la nos cabelos. Não ficou mal, constato. As mulheres riem de mim, não se usam flores enfeitando a cabeça, a não ser nos filmes com espanholas e ciganas. Tudo é motivo para riso e me alegro em oferecer um valor acima do que pedem. Despeço-me, retorno à venda, pago o que devo e peço uma lata de cerveja bem gelada. Saio bebendo pela rua, felizmente aqui não é proibido consumir álcool em lugares públicos.

Evito os buracos das calçadas e, vez por outra, caminho na pista. Reconheço onde vim parar. Numa ruela próxima, morou uma professora americana, que também pesquisava literatura de cordel. Ficamos amigas e nos ajudamos nas pesquisas. Surpreendi-me ao descobrir que dormia no chão do casebre onde se hospedou. Comprei uma rede e ensinei a maneira correta de usá-la. Vestia-se com bastante despojamento. Não fosse pelos olhos azuis e por ser alta, se confundiria com os romeiros. Todos a imaginavam uma mulher carente de recursos, mas, em pouco tempo, tornou-se dona de um acervo invejável de cordéis. Tinha habilidade nas entrevistas, arrancava informações preciosas dos seus informantes. Fiquei sabendo mais tarde que era chefe de departamento numa das maiores universidades americanas. Por bem pouco, não foi eleita reitora. Continuo sem compreendê-la até hoje. O que motivou essa moça rica a viver em meio às pessoas simples, no limite extremo da pobreza, comportando-se como se fosse igual a elas? Acho mais aceitável que os humildes a acolhessem, oferecendo-lhe o chão de suas casas, uma esteira de palha, feijão e farinha, quando havia o que comer.

Distraio-me pensando e nem percebo a proximidade do hotel. Quando atravesso a rua, uma moto em alta velocidade avança sobre mim. Grito e as pessoas próximas também gritam. Acham que o avanço foi proposital, queriam me atropelar. A moto não tinha placa e o motorista usava capacete, seria impossível reconhecê-lo.

— Nem vale a pena prestar queixa na delegacia.

— Uma perda de tempo.

Todos se agitam, me cercam, aconselham. Há bastante solidariedade nas desgraças.

Entro assustada no hotel e a recepcionista me oferece chá de laranja com bastante açúcar.

Preciso relatar o ocorrido a Afonso.

19

Cansada de igrejas e romeiros me refugio no Crato, na casa do professor Garcilaso e de sua esposa Berenice, que me ajudaram na pesquisa sobre o cordel, emprestando livros de literatura trovadoresca. Descanso de minha busca sem resultados, me distancio de Wires, Afonso, Maria do Carmo e do Hermógenes. Depois de alguns copinhos de cachaça, Antônio Garcilaso me convence com humor e erudição de que todo lugar pode ser o centro do mundo, os gênios estão ligados por fios invisíveis e a cada época defendem ideias parecidas. Lembro-me de vários artistas que aprecio, cada um deles com aventuras bem particulares. Alguns ficaram confinados à própria casa e dela nunca se afastaram, outros deram voltas ao mundo e retornaram desiludidos às suas origens.

Um pintor e ceramista do Recife, que morou e estudou na Paris do pós-guerra, descobriu-se numa exposição de Picasso. Imaginando que a grande arte seria a pintura a óleo e a escultura em mármore, ficou surpreso ao encontrar trezentas peças de cerâmica, numa exposição do gênio espanhol, na sede do Partido Comunista francês. Esperava deslumbrar-se com grandes quadros e, em vez disso, deparou-se com cerâmicas, uma arte que ele já havia experimentado, mas considerava menor. O olhar arcaico de Picasso era animado muito mais pela África do que pela Grécia. No retorno à sua cidade, quis fazer de um bairro rural onde havia nascido o lugar em que o mundo começa e termina. Considerava pretensioso cidades como Londres, Moscou, Roma e Nova York se arvorarem como o grande centro. Também achava compreensível, pois qualquer pessoa pode eleger o seu mundo preferido. Mais interessado na figura do que na geometria, resistiu às influências de Picasso e conseguiu se expressar de uma maneira diferente do que estava sendo feito em Paris, na época.

* * *

— Vivi sempre no Crato. O Cariri cearense é o centro do mundo, Juazeiro a matriz da religiosidade e da cultura popular. Aqui existia um oceano cretáceo e se guardaram saberes antigos.

Resignada, me preparo para escutar mais uma vez a origem geológica da região.

— Todo esse passado sobrevive em nós, faz parte de nossa genética. Concorda? Vocês no Recife acreditam que o oceano Atlântico se formou pela união do rio Capibaribe com o Beberibe. Eu afirmo que o mundo começou aqui. Quer provas?

Rimos até as lágrimas. Berenice aproveita e nos serve cachaça.

— Beba, é muito boa.

A aguardente desce queimando.

— Minha segunda casa era um rio, nada parecido com o Sena, o Danúbio, o Reno, o Mississipi ou o Volga. Cansamos de nos apresentarem a esses cursos de água, nos romances e novelas. Eles nem precisam ser descritos, fomos massacrados com tantas informações que nos julgam imbecis se desconhecemos a geografia fluvial da Europa ou dos Estados Unidos. A nenhum francês se pede que conheça o Granjeiro, o riozinho do Crato. Ele deságua no Salgado, o Salgado no Jaguaribe e o Jaguaribe no Atlântico. Até nas aulas de história nos obrigavam a discorrer sobre o Sena e a mencionar os nobres afogados em suas águas durante a Revolução Francesa. Essas coisas inquietavam o meu juízo e comecei a assumir um comportamento rebelde.

— Você rebelde? Gostaria de tê-lo conhecido nesse tempo. É verdade o que o seu marido fala, Berenice?

A mulher se limita a balançar a cabeça, confirmando. Habituei-me a nunca escutar as suas opiniões, se é que pensa diferente do marido em alguma coisa. Garcilaso ignora minha pergunta, ansioso em não perder o fio do raciocínio. Fala como se estivesse numa sala de aula.

— Outra descoberta dizia respeito à flora estrangeira. Fiquei aborrecido de ler sobre carvalhos, choupos, salgueiros, sequoias, pinheiros, zimbros, faias, aveleiras, tílias, plátanos, freixos, nogueiras e amieiros. Fazia um esforço sobre-humano para elaborar as imagens dessas árvores, nem sempre havia enciclopédias e revistas de consulta e, quando elas apareciam nos filmes, nenhuma seta indicava: isso é um carvalho. Nas redações do colégio eu me sentia inseguro em escrever sobre as florestas que tanto impressionavam os professores habituados às leituras de Tolstói, Balzac e Maupassant, alheios às nossas espécies nativas, oitizeiros, baraúnas, angicos, muricis, aroeiras, quixabeiras, carnaúbas, juazeiros e gameleiras. Um dia, perguntei ao professor de literatura por que era obrigado a conhecer um abeto e se exigiam de um estudante francês que memorizasse os nomes da vegetação mirrada da caatinga. O mestre tinha a resposta pronta. Nossa literatura era regionalista, nossos escritores não preenchiam os cânones universais e por isso éramos tão pouco lidos dentro e fora do país. Citou a entrevista de um escritor peruano, que ganhou o Nobel, onde ele afirmava: "Não seria o escritor que sou sem os anos que vivi na Europa. Felizmente, a vida me premiou, convertendo-me num cidadão do mundo".

— É muito colonizado esse peruano, comento, mas Garcilaso não dá a menor atenção ao que eu falo.

— Concluí que foi graças a ter morado na Europa que ele se tornou um escritor e cidadão do mundo. Mas o sujeito não afirmava se os nascidos fora da Europa deixariam de ser cidadãos do mundo, apenas tornava claro que, para ele, um peruano, a cidadania e o livre trânsito pelo mundo se deram porque residia na Europa. A afirmativa deixou transparecerem as dificuldades dos intelectuais da América Latina em relação aos seus países de origem e suas culturas. Não fiquei satisfeito com a resposta do professor e continuei querendo descobrir o motivo dos marmeleiros, mandacarus e carnaúbas serem regionais e os carvalhos universais. Enchendo a boca e a papada, nosso arcaico mestre leu um trecho do *O romeiral*, de Balzac: "Há uvas de todas as regiões, figos, pêssegos, peras de todas as espécies e melões, assim como o alcaçuz, a giesta de Espanha, os eloendros da Itália e os jasmins dos Açores". Revirava os olhos, degustando frutas que nunca tivera o prazer de saborear, acostumado apenas aos cajus, mangas e bananas. E nos obrigava a descobrir no dicionário o que era alcaçuz, giesta e eloendro. Um colega me doutrinava afirmando que todo o poder balzaquiano era consequência da economia e cultura dominantes. Se nós fôssemos poderosos e exportássemos literatura em vez de soja, carne, açúcar e café, os gringos estudariam em suas escolas o que era um mandacaru. E que minhas preocupações caducavam de velhas, o escritor José de Alencar já se ocupara em defender pontos de vista semelhantes, os modernistas de São Paulo e os regionalistas do Recife levantaram as mesmas questões, apenas em nossa cidade continuávamos ignorando o que se escrevia no Brasil e lendo autores europeus clássicos. Advertiu que eu não alcançaria mudanças pensando e escrevendo, só através da revolução proletária o mandacaru ganharia status de carvalho, virando um símbolo da resistência nordestina. As ideias me pareceram malucas, continuei dando cabeçadas para todos os lados, subi o rio Granjeiro até chegar à Floresta do Araripe, onde fumei um charuto de maconha e tive a revelação da natureza.

Eu gargalhava e bebia com prazer. Pedia a Garcilaso que continuasse defendendo seus argumentos.

— Sempre me interessei pelo trânsito das pessoas. Seria ótimo se você encontrasse a avó Dora, mas ela certamente já morreu. Espero que tenha a revelação de outros tesouros e não se extravie na viagem. Cuidado, Francisca, essa empreitada é mais difícil do que investigar cordéis ou as tramoias políticas americanas! Boa sorte, boa sorte!

Engole a cachaça de uma vez e enche o copo novamente.

— Nós vivemos nesse lugar que parece o fim do mundo. Todo fim é um começo, depende do que você faz de sua vida. As visões nascem daqueles que as olham. Eu escolhi ser um professor de província e morrer com Berenice debaixo desses livros, que consumiram o dinheiro ganho com o nosso trabalho. Não é isso mesmo, mulher?

A silenciosa Berenice afirma que sim e toma a sua talagada de aguardente. Eu me sinto a um passo da embriaguez. Garcilaso se torna reflexivo e busca consolo no copo. Inclina a cabeça sobre o peito, parecendo que vai dormir. O corpo flácido pela falta de exercícios adere à poltrona sebenta. Passa a maior parte do tempo sentado, distraído apenas em virar as páginas dos livros. Berenice, se levanta, pergunta se estamos com fome, ninguém se motiva a comer. Aceitamos um café forte e quente para amenizar a bebedeira.

Chegamos ao ponto onde deságuam as queixas dos intelectuais provincianos, cansados da mediocridade em torno, imaginando a vida inteira o que poderia ter sido e que não foi. "E se eu tivesse ido embora?", temo que Garcilaso me pergunte. "Mas aqui é o centro de tudo, você acaba de me convencer disso", eu lembraria a ele. Há pouco, antes do porre, as coisas pareciam claras, o mundo havia começado neste espaço onde sentamos. O que mudou? Por que as certezas se abalaram e a nostalgia de um lugar ideal, fora desse eixo, baixou sobre nós?

Falo das minhas impressões sobre o Cariri, a tristeza em ver o crescimento da violência junto com a modernização. Garcilaso cochila, indiferente aos meus comentários. É sempre assim. Berenice recolheu-se para um descanso ligeiro e logo mais o professor começará a dormir. Eu deixarei a casa na ponta dos pés.

Num derradeiro esforço, Garcilaso abre os olhos e me pergunta:

— E o Recife?

Não ouve a resposta. Felizmente, descansa da agonia de pensar, da certeza de que vive sozinho num mundo se esfacelando, frágil e desprotegido como os fósseis recobertos de calcário.

Fecho a porta sem fazer barulho, deixo a residência para trás. O sol queima. Cinco minutos são suficientes para sentir a pele assada. Esqueci o protetor e decido procurar uma farmácia. Caminho olhando a aparência das casas, a maioria revestida de cerâmica. Restaram poucos sobrados, nenhum azulejo português, as praças encontram-se abandonadas. É melhor não reparar nos defeitos do que me cerca, ir a uma sorveteria, refrescar-me, e depois tomar um café. Carros de som anunciam remarcações nas lojas. E se eu comprar blusas leves e transparentes? Também posso experimentar saias, bem femininas. Penso em Wires e a respiração acelera. Ando pela sombra das calçadas, tentando escapar ao sol. Felizmente a cidade é pequena, chego depressa à sorveteria. Quando estou para entrar avisto Isaac num carro estacionado. Tento alcançá-lo, mas o automóvel parte ligeiro. Certamente, Isaac não me viu. No outro lado da praça, Emílio abre a porta de uma caminhoneta. Está na companhia de dois homens. Grito por ele, me apresso. Emílio parece não me ver e também vai embora.

Desisto do sorvete, sento num banco, à sombra de uma gameleira. Nunca fui íntima dos companheiros de Afonso, driblei as investidas de Emílio sobre mim e escutei paciente os longos discursos de Isaac. Apenas de dois em dois anos, nos encontros da turma, me lembrava de que existiu um projeto maluco, ao qual o meu marido se engajou por um tempo bem curto. Quando dispunha de agenda, seguia Afonso nas reuniões saudosistas. Numa das vezes, acampamos na serra, fizemos caminhadas pelas trilhas da floresta, num esforço de cordialidade. De repente, como numa ficção de Bernardo, todos se enredam em suspeitas e eu sou arrastada na maré vazante. O barco emerge das águas amazônicas e nos cobra o que nem sei se aconteceu algum dia. E se tudo não passa de tramoia para me enlouquecer, começando pelas revelações do pai sobre Dora? Repeti a pergunta várias vezes, nas últimas horas. Até Bernardo me parece insano. Remexem no que dormia sob as águas e camadas de terra. A avó e os tios morreram mesmo? Custo a crer. Melhor deixar no escuro o que no escuro se perdeu, como aconselhou o mestre Alexandre. Os vivos e os mortos nunca se aquietam, possuem imaginação fértil para os acontecimentos improváveis. Serão mesmo improváveis? Cedo à tentação de imaginar coisas. Deve ser a proximidade da igreja, onde uma santa, um jacaré e um dragão esperam que o oceano submerso libere suas águas e ponha fim às loucuras dos homens.

Numa das vezes em que visitei Afonso, a embarcação do Estrela parou numa cidade para reabastecer suprimentos. Descemos e fomos à procura de lugares dignos de visita. Na Amazônia, as cidades são todas bem novas, mas aquela tinha um jeito de velha. Sentamos para uma refeição ligeira, no mercado popular. O café pertencia a um cearense, que chegara por ali havia cinquenta anos. Comemos tapioca com castanhas, caldo de carne e ovo, bolo de mandioca temperado com erva doce, queijo de coalho e peixe assado na brasa. Bebemos sucos de frutas da terra, despolpadas na hora. A comida nos alegrou. Há dias reclamávamos da dieta monótona do barco. Surgiram conversas amenas, risos, tapinhas nas costas e trocas de abraços. Ninguém desejava retornar aos afazeres do Estrela. As horas se passavam e todos ocupados apenas em rir e comer. Dois homens sentaram numa mesa ao lado, se apresentaram e pediram para compor o nosso grupo. Eram poetas, um bem jovem, de feições indígenas, e o outro aparentando mais de sessenta anos. Quando pagamos a conta, eles perguntaram se não gostaríamos de conhecer a casa do poeta mais velho, que também era cearense e havia chegado com os pais ainda menino, atraídos pelo sonho de enriquecer. No passado recente, fora dono de muitas lojas de comércio, se cansou de tudo e vendeu.

Chegamos a um pardieiro de três andares, o velho abriu a porta e pediu que subíssemos por uma escada de cimento, bastante íngreme. Magra e ágil, num instante cheguei a um salão enorme, sem divisórias, coberto de palhas de babaçu trançadas, formando várias águas. O pé-direito elevado favorecia boa ventilação e temperatura amena. O arquiteto dessa casa de homens também havia bolado uma parede de frente com bambus na vertical, pequenas separações entre cada vara, garantindo mais circulação de ar. Senti-me dentro de uma oca indígena. Também havia paredes de tijolo e barro, com pinturas imitando inscrições rupestres, e esculturas estranhas, carregadas de erotismo. Um mundo primitivo, totêmico, em meio à cidade rugindo do lado de fora. O centro da sala lembrava um teatro circular, onde faltava apenas uma pedra de imolação como a dos povos celtas.

O velho pediu que nos acomodássemos em redes, tirou a camisa e se pôs a tocar um berimbau com duas caixas de ressonância nas pontas, improvisadas com latas de querosene. Sem consultar se alguém queria, o poeta jovem acendeu borós de maconha e distribuiu entre os convidados. Fui a única que não aceitou fumar. Uma jovem magra parecendo índia e outro poeta em quem faltavam os dentes da frente surgiram do nada. A animação cresceu, todos cantavam e declamavam poemas, serviu-se café, água e chá. O jovem poeta acendia um baseado no outro. Nunca tinha visto alguém fumar tanta maconha de uma vez só. Eu me sentia feliz e serena, sem vontade de deixar a rede onde me deitei, desejando que a orgia não findasse nunca.

O poeta sem dentes trouxe um livro impresso e costurado por ele mesmo, entregou-o a Afonso e pediu que o lesse. Poronga é uma lamparina que os seringueiros usam na cabeça para percorrer as estradas da seringa, na Floresta Amazônica. Poronga era o nome do extenso poema, a saga de nordestinos lutando pela sobrevivência no meio adverso. Afonso lia muito bem, dava as pausas exatas, respirava no tempo certo, esperava a reação da plateia aos versos de maior impacto antes de retomar a leitura. Senti-me orgulhosa dele. Todos o escutavam comovidos. O poeta manejava as cordas de arame do berimbau, arrancando sons doloridos, em perfeita harmonia com o poema. Vez por outra, um frêmito escapava de alguém. Emílio, Isaac, que nessa época tinha cabelos, e os parceiros do Estrela olhavam Afonso com respeito. Descobri-me apaixonada por meu marido, com vontade de arrancá-lo do grupo e fugir com ele para o meio do mato, despir-me e me entregar de um jeito que nunca fiz antes.

Aplausos para o poeta e o leitor. Nova rodada de maconha, a excitação cresce, alguns querem ocupar o centro da ágora, ler poemas, recitá-los de memória. O marimbau não para, lembra uma cítara. Não sei aonde chegaremos nessa orgia em que a maconha substitui o cauim. Uma chuva repentina e forte comprova a eficácia da coberta de folhas de palmeira trançadas. Trovões e relâmpagos. Afonso deita comigo na rede e me acaricia. A índia encanta-se com o poeta jovem. Emílio se aproxima, fala que precisamos fugir da casa e voltar ao barco assim que a chuva parar. Sorri, passa a mão nos meus cabelos. Por que as arengas existem?, me pergunto. Melhor que o projeto médico seria uma convivência tribal. Porém, conheço as tréguas, a cordialidade com prazo de vencimento. Mais algumas horas e os manos se estranharão novamente. Uma pena. Mal começo a amar Afonso e já termina o enlevo. Desgrudo-me do abraço, volto à habitual desconfiança e rispidez.

Sem que o pai me incumbisse de qualquer missão, andei sempre no rastro de Dora. Guiada por algum instinto, talvez. Viajava ao Juazeiro, ia à Amazônia, por motivos que não pareciam ser Dora. Porém, desde essa época, guiava-me por uma bússola, um obscuro desejo.

Minha Estrela Distante era Dora.

20

Acordo com o coração disparado, a boca seca e queimando. Faltam apenas três dias para a festa dos mortos, quando os romeiros recebem as bênçãos, se despedem e partem de volta. Eu fico. Não quero pensar nessa possibilidade, mas a dúvida me mantém desperta. Bernardo viajou a São Paulo, a um encontro de escritores, por uma semana. Ofereceu-me hospedagem, mas prefiro continuar no hotelzinho, em meio ao tumulto da romaria. No aeroporto, aonde fui levá-lo constrangida pelos últimos acontecimentos, contou-me que Emílio e Isaac se alojaram na casa dele.

Afonso ressona alto, alheio às minhas angústias. Despido, me parece obsceno. Na cama estreita, nossos corpos se tocam. Retraio-me e desejo Wires. Vou ao banheiro, piso com nojo a cerâmica fria e úmida. As cortinas não vedam o sol, entra luz no quarto por uma janela, que se abre para um corredor de paredes altas. Tudo é feio e sem acolhimento, a aspereza repete o padrão hoteleiro de algumas cidades: móveis rústicos, duros, fabricados com madeira que fede a mijo. Mal caibo no banheiro minúsculo, preciso encolher as pernas e acomodar-me na bacia sanitária, espremida pelo boxe do chuveiro. Evito fazer barulho, não quero que Afonso me veja num estado tão deplorável. Nunca me embelezei para ele, nem ligo ao que sente pelo meu corpo. Envergonho-me ao pensar nessa indiferença. Abro o chuveiro, dou descarga, agora sei que Afonso vai acordar. Tranco a porta à chave. Quando retorno à ducha me vejo nua. A decadência física me assusta. Por sorte, o vapor quente da água embaça o espelho.

Volto ao quarto. Depois do banho quente, a baixa temperatura me provoca calafrios. Deito e me cubro com o lençol fino. Evito olhar Afonso, estirado de bruços. Felizmente ele não acordou, ou finge que dorme. A ideia do hotelzinho próximo aos locais de peregrinação religiosa partiu de mim, desejava uma imersão completa no mundo romeiro. Agora eu rio de minha fantasia. Há bons hotéis em Juazeiro. Fiz uma proposta radical, a de nos hospedarmos em albergues ou pensões, mas Afonso protestou, exigia o conforto de um ar-refrigerado. Olho o teto baixo, com duas lâmpadas fluorescentes que acendem sobre os nossos olhos. Por que não instalaram arandelas? O sol aqui brilha e queima doze horas por dia, um ano inteiro.

Há excesso de luz.

Numa vez em que fui dar aulas sobre literatura de cordel na Universidade de Poitiers, nos hospedamos num albergue simples e barato, para estudantes em férias. As janelas se abriam numa praça, cercada de casas antigas e, à frente, o edifício da prefeitura. Acordei achando que era cedo, vi luz filtrada pelas cortinas, me alegrei porque teríamos um dia frio, mas sem chuva, bom para os passeios. Afonso dormia ao meu lado, despido na temperatura agradável do aquecedor. Lembro que senti o mesmo que agora ao contemplar o seu corpo. Desejei cobri-lo, como fizeram os filhos de Noé ao pai, caminhando de costas, porque me constrangia contemplar sua nudez revelada no sono.

Recordo a mãe. Ela acharia pecado a minha recusa ao marido, traição o desprezo que sinto por ele, sem nunca revelar.

Da cama em Poitiers eu olhava a decoração simples do quarto, a renda das cortinas, os quadros, o papel de parede, os abajures, uma jarra de água, xícaras de porcelana para o chá, o assoalho de madeira clara, os tapetes. Com quem aprendemos o desconforto? E a feiura? Com os nossos colonizadores portugueses?

Levantei-me airosa como uma sílfide, queria sair do hotel, caminhar sozinha. O frio não exige banho matinal e me vesti depressa. Ganhei a rua. Lá fora, me espantou ver gente cruzando a praça, todos ligeiros, muitos, sem nenhum barulho, como se calçassem sapatos de algodão.

Daqui a pouco entrarei para o café no restaurante em Juazeiro e me assustarei com os gritos das pessoas que servem as mesas. Transporei a porta do hotel e ensurdecerei com os sons da cidade quente, onde as casas dos pobres, a maioria, são pequenas e espremidas, portas e janelas de ferro lembrando chapas de assar carne. Certamente eles se queimam dentro dos cubículos, iguais às casinholas dos projetos habitacionais, amontoadas em terrenos desertos, sem uma árvore ou pé de flor, repetindo a miséria não planejada da cidade. Pequenas gaiolas de prender passarinhos, arapucas em meio ao que no passado foram sítios de cajueiros, pequizeiros, mangueiras, pitombeiras e paus-d'arco, onde os índios cariris corriam livres e guerreavam soltos na amplidão, limitados unicamente pela chapada do Araripe, na lonjura azulada. No solo tornado infértil, os pogroms de casas populares condenaram os moradores sorteados a não darem um passo à frente.

Voltei ao quarto depois de percorrer os muros de uma antiga arena e entrar na catedral de Saint Pierre, escura e fria como quase todas as igrejas românicas e góticas. Os vitrais não dão conta da iluminação, sobretudo nos dias chuvosos de inverno. Senti desalento e uma pequenez esmagadora. Olhei para o alto e mal consegui enxergar os detalhes das torres elevadas. Nem o conhecimento de que tudo foi construído com o propósito de ressaltar a insignificância do homem diante da grandeza de Deus me deu conforto. Igual à Notre-Dame, vivi a paradoxal sensação de claustrofobia em meio ao grandioso.

Do lado de fora, em frente à porta principal fechada, um músico do leste toca violino e pede esmolas. Ninguém se detém para escutá-lo. Reconheço uma partita de Bach e me comovo. O músico é jovem e bonito, parece um cigano. Há muitos deles perambulando pela França e toda a Europa em condições miseráveis. Num rasgo de generosidade, abro a carteira, saco uma nota de valor alto e me curvo até o rapaz. Poderia depositá-la numa caixinha, onde há algumas moedas, talvez ganhas no dia anterior. Mas quero entregá-la, e ele percebe o meu desejo. Depõe o instrumento e o arco entre as pernas e recebe a nota e minha mão direita entre suas mãos sujas. Ficamos um tempo parados, nos olhando e rindo. Falo que toca bem, ele não compreende o francês, mas é exímio em manejar o arco e as mãos de uma mulher. Afasto-me ligeira, não olho uma única vez para trás. Carrego sensações intraduzíveis e antigas.

Estou gelada, descalço os sapatos, me deito na cama sem despir os agasalhos, me cubro com os cobertores, mesmo assim não consigo parar de tremer.

— Você não me chamou para o passeio.

— Desculpe, pensei que estivesse dormindo. Já tomou café?

— Tomei. O jantar do seu amigo professor foi mixuruca. Saí do restaurante morto de fome.

— Tinha muita comida. Você que só bebia vinho.

Afonso faz menção de me abraçar. Olho a pintura do teto, um sátiro atacando uma ninfa. No passado, alguém se excitava com essas imagens.

— Me largue, estou com calafrios.

— Deixe que eu aqueça você.

— Não é necessário, basta que desligue o Split. E, por favor, vista uma roupa e vamos tomar café. Já é tarde, só restam sobras de comida. Esses romeiros tiram a barriga da miséria aqui no hotel.

— Em todos os lugares do mundo as pessoas aproveitam os bons cafés da manhã.

— Não é o caso daqui.

— Você prefere croissant e *caffé au lait*.

— *Marmelade d'orange, s'il vous plait*.

— *Oui, madame*. E companhia mais refinada do que a minha. A do professor Thierry, falando sobre os aedos e os rapsodos da Provence, comparando aos nossos cantadores de viola.

— Não seja ridículo. Ele aprecia os repentistas.

— Com o narizinho arrebitado de condescendência e desdém: *Merveilleux! Ils sont rustiques.*

— Por que você comenta isso apenas agora, depois de tantos anos?

— Eu tolerava tudo o que vinha de você.

— E não tolera mais?

— Não.

Tenta me abraçar e eu o rechaço com força. Seu hálito me provoca náusea.

— Me largue, preciso comer. Com certeza teremos tapioca, queijo de coalho assado e mel de rapadura. Nenhuma iguaria francesa se compara a isso.

Não estou mentindo, ele sabe. Adoro a culinária sertaneja. Mas Afonso está excitado, expõe o membro endurecido e o esfrega nas minhas coxas, vestidas numa calça jeans. O fauno do teto em Poitiers. A ninfa não cede ao priapismo.

— Pare. Perdemos o costume.

— Eu não perdi.

— Imagino. Se tudo o que os seus amigos me revelam for verdade...

— Eu mesmo posso lhe contar minhas safadezas. Quer ouvir? Quem sabe, você se excita.

— Por favor, não. Prefiro manter um resto de decência.

— Você fala em decência?

Lembro-me de Wires e sinto vergonha. Afonso talvez saiba dos nossos encontros.

Tento afastá-lo, mas ele sobe em mim e arranca minha calça com brutalidade. O membro duro parece uma haste de ferro me fustigando. Chegamos ao limite da cama, caímos no chão, escapo ao assédio. Ele deixa que eu me levante, fala quando tento abrir a porta.

— Não saia, sou eu quem vai sair.

Veste-se apressado, de repente parece se envergonhar da nudez. Olha para mim de um jeito estranho. Entra no banheiro e mija sem fechar a porta, o que seria normal em outras ocasiões, mas nessa circunstância se transforma em mais uma agressão. Lava o rosto, penteia o cabelo gorduroso, olha-se demoradamente no espelho. Tenho oportunidade de fugir, mas permaneço no quarto, esperando uma revelação. Por algum motivo chegamos ao Juazeiro.

— Quando partimos nessa viagem maluca, tinha dúvidas se voltaríamos juntos ao Recife. Agora, sei que nos separamos aqui.

Senta numa cadeira, respira e fala pausado. Conheço a calma e a cólera de Afonso. Não temo o que possa acontecer entre a gente, mesmo nessa conversa adiada por anos.

— As viagens são as melhores oportunidades pra largar o que nos atrapalha. Somos estrangeiros, moramos temporariamente em hotéis, caminhamos por lugares diferentes. Perdemos malas e descobrimos que os conteúdos não fazem falta.

— Quem é a mala de nós dois?

— Os dois.

— E a mala sem alça, é você?

— Talvez.

Consigo desmontá-lo, a partir de agora entraremos em rota de colisão, nosso ódio será mais forte que a convivência dos maninhos sem filhos.

— E você pensou em alguma saída?

— Pensei. Vou desaparecer.

— Ah!, não é novidade, você viveu fugindo.

— Dessa vez não deixo rastro.

— Como Dora.

— Como o covarde do seu pai Jonas.

A fala me acerta uma direita na boca do estômago. Perco o fôlego por algum tempo, mas recobro ligeiro.

— Afonso vai desaparecer alguns meses. Vai para onde dessa vez?

O corpo dele se esgueira do meu soco de palavras, mas logo revida e eu recebo um esquerdo no peito.

— Você é diferente de todas as mulheres, nunca se interessou por um homem, a não ser o pai. Não foi levada para a cama por ninguém, nem pelo próprio marido.

— Durmo com você, todas as noites.

— Dorme, é verdade.

— Esquece o que já fizemos?

— Esqueci, felizmente. Há coisas que podemos fazer de um jeito com vinte e cinco anos e de outro com sessenta. O importante é nunca deixar de fazer. Concorda?

— Você me chama para uma conversa definitiva e me prega lições de terapia sexual. Vamos evitar as mentiras, isso já se tornou um vício entre a gente.

Sei por onde fisgá-lo e lanço a isca.

— E seus escritos, larga tudo?

— Quais escritos? Um monte de papéis que você nunca teve paciência de ler, alegando serem subjetivos, memórias de família que a deixam mal. Você não apenas lê Bernardo, posta comentários no Facebook e recomenda ao verdureiro. E propôs que eu largasse a medicina e fosse viver apenas de literatura. Bancaria as contas de casa.

— Sabe que eu acreditava no seu potencial.

— No tesão do meu caralho, pode ser. Sempre me considerou um medíocre, alguém que você poderia pisar sem dor na consciência, pois se tratava de um ser inferior.

— Não invente coisas, piora a situação.

— Nunca me disse por que se casou comigo, me escolheu entre pretendentes ricos e bem-sucedidos. Mas eu sei, sempre soube. Porque era igualzinho ao seu pai Jonas.

— Não meta o meu pai na história.

— O mito de Jonas se desfez. Ele foi tragado pela baleia, escondeu-se na barriga do Leviatã.

— Pare ou quebro o computador na sua cabeça.

— Você não tem coragem de fazer isso porque é intelectualmente contra a violência. Mas herdou o sangue ruim do pai.

— Pare, já pedi.

— Paro porra nenhuma. Vou sumir, mas antes digo o que quiser. E não tente escapar de mim porque eu amarro você nessa cama, sua gorda.

— Não me chame de gorda.

— Seu pai era tão perverso que antes de morrer te legou a culpa e o remorso que sentia por ter abandonado a mãe e os três irmãos. Conhece crime maior do que esse?

— Ele era uma criança de doze anos tentando salvar a vida. O mesmo que acontecia nos campos de extermínio de judeus, que você assiste nos filmes e se comove às lágrimas. No caso dele não conta nem comove, porque se trata de um sertanejo cearense, carne de terceira.

— Foda-se Jonas. Se não bastasse revelar a história escrota, mandou você procurar Dora e os filhos. Por que não morreu sem dizer nada? Aquilo estava preso na garganta dele, virou câncer. Quantos anos Dora teria, se fosse viva?

— Ela está viva.

— E o imbecil do marido entra no delírio da mulher, sobe num caminhão e atravessa o deserto.

— Veio porque quis.

— Fui arrastado.

Olha para mim e começa a rir, ensandecido.

— Jonas filho da puta! Quanta farsa! Um covarde empurrando a filha pro nada.

Levanta-se, abre uma pequena mala, enfia roupas dentro dela, sandálias, sapatos, tudo na mais completa agitação e desordem.

Apanha um caderno de anotações, fica indeciso se leva consigo agora ou deixa onde está.

Deixa.

Fecha a mala.

— Passo mais tarde e pego minhas coisas.

Põe a mala num canto de parede. De longe, enxergo apenas uma maletinha pobre e insignificante.

— Não esteja aqui quando eu vier.

Fico em dúvida se devo preveni-lo.

— Ontem, tentaram me matar. Pode ter sido proposital. É bom tomar cuidado.

Ele já está de costas para mim, quando eu falo. Vira-se, me olha debochado.

— Pago um seguro de vida. Se eu morrer, você fica milionária.

Abre a porta e sai.

Em 1200, os ingleses sitiaram Poitiers e, com a ajuda de um traidor, queriam obter as chaves da cidade. As chaves desapareceram. Um alcaide rezava na igreja de Notre-Dame quando viu a estátua da Virgem segurando as chaves. Os soldados contaram que uma mulher, com um menino nos braços, subtraiu as chaves aos ingleses.

Corro até a mala, abro-a e facilmente localizo o caderno de notas. Escondo-o entre os livros que trouxe e me sinto segura. Enquanto o diário estiver comigo, nada de ruim acontecerá. Nem sei por que tenho a certeza.

21

Depois que apanhou as coisas no hotel, Afonso foi ao encontro de Emílio e Isaac, na casa de Bernardo. Em seguida, desapareceu.

Chovia bastante para meu desânimo e alegria das pessoas. Castigadas por anos de seca, haviam esquecido o que era chover. As enchentes causavam estragos, as águas invadiam casas, os caminhos se tornavam intransitáveis e ninguém reclamava. Todos se sentiam felizes.

Isaac me revelou detalhes da reunião, o clima agressivo, os pormenores sórdidos. Vaguei por Juazeiro e Crato, esperando encontrar Afonso. Fui ao hotel de Daiane, mas ela não sabia o paradeiro dele. Ninguém na família o tinha visto. Imaginei possíveis esconderijos e tive certeza de onde poderia achá-lo.

A propriedade do avô morto jovem fora dividida entre os herdeiros, mas com o passar dos anos todos abandonaram a terra e ela acabou nas mãos de estranhos. Enquanto os filhos se mantiveram de menor, a avó resistiu em deixar a casa onde eles nasceram e foram felizes. Produtiva no passado, a fazenda transformou-se em pasto, arrendado aos criadores de rebanhos por um valor irrisório. A agricultura de arroz, feijão e milho, os canaviais e os pomares de frutas entraram em decadência. A avó nunca revelou talento para cuidar de terras. Crédula e parcial, deixava-se enganar pelos filhos homens e pelos genros, desconfiando das pessoas que lhe faziam sugestões honestas. Quando os tratores puseram abaixo a casa construída pelo marido, e por cima dos escombros ela viu surgir uma rodovia asfaltada, aceitou o destino de quase todos os moradores do campo, morar na periferia de uma cidade.

A avó mantinha laços de parentesco e compadrio com Assis Gonçalves e seus pais, vizinhos próximos estimados. Assis e a família teimaram em permanecer no lugar, plantando a mesma cultura de subsistência dos primeiros colonizadores, criando pequeno rebanho de gado para o leite e o corte. Oito irmãos, três homens e cinco mulheres, debandaram no rumo de São Paulo e cidades prósperas. A esposa e as filhas de Assis acataram a escolha dele, a de nunca ir embora.

Quando Afonso chegou à casa do primo, chovia forte. Ainda não era a viração da tarde ou o refrescar como falavam os antigos, mas parecia noite. Afonso estacionou o carro alugado, tentou adivinhar os contornos imprecisos da paisagem, correu até o alpendre da morada e se anunciou com palmas. Atraído pelo barulho, Assis veio receber o visitante.

— É você, primo? Entre ligeiro, está chovendo. Vou buscar uma toalha pra se enxugar.

— Deixe, não precisa.

Assis entra na casa dos pais, onde quase mora, e retorna com a toalha. É um homem pequeno, magro, tem os cabelos e os olhos claros. Conserva a fisionomia dos portugueses do norte, gente que chegou primeiro à terra e reproduziu-se em casamentos consanguíneos, primos com primas, tios com sobrinhas.

— Que surpresa é essa? Juro que não esperava.

Afonso sorri apaziguado.

— Eu também não.

Aproxima-se do primo e pede um abraço. Os dois se abraçam um longo tempo e trocam afagos.

— Seu pai e sua mãe, Assis?

— Viajaram ao Crato. Minha mulher dando aulas, duas filhas na faculdade, a mais velha em casa, com o neto. E Francisca?

— Se não faz questão, fico sem responder.

Em silêncio, se avaliam. Assis fala primeiro.

— Ainda estou sem fôlego. Vai continuar em pé? Sente.

Os dois sentam.

— Lembrei muito daqui. Gostei da última vez que nos vimos. Recorda? Eu devia ter ficado um tempo maior. Sempre esbarro na certeza de que esse boqueirão não me pertence mais.

Assis Gonçalves é rápido nos movimentos, mas fala devagar, mede e pesa cada palavra, como se remoesse pedras.

— Meus irmãos pensaram o mesmo e largaram tudo. Uns deram certo, outros, errado. De vez em quando voltam, ficam uns dias, olham os sítios e a casa como se procurassem alguma coisa perdida. Não encontram e vão embora. Ou talvez achem e já não interessa a eles, nunca sei.

— Comigo acontece o mesmo. É doloroso não ter o próprio lugar. Você sofre essa angústia?

Assis coça a cabeça, sorri, vai lá dentro buscar água, põe um café no fogo, traz amendoim, castanhas e espigas de milho cozido.

— Engane a fome, a janta demora.

As respostas também demoram a vir. Quando chegam, as perguntas parecem esquecidas.

— Pra falar a verdade, Afonso, não sei o que é angústia. Fui algumas vezes a São Paulo, fiquei na casa de meu irmão caçula. Ele prosperou, tem carros e dinheiro, coisa que eu nunca sonhei ter. Vive bem e ajuda a família. Papai e mamãe ficaram velhos, precisam dos filhos, o seguro-saúde custa uma fortuna.

Mastiga castanha, insiste que Afonso coma.

— Continuo aqui mesmo, sou teimoso. Vivo mais tempo com os velhos do que na minha própria casa.

Entra na cozinha, volta com o café numa garrafa térmica, duas xícaras sem os pires, penduradas nos dedos pelos aros. Entrega uma xícara a Afonso, despeja o café fumegante e também se serve.

— Já está adoçado.

Engole a bebida quente e contempla a serra. Os carros passam correndo na estrada, o barulho ganha a sala onde os dois sentaram. A velocidade acelerada não contamina Assis.

— Eu também me sinto útil à família. Queria ficar e fiquei.

Ligeiro muda o assunto.

— Sentiu falta do eucalipto grande, o que foi plantado por meu avô? O pai vendeu a uma serraria. Também vendeu o menor, da casa velha, e o cedro-branco. Não precisava do dinheiro. Nem digo o valor apurado porque me envergonha. Acho que a caduquice dele está chegando.

A chuva parou e é possível ver nesgas azuladas de céu. A serra sem contornos precisos camufla as árvores. Neblina e gotículas de água suspensas impedem enxergar mais longe. Nuvens de formigas de asa se deslocam no voo nupcial, os machos velozes tentam se acasalar com as rainhas, lá nas alturas.

Baixa um silêncio repentino, uma bolha de vácuo.

— Diga.

— O quê?

— O que lhe trouxe aqui.

— O carro.

Riem da brincadeira sem graça.

— Você continua palhaço.

— Antes fosse.

Assis Gonçalves encara o primo com firmeza.

— Seu rosto parece o de um criminoso.

Afonso mata formigas com os pés. Levanta a cabeça e pergunta:

— Como é o rosto de um criminoso?

— Semelhante ao seu.

— Vou me olhar num espelho.

O silêncio se agrava. Nem as buzinas dos carros conseguem quebrá-lo. As falas perdem a etiqueta.

— A casa velha do Jardim está de pé?

— Abandonada. Eu cuido, mas não é igual a antigamente.

— Quero ficar uns dias por lá.

— Aconteceu coisa grave?

— Não matei ninguém, juro. Nem bati em Francisca.

Afonso manifestou o desejo de rever a casa, tinha urgência nisso. Eu ainda não conhecia seus planos.

Quando o pai e a mãe chegaram do Crato, novas conversas e perguntas surgiram. Fiquei impaciente, temia que escurecesse ou voltasse a chover. Sentia-me assustado com o aspecto sombrio do primo. Procurei dissuadi-lo do passeio, expliquei que os caminhos ficaram enlameados, cheios de espinhos, precisávamos atravessar bastante água. Afonso mostrou-se irredutível, queria entrar no casarão desabitado, a qualquer custo.

Partimos.

Ele me seguia por uma trilha cheia de obstáculos. Não trouxera botas, usava calça jeans e camisa de mangas curtas. A roupa ficou molhada nos primeiros metros de percurso. Mostrei o cedro adquirido pela serraria, mas ele não prestou atenção nem compartilhou meu pesar. Na luz fraca do sol, notei que o semblante do primo se tornara alucinado. Propus irmos de carro por uma estrada sem uso, construída para o transporte de escolares, quando havia crianças na propriedade. As condições não pareciam melhores, mesmo assim conseguiríamos chegar mais rápido. Porém, ele fazia questão de percorrer o trajeto de quando éramos crianças e tomávamos banho nos remansos do rio.

Haviam aterrado o trecho mais fundo do rio Jardim, usando restos de demolição de um armazém. Temendo que Afonso caísse, pedi que se amparasse no meu ombro, o que o deixou enfurecido. Começou nova chuva, mais intensa que as anteriores. Corremos para nos abrigar debaixo de uma árvore, com o risco de sermos atingidos por um raio. Aqui caem muitos. Os mosquitos e as formigas incomodavam. Apanhei frutas maduras, dei para Afonso, mas ele as recusou.

— Você teme morrer, Assis?

— Não.

Ergue as calças e coça as pernas.

— Lembra que eu ficava cheio de marcas na pele, parecendo um leproso? Tenho horror a mosquitos. Eles transmitem doenças. Não me importo de morrer, mas não quero contrair uma doença infecciosa. No Amazonas eu dormia com mosquiteiros. Tive malária muitas vezes. A febre desmoraliza a gente. Não vou adoecer, prometo. Preciso ver a casa. Por que não pensei nela antes? Você acha que vai servir aos meus propósitos?

— Quais são seus propósitos?

— Não seja curioso. Basta Emílio querendo saber de minha vida.

Coça os braços e a cabeça, espanta os mosquitos.

— Falam coisas estranhas na Amazônia, sobre pessoas desaparecidas. No México o Dia dos Mortos também é esquisito. Não tenho medo da morte, mas não gosto da ideia de morrer. Você pensa na morte?

Não respondo. Ele me olha e começa a rir.

— Acha que estou ficando louco?

— Você sempre teve o juízo fraco.

— Pensa que sou um fraco?

— Referi-me ao seu juízo.

— Se o meu juízo é fraco, eu sou fraco. Ah, ah, ah! Peguei você, primo.

Bate com força nas minhas costas, depois descansa o braço no meu ombro. A chuva cessa novamente. Proponho continuarmos a caminhada. Falta muito chão, lama e água.

— Você vai se espantar comigo, Assis. Duvida?

— Não.

Respondo para livrar-me de outras perguntas.

— Emílio duvidou e se arrependeu.

Não ligo ao que ele diz. O caminho cobriu-se de vegetação alta e seguimos com dificuldade. Transpomos cercas, moitas de espinhos e galhos caídos. Quando a tarde avança para a noite, avistamos a casa sobre os calçadões de pedra. Velha e mal conservada, ela impressiona em meio às árvores e ao silêncio. Sinto-me triste. Afonso caminha de um lado para o outro, observa, mede, avalia os menores detalhes, igual a um corretor de imóveis. Pergunta pelo poço, vamos visitá-lo. Muito profundo, mal conseguimos ver a água lá embaixo. Os anos de seca diminuíram o fluxo dos veios. Normalmente a água chegava à borda superior de tijolos. Avisto o toco do eucalipto abatido e penso em estratégias para que isso não volte a acontecer. Embora eu seja quem mais trabalha na terra, ela pertence ao pai. Não posso contestá-lo, nem mesmo nas decisões erradas.

— Assis!

Afonso grita por mim.

— Vou ficar uns dias aqui. Hoje mesmo eu durmo na casa.

— Não tem condições. Está suja, empoeirada. Cortaram a energia elétrica por falta de pagamento e papai levou o fogão a gás. Você não se acostuma com o fogão à lenha.

— Já decidi, não tenho outra saída. É uma questão de sobrevivência. Será que você compreende?

— Não sou adivinho.

Tento dissuadi-lo, não consigo, e acato o pedido como ordem. Nossos laços continuam fortes e há os vínculos de sangue.

— Vamos pegar o carro. Ainda é possível dirigir pela estrada? Você falou nessa possibilidade.

A chuva cai mais forte. Chegamos de volta à residência dos meus pais, molhados e cobertos de lama. Perdemos um tempo explicando de onde viemos e as intenções de o primo ocupar a casa antiga por uns dias. Ninguém compreende sua preferência por um lugar desconfortável e sem luz elétrica. Afonso pode usufruir de nossa hospitalidade. Apressados, temendo que o carro não transponha os buracos da estrada, pegamos alguns mantimentos, lençóis, cobertas, uma rede e dois candeeiros a querosene. Quando achamos ter o bastante para aquela noite, meu pai traz uma garrafa térmica cheia de café e uma faca punhal.

— Leve. Um homem desarmado está nu.

Afonso atrapalha-se no ajuste da bainha de couro ao cinturão, talvez seja aquela a primeira vez que se arma.

— Obrigado. Espero não ter de usar. Sou covarde.

Despede-se, me entrega a chave do carro e pede que eu o conduza.

Minha esposa retornara do trabalho, as duas meninas, das escolas. Constatei pelas luzes acesas na casa em frente, à distância de um grito. Senti saudade da rotina, dos trabalhos com o gado, do jantar me esperando. A chegada de Afonso trouxe inquietação e receios. Pressentia acontecimentos ruins. Sempre fui supersticioso e nunca me envergonhei de ser. Intuição é coisa de mulher, os irmãos falavam.

O carro sobe fácil o primeiro aclive enlameado. A chuva não dá trégua. Aqui não conhecemos a moderação, chove em excesso ou a seca destrói tudo, anos seguidos.

Afonso não conversa, mas ri por nada. Olha sem medo a escuridão à nossa frente. Há o marrom da seca e o negro do inverno. Sempre é o mesmo luto e canseira.

— Está enxergando alguma coisa, Assis?

— Quando a gente cair na primeira poça de lama e atolar, eu respondo.

Tento ver o caminho. A água cobriu tudo, podemos afundar em algum buraco ou ser arrastados pela enxurrada.

— Você devia ter escolhido um dia melhor para enlouquecer.

— Quem garante que fiquei louco?

— Eu.

Não há placas ou sinais, receio errar a direção. A falta de claridade em volta impede que se aviste além dos faróis.

— Vou esperar que a chuva diminua, falo e desligo o carro.

Deixo os faróis acesos.

— Não costumo me arrepender do que faço, mas não queria entrar nessa aventura. Diferente de você, sou um homem quieto.

— Amarelou, primo?

— Acontece que a bronca é sua, não é minha. Por que me envolver nisso tudo?

Afonso toca meu ombro. Viro-me para ele.

— Acalme-se, vai gostar da experiência. Pode salvar minha vida.

— O que fez?, pergunto.

— Nada que os outros não façam igual e fiquem com a consciência tranquila. Por que vou me culpar?

— Não sei, respondo, para livrar-me da conversa.

O primo enlouqueceu.

Os psicopatas seduzem as pessoas, ouvi dizer num programa de rádio.

Fui seduzido.

— Reparei no paiol e no poço, são ótimos esconderijos. Por que não me lembrei deles antes?

Esfrega as mãos e repete várias vezes a mesma pergunta.

— Acho bem melhores do que uma caixa de guardar valores, num banco ou depósito. Você concorda?

— Estou por fora dessa conversa.

— Esses lugares são os primeiros que a polícia federal investiga. Aqui, ninguém pensaria nisso. A gruta dos quarenta ladrões. Lembra a história de Ali Babá?

— Lembro, mas continuo por fora.

— Por que as pessoas escondem tesouros?

— Por cupidez.

— Sábia resposta, bem católica. Você ainda vai à missa?

— Vou.

— Comunga?

— Comungo.

— E sonha em ir para o céu depois de morrer?

— Sonho.

— Eu vou direto para o inferno. Nem passo no purgatório e vomito o leite que mamei no peito de minha mãe. Será que bebi o leite de alguma mulher? Tenho dúvida. Quando meu pai se irritava comigo, me chamava filho desnaturado. Acha que sou perverso?

Ri e não espera a resposta.

— Os pais deveriam pensar duas vezes antes de amaldiçoarem os filhos. Terei de escolher entre a chapa de ferro quente, as labaredas eternas e o rio dos excrementos humanos. Nenhuma opção razoável. Também serei condenado pela luxúria, preguiça e cupidez. Ninguém imagina, nem mesmo Francisca, mas eu sempre gostei de tesouros. Nunca tive a inteligência de ganhar dinheiro por meios lícitos.

A chuva diminuiu. Baixo o vidro do carro e enxergo melhor lá fora. Afonso não se importa com a minha inquietação.

— Eu era um tesouro oculto. Gostaria de ser reconhecido, mas nunca fui. Os monstros vigiam os tesouros. Perdi o sono analisando os ladrões das *Mil e uma noites*. Eles enchiam uma caverna de ouro, prata, diamantes, joias e moedas. Quando pensavam em usufruir de tudo isso? Você acha que vale a pena o sacrifício de muitas vidas para a sua esposa usar um colar de esmeraldas ou voar num jatinho? Responda. Os ladrões das *Mil e uma noites* acumulavam e não usufruíam. Ingleses espoliaram as nações do mundo para enriquecerem e a rainha deles usar joias de mau gosto. As joias são todas horríveis. Ninguém pensa nisso. Até acham justo que os ingleses sejam ricos e a África, a Índia e o Oriente Médio se afundem na miséria. Aqui no Brasil, você é roubado, explorado e pensa que a única saída é roubar a sua parte. Convenceram-me a ter minha própria caverna, a me associar a um partido de salafrários. Os ricos nunca foram julgados e condenados pela mesma balança dos pobres. Nossa justiça não é igualitária, não tem coragem de prender e julgar os seus equivalentes. Não foi difícil me aliciar, eu já procurava essa via, há um desvio em cada esquina. A caverna é o mundo. Os políticos, os banqueiros, os empresários e os juízes possuem cavernas, grandes ou pequenas, grutas ou locas de pedra. E contas em bancos estrangeiros. O que me preocupa é saber quando vão usufruir dos tesouros. Usar publicamente os colares, as pulseiras, os anéis, os brincos de ouro e pedrarias.

Para de falar e me olha alucinado.

— Assis, a casa velha é o esconderijo perfeito, só precisamos chegar depressa.

A chuva para, o céu limpa, até se enxergam algumas estrelas. Com visibilidade melhor, me arrisco pela estrada novamente. Vez por outra, raposas correm à nossa frente, os olhos acesos como tochas. Corujas voam e cantam agourentas. Caímos num buraco, descemos para ver o estrago, mas conseguimos sair sem muito esforço. Passa das oito horas, preciso retornar à minha casa, fazer o caminho de volta a pé. Felizmente chegamos. Enfio o carro sob um caramanchão de buganvílias e o escondo dos olhares curiosos. Quase ninguém transita por ali nem se aproxima do sítio. Sabem que ninguém mora e não se guarda nada de valor dentro dos cômodos escuros. Os vizinhos não cruzam as nossas terras, nem pelo caminho cortando o rio. Meu pai cedeu a casa e os roçados a um antigo morador, que se separou da esposa e dos filhos. Mas o homem não fazia nada além de beber aguardente e matar passarinhos com uma espingarda. Antes que surgissem complicações com o órgão fiscalizador dos animais e pássaros silvestres, papai pediu a morada de volta.

Descemos do carro, retiramos as bagagens nos esgueirando entre os espinhos da buganvília. A água acumulada nas folhas da latada nos dá um novo banho.

Afonso trouxe apenas uma pequena mala e um saco plástico com papéis e livros. Eu carrego muita coisa, desejo acomodar o hóspede com algum conforto.

— Depois varro e espano tudo aqui. É preciso vasculhar o telhado.

— Deixe assim, eu não ligo para essas coisas.

Guiado por uma lanterna, acendo os dois candeeiros e os coloco em lugares estratégicos, onde possam iluminar os cômodos. Restou uma única cama de solteiro, um catre de tábuas soltas com o colchão de palha de bananeira cheirando a mofo, no primeiro quarto, onde dormia minha avó materna. Cubro a cama com lençol e manta, ponho um travesseiro. Nunca possuí talento para arrumações domésticas, porém me esforço em alcançar o melhor resultado. Penduro a rede num armador da sala, depois apanho achas de lenha num telheiro anexo à cozinha. Em poucos minutos temos claridade e fogo suficiente para fazer um jantar. Organizo a garrafa térmica e os utensílios domésticos num caritó escavado na parede. As provisões que trouxe vão para o mesmo canto.

Enquanto me agito de um lado para o outro, Afonso olha quartos e salas vazios, o paiol, remexe no saco com papéis e fala sozinho.

— Você dorme na cama e eu na rede, me comunica bruscamente.

— Não vou pernoitar aqui. Estou arrumando a bagunça e volto pra minha casa.

— Fique. Temos muito o que conversar.

— Não posso. Sou eu quem tira o leite das vacas. Às quatro horas já estou no curral.

— Quando vejo você?

— Amanhã cedo. Boa noite. Jante, troque de roupa e vá dormir.

— Não prometo, tenho coisas a planejar.

Largo o primo para trás e sinto o coração apertado. Uma rasga--mortalha risca a noite em voo rasante, acima de minha cabeça. A imagem do pai de Afonso enche os meus olhos, o corpo pendurado numa corda, a cabeça pendente, a língua roxa de fora. Procuro lembrar se há barbantes ou arames na casa. Estremeço. Deve ser o frio. Desde as duas horas da tarde que apanho chuva e agora enfrento mais água e lama. Por sorte trouxe a lanterna, mesmo assim me culpo porque não a ofereci ao amigo. O que aconteceu de grave? Afonso nada confessa, nem posso exigir que me revele os motivos que o trouxeram até nós.

Seria uma ofensa aos códigos de hospitalidade. Se pelo menos eu soubesse onde encontrar Francisca ou se ela viesse à nossa procura.

Não consigo dormir, agitado por pressentimentos ruins. Depois de ordenhar as vacas e distribuir o leite com os vendedores, preparo uma cesta com café e alimentos e vou ao encontro do primo. A chuva parou, um sol frio trouxe a luz de volta ao mundo, as águas do rio baixaram, porém a lama aumentou. Chego ao meu destino, sujo da cabeça aos pés. De longe, avisto a casa com as portas e janelas abertas. Corro os últimos metros que me separam dela, entro pela sala de jantar e vejo Afonso pendurado no paiol.

Antes que eu diga bom dia ele pede:

— Me ajude.

— Solte as mãos e caia.

— É alto, posso me machucar.

— E por que subiu?

Na casa ficaram apenas quatro cadeiras com assentos de couro, muito estragadas, que minha mãe achava feias. Afonso amarrou umas sobre as outras com embiras, improvisando uma escada. Subiu por elas e, quando fez impulso para entrar no paiol, a geringonça desabou, deixando-o suspenso. Sem preparo físico, não conseguia se alçar.

Arrasto as cadeiras e ordeno:

— Solte os braços sem medo.

Ele cai de pé, mas as pernas não suportam o impacto e todo o corpo vai ao chão. Ajudo-o a se levantar.

— Machucou-se?

— Se você não chega a tempo, me quebrava.

O primo não trocou de roupa, só descalçou os sapatos. Faço uma vistoria ligeira na casa. A garrafa térmica com um litro de café está vazia, a tampa jogada sobre o fogão. Ele fez outro café, mas não comeu os alimentos que deixei.

— Você não dormiu. A cama continua com o forro e a rede não foi armada.

— Não tive sono.

— Podia, pelo menos, ter se deitado.

— Sentei numa cadeira.

— Troque de roupa e coma. Trouxe frutas e ovos.

Não me sinto confortável dando ordens.

— Onde encontro Francisca? Ela sabe que você veio aqui?

Afonso permanece calado. Despe a camisa, a calça e fica apenas de cueca. Vai ao quarto, fecha a porta e volta com roupa limpa. Quando tomávamos banho no rio, ele era o único que usava calção.

— Estou do seu agrado?

— Calce chinelos.

Sirvo café novo, ovos e pão de milho. Solto as cadeiras, improviso uma mesa, peço a Afonso que sente.

— Coma. Saco vazio não fica em pé.

Ele mastiga de má vontade, me olha e percebo sua aflição quando fala.

— Busque a posse e não o conhecimento. O conhecimento sem a posse é a causa da desordem em que nos encontramos.

Ri, expondo os dentes sujos de comida.

— Isso não foi o que nos ensinaram, contesto. Na sala de visitas do tio Pedro tinha as árvores genealógicas na parede e a frase verdadeira emoldurada. Busque o conhecimento e não a posse. A posse sem o conhecimento é a causa da desordem em que nos encontramos. Exatamente ao contrário do que você falou.

— Salomão escolheu a sabedoria e Yahweh premiou-o com a riqueza. O rei queria apenas ser um homem sábio, um poeta. Por que aceitou a fortuna? Responda, Assis Gonçalves. Eu posso romper com o falso ensinamento do tio Pedro. Ele foi mais rico e poderoso do que nossos pais.

— Um homem bom, enriqueceu com honestidade.

— Explorando os trabalhadores de suas terras. Nunca pagou salário, exigia a metade do que eles plantavam e colhiam, nunca indenizou ninguém quando expulsava os coitados da propriedade.

— Eram os tempos.

— Se eu desviar dinheiro público para a minha conta bancária, também vão me julgar inocente e dizer que eram os tempos?

Não respondo.

— Um problema o inquieta, primo, eu percebo. Se ele existe, é porque você fez alguma coisa errada.

Afonso bebe duas xícaras de café em silêncio e come pouco. Caminha até a porta e pula para a calçada. Em seguida, pula de costas de volta à sala. Repete a brincadeira até que se cansa. Fica um tempo parado, depois anda em círculos.

A casa precisa de limpeza, há sujeira no telhado. As paredes tornaram-se úmidas com as chuvas. Barras de mofo sobem por todos os lugares. Não sei quanto tempo Afonso pretende permanecer conosco e não me arrisco a fazer a pergunta. Posso irritá-lo ou dar a impressão de que o expulso.

— O eletricista chega à tarde. Vamos ter luz.

— Gosto do escuro.

— Pode apagar as lâmpadas.

— Você não imagina o que é ficar no meio de um rio, noite de lua nova. A floresta nas duas margens e a escuridão do começo do mundo. Morre-se de calor e ferroado pelos mosquitos.

Enche outra xícara de café.

— Quem é Emílio?

— Alguém lhe falou em Emílio?

— Você.

Ele vai à porta e repete a brincadeira de pular para dentro e para fora. Aproxima-se de onde estou, senta a cavalo numa das cadeiras e me olha descarado. Narra a história da rã que atravessa o rio com um escorpião às costas, convencida de que ele não irá picá-la, o que fatalmente acontece, porque o lacrau não pode evitar a própria natureza.

Cansei de ouvir a história, mesmo assim me espanto.

— Compreendo o que deseja me dizer. Quem de vocês dois é o escorpião ou a rã?

Afonso enche outra xícara de café, bebe longos goles e responde com indiferença.

— Se Emílio e eu não temos saída, qual a importância de saber quem é quem?

22

O avô de Bernardo e Afonso era tio em segundo grau de Assis Gonçalves. Morreu com apenas trinta e nove anos. Acostumara-se a referir seu parentesco com moçárabes, cristãos ibéricos da Andaluzia sob domínio muçulmano, cujos descendentes adotaram a língua e a cultura árabe, mas não se converteram ao islamismo. O uso de algumas palavras absorvidas pelo idioma português e faladas por toda a gente da terra — almanaque, açafrão, limoeiro, alambique, açougue, trote, nora, achaque — não garantia a ascendência de comerciantes do sul da Península Ibérica, chegados ao Recife com as levas de aventureiros desejosos de enriquecer. Mas a estampa de homem alto, moreno, peludo, cabelos escuros e crespos parecia o resultado de cruzamentos com os povos do Magrebe, que durante séculos ocuparam a Ibéria. Muitos sangues se misturaram em alguidares uterinos até o resultado de um tipo belo como o avô.

A avó, cristã nova disfarçada pelo sobrenome Nunes, era branca de olhos azuis, cabelos longos até os quadris, guardava costumes estranhos como desenhar a estrela de Salomão nas portas e não tomar banho aos sábados, sem a menor consciência do que significassem. Quando foi descoberta pelo futuro marido, tinha apenas treze anos e ainda nem largara as bonecas. Aceitou o pedido de casamento feito à mãe viúva, ignorando o passo que dava à frente. Depois de celebradas as bodas, o marido ausentou-se quinze dias para arrumar a casa no sítio longe da cidade. Passado esse tempo, os dois irmãos foram levá-la à nova morada, construída em meio a uma imensidão de terras. A moça estranhou o exílio e recusou-se a ficar sozinha na companhia do homem desconhecido e mais velho do que ela. Aferrou-se aos estribos dos cavalos que os irmãos montavam e, chorando, suplicou que a levassem de volta à mãe.

— Não me abandonem, gritou.

Os irmãos conheciam os deveres do casamento, mesmo se tratando de uma criança. Esporearam os cavalos e partiram sem olhar para trás.

— Foi um começo difícil, escutei-a relatar muitas vezes. Eu não sabia nada do que fosse casamento e administrar uma casa. Por sorte, meu marido trouxe uma viúva idosa e experiente para morar conosco. A mulher tinha perdido a família na grande seca. Meu marido queria ver a esposa penteada, bem-vestida e sorridente quando voltasse do trabalho no campo. Depois da igreja, minha mãe preparou um quarto de casal, mas eu me recusei a dormir com o homem desconhecido. Passei a noite sentada no chão, junto à cama de mamãe, chorando e suplicando que me livrasse do sacrifício. De madrugada ele partiu, veio preparar o ninho. Foi um alívio, senti-me liberta e feliz, achando que nunca mais tornaria a vê-lo. Meus irmãos me trouxeram e eu aprendi a amá-lo. Tanto que nunca desejei casar novamente, pois homem nenhum seria igual ao meu. Olhe para essa mulher velha, a pele enrugada e cheia de sinais, os cabelos brancos. Estou morta? Ainda sinto o cheiro do marido, a saliva adoça quando lembro os beijos trocados com ele. Era jovem demais quando enviuvei, tinha nove filhos por criar, tão pequenos e desprotegidos sem o pai. Não foi justo para as crianças. Estou blasfemando? Me queixo com razão. Vivi anos de luto, até hoje. No começo, não sabia de nada, nem o que era um abraço. Depressa aprendi a amar o esposo, nunca desejei outro homem. Juro.

No dia da morte, o avô partiu cedo de casa. A esposa acompanhou-o até o alpendre, beijou-o nos lábios, pediu que chegasse para o almoço, amanhecera com o coração apertado, cheio de pressentimentos. Ele afagou os cabelos do filho mais novo, com apenas seis meses, agarrado ao peito da mãe. O homem comia um bolo de milho, acabado de assar, era guloso, não se fartava com migalhas.

— Antes de voltar, passo na casa do meu compadre e abençoo o afilhado que está doente.

O compadre era o avô de Assis Gonçalves; o afilhado, o pai.

— Corto um cacho de bananas maduras para as crianças.

— Adeus!

Um pássaro agourento cantou numa árvore junto à casa.

— Vem-vem!

— Se for bom traga, se for ruim leve e enfie no cu de sua mãe.

A ama falou da cozinha, tentando espantar o agouro da ave.

Almoçava-se bem cedo, acordava-se às quatro da madrugada.

Dá as nove, as dez e as onze e o amado não retorna. A esposa sente o coração aflito, a boca amarga. Manda o filho mais velho comunicar o desaparecimento ao cunhado. Trata-se de um homem rico, proprietário de engenho de rapadura e aguardente. Ele vem depressa e traz vinte trabalhadores no encalço.

Dá instruções, manda correr as terras.

— Não deixem um palmo sem vistoriar.

Primeiro foram à casa do afilhado.

Sim, ele passara, mas já fazia tempo, por volta das oito horas. Saíra com um facão para cortar bananas. Voltava direto à casa.

Gritavam o nome nas alturas, vasculhavam moitas e sombras, planuras e serras, capoeiras e matas. Tão grande a extensão de terra. As vozes iam e vinham trazidas pelo eco.

A esposa inquietou-se. Os filhos e as filhas corriam aos sítios próximos e gritavam com as vozes fracas e cheias de tristeza: papai!

O eco respondia nos grotões: papai!

Alarmada, a mulher entregou a criança de peito à ama e também saiu à procura. Se o marido estava morto, só ela poderia achá-lo. Correu primeiro pelos algodoais, carregados de folhas verdes e flores amarelas. O vestido deixava pedaços nos arames das cercas e nos espinhos, mas ela não sentia as pequenas perdas, o corpo uma armadura de ferro.

Tinham caído chuvas de maio, fora de tempo, estragando as lavouras e causando uma enchente no rio.

Jardim, o nome do rio.

E o nome do sítio onde ela, o marido e os filhos se entretinham, imaginando-se no paraíso.

— Será que algum anjo vai nos expulsar daqui?, se perguntou. Pai nosso que estais no céu.

Corria, parava, refazia os passos em sentido contrário. Marcha de avanços e recuos, adiando o temido encontro.

— Ave Maria, cheia de graça.

As flores do algodoal brilhavam como sóis. Ela se distraía, nunca tivera juízo para as coisas práticas e sérias. Como iria sobreviver sozinha com nove filhos? A serpente era o mais astuto de todos os animais do campo. Será que o homem fora picado por ela? Nós podemos comer os frutos das árvores do jardim, menos um certo fruto. O marido provara do que não podia? Porém, foram os olhos dela que se abriram e enxergaram longe. O corpo vestido na roupa de linho bem passada, imóvel na margem do rio que desliza veloz, uma serpente gigantesca, quase engolindo e arrastando para longe os cabelos negros cacheados, as pernas compridas e fortes de moçárabe.

A mulher não acredita no que vê. Os ouvidos zumbem, os sentidos mergulham numa espiral. Sente-se novamente expulsa do paraíso.

— Com o suor de teu rosto comerás teu pão até que retornes ao solo, pois dele foste tirado. Pois tu és pó e ao pó tornarás.

Uma voz chama a mulher.

Antes de atendê-la, investiga em torno de si.

As águas caudalosas do rio Jardim descem barrentas, sujam as pétalas brancas das ninfeias. Por que a nódoa na pureza? Na barba e no bigode do marido também há sujidade, farelos de bolo, indicando desleixo. A viúva tenta erguer os dois braços para enlaçá-los na sua cintura, mas eles estão rígidos e pesam. Sente raiva do abandono, esmurra com força o peito largo do marido. Depois o abraça e chora sem consolo. Escuta mais vozes se aproximando e não precisa virar-se para reconhecer os trabalhadores. Olha uma derradeira vez as ninfeias sujas, se revolta com o ultraje e toma consciência de que o esposo morreu de verdade.

— De longe eu olhava a casa velha, temendo ver algum sinal.

— Sinal de quê, Assis?

— De desgraça. O pai de Afonso, você sabe. Os filhos gostam de imitar os pais.

— Não fale. Só aumenta meu remorso.

— As coisas começadas no mal no mal se acabam.

Nem sei de onde arranquei a coragem para ir ao encontro de Afonso. Desde o começo, sabia que se escondera na infância, o único tempo feliz de sua vida. Exílio ou esconderijo? As duas coisas motivadas pela covardia e a preguiça. Para ele, há sempre a possibilidade de cair fora da jogada, deixar que os outros resolvam as asneiras cometidas. Porém nunca se sentiu tão acuado.

Esperei o retorno de Bernardo para irmos à casa de Assis Gonçalves, onde tinha certeza de que encontraria meu marido. Mas Bernardo não chegou de volta. Senti-me abandonada enquanto abandonava Wires, sem que ele compreendesse o motivo. Pensei que não sentiria remorso com a traição. Agora sofro, embora os meus impulsos continuem instigados. No hotel, subi com encanadores e eletricistas pelo elevador de serviço. Homens fortes, alguns barrigudos. Falavam alto e me encaravam com cinismo. Antes, não percebia esse tipo de gente, a menos que estivesse focada em alguma pesquisa. Achei-os bonitos nas roupas de trabalho, os sapatos de couro com solado de borracha. Um deles usava brinco de pedra cintilante. No aperto do elevador, roçou o meu corpo. Senti arrepio e vergonha por desejá-lo. Caminho em direção ao quarto e um pintor me olha. Sua roupa é uma tela abstrata de cores, acumuladas no ofício com os pincéis. Demoro a abrir a porta, devolvo os olhares, sinto vontade de mandá-lo entrar. Acho que enlouqueci, traio Afonso e Wires.

As chuvas cessaram de vez. Houve promessa de inverno, mas o sol retornou ao verão. Dirijo atenta aos buracos da estrada, não perco o olhar sobre a paisagem entremeada de árvores floridas. Esse é o território de Afonso, a taba onde ele cresceu. A cada viagem, percebo mudanças no cenário. Pedreiras são desmanchadas em brita, cascalho e cascalhinho. As máquinas moem sem parar, levantam poeira, fazem barulho, espantam os pássaros.

O sertanejo fala pouco. Palavras de pedra ulceram a boca. Antes, falava devagar. Agora tosse, sibilante e gosmento. O pó obstruiu os pulmões, a saída de ar e as palavras. As britadeiras trituram as serras, amolecem o cerne da rocha. Incontáveis olarias esgotam as minas de barro. Onde não existem pedreiras, crescem olarias. Fabricam tijolos, manilhas, louças e telhas. Queimam a cerâmica crua e as árvores. Deixam de herança terras desoladas, estéreis de água, só pedras. E fumaça para os pulmões. Aqui e acolá, teimam plantios de fava, arroz, milho e feijão. Lagartas devoram a promessa de fartura. Nem me entristeço quando as borboletas morrem no para-choque do carro.

Se Wires viajasse ao meu lado, eu estaria feliz. Mas não posso visitar os parentes do marido com um amante a tiracolo. Wires descansaria a mão na minha coxa. Eu reclamaria consentindo. Mais adiante proporia uma estrada deserta, amor dentro do carro ou no capinzal em meio às lagartas e borboletas.

— Você chegou atrasada, Francisca.

Ele foi embora ontem.

Nem se despediu da gente.

Aproveitou o escuro da noite.

— Que azar!

Falo sem convicção e Assis percebe. Temia o encontro. Agora não sei onde procurar Afonso.

— Me conte tudo, Assis.

— Antes, tome um café. Parece esbaforida.

Bebemos o café, sentados na sala. O pai e a mãe descansam em seus quartos. Chega uma idade em que preferimos a posição horizontal.

— Achei o primo estranho quando chegou. Só compreendi os motivos depois.

Silencia.

— Por que deu o nosso endereço a Isaac?

— Desculpe, falei de você ao acaso.

— Não acredito em acaso.

Estranho a rudeza num homem que imagino delicado. Sonho deixar esse mundo áspero para trás, voltar ao Recife, onde estou habituada a outras asperezas.

— O primo nunca teve o juízo bom. Prometia surpreender e conseguiu. Ainda não sei o desfecho disso tudo, mas não gosto do que vejo. Num meio-dia ele passou de carro pela nossa porta, nem veio falar com a gente. Supus que ia ao Juazeiro. Corri à casa velha. As coisas dele continuavam por lá. Era quase noite quando retornou. Trazia uma garota negra, muito bonita. Desculpe, preciso contar isso.

— Não tem importância, sei quem é a moça. Seu primo tornou-se mestre nessas conquistas.

Assis Gonçalves fica vermelho e tosse. Imagino o que pensa. Bebo goles de café e espero.

— Você também andou se encantando com uma joia barata, o primo me revelou. Por isso ele fugiu do hotel.

— No meu caso, é bem diferente. E o motivo da fuga não foi esse. Afonso vive fugindo, desde que o conheço.

Será que acredito de verdade na diferença de motivos?

Voltamos a ficar mudos.

— Daiane.

— Eu sei o nome.

— No outro dia cedo ela se foi. Ainda estava no curral quando os dois passaram. A mesma velocidade. Voltei à casa velha e encontrei as portas e janelas abertas. A rede no armador e os lençóis da cama sem sinais de uso.

— Isso não me interessa, já falei.

— Por volta das nove horas ele retornou sozinho. Seguiu pela estrada sem nos cumprimentar. Pouco depois, um homem num carro pediu informações, queria chegar ao esconderijo do primo. Era Isaac. Falava em seu nome. Desconfiado, ofereci-me para guiá-lo. Enquanto permaneceu na casa, vigiei-o de perto, ouvi a maior parte da conversa.

— Imagino sobre o que conversaram. Estive com Isaac, logo depois que Afonso desapareceu.

Um dos lugares mais bonitos no percurso às terras da família se chama Rodeador. Não sei se ainda falam esse nome. Margeando uma sucessão de voltas na estrada, baixios alagados cobriam-se de arroz durante as chuvas. Quando os cereais amadureciam no verão, lembravam campos de trigo. Durante o mês da colheita, homens e mulheres, as costas curvas, canivetes afiados nas mãos e sacos pendurados ao pescoço, apanhavam os cachos dourados, parecendo ouro. Havia quem cantasse durante o trabalho, de longe se ouvindo as vozes agudas das mulheres e as graves dos homens.

— As águas do mar são fortes,
mas não são como as do rio.

Dava gosto sentir as horas passando no ofício da colheita, descobrir a poesia dos cantos. Eu descia do carro, ia até junto deles, pedia licença e gravava. De início, resistiam ao aparelho estranho. Alguns nem me olhavam. Depois que eu reproduzia as vozes, riam curiosos. Largavam a apanha e chegavam perto, querendo mostrar o que cantavam, geralmente músicas de rádio. Era difícil convencê-los de que não me interessava por aquilo, preferia as canções antigas, cantadas pelos velhos.

— São feias.

— E por que vocês cantam?

— Pelo costume. Meu avô cantava, o avô dele também.

Às vezes, me demorava um dia. Partilhava o almoço, trazido às nove horas em tigelas de barro. Estendiam toalhas no chão, as tigelas ocupavam o centro, todos sentavam em volta. Arrumados em camadas, feijão com toucinho, cuscuz, arroz e carne. Distribuíam as colheres, alguns se benziam, depois atacavam o farnel, sem nenhuma cerimônia. Faziam algazarra quando um felizardo pescava um torresmo ou um pedaço grande de carne. Cada um tinha o seu cabaço de água e não descansava mais do que quinze minutos depois de saciado. Bebiam café e acendiam cigarros de fumo caseiro, enrolados na palha de milho. Os mais afoitos cantarolavam olhando para mim, num jogo de sedução com o gravador.

Chegava-se à propriedade da família depois de atravessar a ponte sobre um rio, que recebia as águas do Jardim. Uma cadeia de serras resguardava as planuras dos canaviais e plantações de arroz. De longe, a chaminé alta do engenho de moer cana para rapadura e cachaça. Na estação das moagens, o cheiro de mel e bagaço, secando para queimar na fornalha, disputava o olfato com o odor nauseante da tiborna, o vinhoto refugado na destilaria de aguardente, represado a céu aberto. O proprietário dessa riqueza era um tio-avô de Bernardo e Afonso, vizinho da avó enlutada. Ele e o irmão ficaram órfãos bem cedo e precisaram lutar contra a pobreza. Enriqueceram aos modos de antigamente, quando ser rico era possuir terras, plantios, gado, acordar às três da madrugada, ir à roça com os trabalhadores, gastar as mãos e o suor fazendo o mesmo que eles faziam.

Sempre que tinham negócios importantes a resolver, os irmãos selavam os cavalos e percorriam as léguas que separavam suas casas. Depois do jantar, armavam as redes na sala de visitas e sentavam nelas como se fossem cadeiras. Não dormiam nem apagavam os candeeiros. Falando baixinho para não atrapalhar o sono das esposas e dos filhos, conversavam a noite inteira. De madrugada, nas primeiras horas, o irmão visitante partia. Seria ele o próximo a ser visitado.

De gravador em punho, procuro os que se exilaram nas periferias das cidades, os homens e as mulheres que cantavam durante o trabalho. Peço que cantem, e eles esqueceram o que sabiam. Quando lembram algum verso, soa desafinado, sem altura nem brilho, fora do espaço e sem a função de animar o trabalho. São cantigas mortas, enlutadas como os urubus de batina negra.

— Posso continuar?

— Continue, Assis.

— O primo sofre uma perturbação. Um dia apanhou um livro e mandou que eu lesse. Obrigou-me a repetir a leitura algumas vezes. Nem me ouvia, porque chorava bastante. Me deu o livro de presente e perguntou se eu queria outros. Falei que não dispunha de tempo para leituras.

Pede licença, se ausenta e retorna com uma edição de bolso das *Confissões* de Santo Agostinho. Lê um trecho para mim.

— Você compreende, Francisca?

— Afonso e Emílio ganharam dinheiro de forma desonesta, me levaram a imaginar. Se a grana existe, Afonso nunca gastou um centavo dela. Isaac também revelou que os dois fotografaram pacientes nuas. São fotos obscenas, criminosas.

— O que motivou o primo a fazer isso? Se fez mesmo.

— Não sei.

— Conte, Wires.

— Meu pai morreu por nada, uma briga de galos. Tinha esse gosto, felizmente não herdei. Treinava os galos e punha na luta até morrer ou matar. Se ficavam cegos, cortava o pescoço. Certo dia, na rinha, perdeu uma aposta para um homem viciado igual a ele. Falou que não pagava a dívida e insultou ele. Os filhos não aceitaram perder o dinheiro, sentiram isso mais que os palavrões que meu pai falou. Prometeram vingança. Num domingo, meu pai bebia sozinho no bar. Deram apenas dois tiros, um na testa e outro no coração. Tem os retratos na internet. Os olhos vidrados, mirando longe. Juram que sou eu, também acho parecido. Mas só nas feições. No resto, sempre fomos diferentes.

Sinto os nervos abalados, não há narrativas alegres entre essas pessoas. As que a mãe contava também eram tristes, lembro agora. Chegava-se a um final feliz depois de muitas provas e sofrimentos. A princesa indiana precisou vencer a Morte e renunciar à metade de sua vida para alcançar a felicidade.

— Vi o retrato, pensei que fosse você.

— Andou bisbilhotando minha cidade na internet.

— Foi antes de sairmos a primeira vez. Estava receosa, nunca tive coragem de encarar essas coisas.

— Por que me escolheu para ser o primeiro?

— O primeiro e o último, espero.

— Você repete a mesma conversa a cada encontro. É sempre uma despedida.

— Desculpe, não temos futuro juntos. É jovem e bonito, pode arranjar garotas novas.

— Não me expulse de sua vida.

O pedido soa penoso.

— Vou sempre achar que seduzi você.

— Já falei que não estou à venda. Não faço amor por dinheiro. Ganho o suficiente pra viver.

— Daqui a vinte anos serei uma velhinha, provavelmente com Alzheimer.

— Não estou pensando em daqui a vinte anos. Penso agora. Você gosta de ficar comigo?

Não consigo mentir.

— Gosto.

— Pra mim é o que interessa, o resto nós inventamos. Do mesmo jeito que invento calcinhas e sutiãs.

23

Toda residência do sertão, por humilde que fosse, possuía uma pequena biblioteca de cordéis. Nos dias de feira, era comum assistir-se ao espetáculo de um vendedor cobrindo o chão com uma lona ou esteira de palha, onde arrumava os livrinhos impressos nas tipografias em papel barato. Para atrair compradores, punha coisas extravagantes no meio dos cordéis: um tatu, uma serpente ou a cabeça de um jumento. Formado o círculo de curiosos, anunciava os títulos das obras. Depois, escolhia o folheto mais instigante e começava a cantá-lo ou recitá-lo.

O vendedor possuía boa voz, movia-se com desenvoltura no pequeno palco, provocava a plateia, criava suspense, fazia rir e chorar. Intuitivo, acertava com precisão o que as pessoas desejavam ouvir. Durante décadas os cordéis representaram os livros preferidos das populações pobres e incultas. Mesmo quem não sabia ler os comprava, pelo gosto de tê-los guardados, ou na esperança de encontrar alguém que lesse para ele.

Quando um visitante chegava a uma casa do interior, depois do hospedeiro descobrir que o mesmo era letrado, ia lá dentro num quarto, arrancava de debaixo da cama a mala de madeira ou sola abarrotada de folhetos — a biblioteca da família analfabeta escondida como um tesouro —, trazia-os para a sala e suplicava à visita que lesse.

Livros eram objetos raros no sertão fora do tempo e do espaço, davam respeito e distinção, criavam uma aura de sabedoria e nobreza em torno dos afortunados donos.

Também havia as bibliotecas humanas, mulheres e homens que memorizavam as narrativas da tradição oral e contavam para plateias atentas, geralmente crianças. Nas suas casas, no fundo de uma oficina, viajando pelo mundo, pernoitando em engenhos e fazendas, esses guardiões da memória se pareciam com personagens de outros lugares e culturas, que no passado foram responsáveis pela criação e divulgação de contos, poemas e epopeias, depois fixados pela escrita.

Tentei compreender as motivações das pessoas que guardam livros, mesmo sendo incapazes de decifrar os sinais impressos nas páginas. O que representam para elas? A adoração da gente iletrada me parece de grande valor, há algo de sagrado no culto, o mesmo que se fazia aos Mistérios, àquilo que escapa ao conhecimento e à razão e se reveste de outros significados.

24

Durante as secas, os sertanejos cearenses pobres — o que significava a maioria das pessoas — estavam sujeitos aos mecanismos de contenção nos currais, fossem brancos ou negros. O comércio de escravos no Ceará mostrou-se pequeno, comparado ao de Pernambuco, Bahia, Minas Gerais e Rio de Janeiro. A miscigenação dos colonizadores se fez com as índias, sob orientação do Reino de Portugal e da Igreja católica. Os indígenas machos eram exterminados.

A ocupação das terras cearenses aconteceu bem mais tarde do que em Pernambuco. O orgulho de serem os primeiros a abolirem a escravatura é de certa maneira uma falácia. Quando ela aconteceu, a economia do Ceará não se sustentava no braço escravo. Mesmo que algumas fazendas praticassem o regime de partilha de um quarto — dar ao vaqueiro uma rês de cada quatro que nasciam —, o patriarcalismo e o coronelismo perpetuaram o modelo de escravidão por muito tempo. Nos currais do governo, os homens robustos e com saúde e as mulheres limpas e apresentáveis eram escolhidos para trabalhar de graça, a troco de um prato de comida. A questão racial não contava tanto como a miséria e a fome. O preconceito não era apenas contra os negros, era contra os pobres.

Dora e os filhos tentaram escapar aos currais, arrepiando caminhos, driblando a vigilância, fugindo ao controle da polícia nas estações de trem, vivendo sob o regime da fome e do medo. O relato do pai aconteceu quando ele já estava morrendo, e só alcança o porto de Mucuripe. O pai tinha apenas doze anos ao se separar da família. Mesmo assim, guardou as impressões do horror e da estiagem, um quadro pintado nas cores marrom, cinza, ocre e preto. A pouca idade impedia meu pai de discernir a violência que cercava o povo retirante. Sua natural disposição a trair e abandonar os familiares, se evadindo da miséria a que eram condenados, ajudou no apagamento das lembranças desse tempo.

E daí para a frente?

A memória do pai corrompe-se ao longo dos anos, ele tenta aliviar-se do remorso, engendra desculpas para a traição.

Jonas transpôs vivo morto o mar que separa Fortaleza do Recife. Não sabemos se Dora sobreviveu ao segundo abandono. Uma mulher forte, Dora, o pai afirmava. Isso era bastante?

Ao chegarem ao Acre, se chegaram algum dia, foram grilados para os seringais. A mulher e três crianças seringueiras. Nunca ouvi falar nisso.

Dora presa e transformada numa escrava sexual, ou casada com um comerciante de borracha.

Os filhos adotados por outras famílias ou vendidos com os fins mais obscuros.

Dora foge e vai à procura deles, se embrenha no mundo de florestas, rios, doença, riqueza e miséria. É presa e foge novamente, numa sucessão de fugas. Perde as esperanças de reaver os filhos, se esconde durante anos numa tribo, com medo de ser grilada outra vez.

Ou antes que a viagem aconteça terá sido detida e levada para um dos currais de Fortaleza, pelas patrulhas que percorriam a cidade, à caça dos rebeldes aos campos.

Imagino Dora com as três crianças agarradas à saia, olhando o barco que se afasta da praia, o filho Jonas no bojo.

O que faz sentido depois da segunda traição do pai?

A palavra curral, no Ceará, se refere ao cercado onde se prendia o gado para o posterior abate. Não há nome mais apropriado, é bem melhor do que campo de concentração, a não ser pela semelhança com os campos europeus do nazismo e do stalinismo.

Presa a uma rédea curta, proibida de circular na cidade referida como a loura desposada do sol, irmanada no destino comum a milhares de migrantes, Dora talvez não tenha conseguido resistir ao sofrimento. Mulher branca de olhos azuis, num país que oficialmente abolira a escravidão, ela representa a permanência do cativeiro. Por ser branca, a Igreja católica não lhe negava a posse de uma alma, como o fizera aos escravos negros, todos considerados bestas.

Em tempo ainda recente, não recaía pecado ou pena judicial sobre quem praticasse violência, assassinato, estupro ou tortura contra negros.

Com a instituição dos currais, a máscara da caridade acobertava o rosto dos cidadãos de bem, aborrecidos com o espetáculo da feiura. Empurravam-se os imigrantes para um novo modelo de cativeiro, moderno e legalizado. Disfarçava-se um sentimento presente na sociedade brasileira até hoje: a aversão dos ricos aos pobres.

25

Acordo molhada de suor. Eu me esqueci de ligar a refrigeração do quarto e sinto o corpo queimar. Tateio no escuro, procurando Afonso. Encontro apenas o travesseiro. Lembro que foi embora e desperto de vez. A certeza é um banho gelado. Quando eu tinha pesadelos, gritava por Afonso. Ele me acudia e escutava minhas lamúrias. Afonso, o lado esquerdo da cama, minha dependência crônica.

Entorpeço e o sonho retorna. Por que sonhamos tanto ao envelhecer? Afonso faz sexo comigo numa cama grande, na casa de meus pais. Cedo aos seus caprichos e fantasias, assumimos posições estranhas no coito. Guardo as impressões da pele morena e lisa, ainda no começo do namoro. Meus pais não consentiam que dormíssemos na casa deles. Nem depois de casados. No sonho, transgredimos a lei. Sinto-me culpada, entre o prazer e o terror. Afonso se deita de bruços, ordena que eu o cavalgue. Nunca me pedira isso, o traseiro interditado com placas sinalizadoras. Proibido estacionar aqui, não vire à direita, pista escorregadia. Obedeço com prazer, ocupo o lugar de honra das mulheres, por cima dos homens. Escuto um barulho. Levanto-me desconfiada, caminho até a porta, descubro que não a fechei. Estou nua. Do lado de fora, alguém espreita. Abro a porta com brusquidão, minha mãe se desculpa. Felizmente, o quarto se encontra às escuras, diferente da sala onde me sento num banco de madeira, em torno de uma mesa comprida, com tábuas irregulares. Não reconheço as pessoas em torno dela, sinto a mesma depressão de quando os pais morreram e fui obrigada a fazer uso de medicamentos.

As pessoas estão mortas? Não lembro os nomes delas e minha angústia se agrava. As impressões do sonho também não me abandonam. Nunca mais acordei alegre, com o gosto de me sentir viva. Wires acenou com essa esperança, porém ela já me escapa. A mãe vigia do outro lado da porta, atenta aos desvios da filha. Avalia o meu corpo, da cabeça aos pés, tenta enxergar além do aparente. Talvez preferisse uma filha assexuada. A porta não possui trinco, nem fechadura ou chave. Olhos curiosos podem deleitar-se com os dois corpos nus, bisbilhotar o que fazem. A mãe chora quando a surpreendo me espionando. Por quê? Talvez lhe doa a comprovação de que a filha faz sexo.

O telefone soa estridente, me arranca do sonho.

— Desculpe incomodar tão cedo. Tem um rapaz na recepção, Sandro. Diz que é uma urgência.

Visto a calça e a blusa da véspera, arrumo o cabelo sem penteá--lo e deixo o quarto. Espero o elevador, o coração acelerado. O que aconteceu a Afonso? Com certeza trata-se dele.

Encontro Sandro chorando. Levanta-se do sofá, não sabe se me abraça. Percebo o desespero e a dúvida.

— Sandro!, falo e estendo a mão.

— Oi, dona Francisca.

— O que houve?

— A mãe disse que a senhora fosse lá. Aconteceu uma coisa horrível. Mataram minha irmã. Onze facadas.

— Meu Deus!, grito.

Algumas pessoas se aproximam e oferecem ajuda. Sou dominada pelo choro, não consigo me controlar.

— Lá onde, Sandro?, pergunto aos prantos.

— No lugar onde faz autópsia.

Os hóspedes nos rodeiam, querem saber detalhes. O gerente pede que se afastem. Somos levados para uma sala reservada.

Daiane no Instituto de Medicina Legal, o lindo corpo submetido a uma necrópsia. Mais um assassinato de mulher. Quando vamos escapar à sanha dos homens? O assassino pode ser o meu marido. Perdão, Afonso, você nunca seria capaz disso. Ou seria? Não sei até onde chega a nossa violência. Por favor, Afonso, eu não suportaria! Mal dou conta de mim. E se for verdade o que Isaac me revelou sobre as fotografias? Pobres mulheres amazônicas.

Trazem água, chá quente com bastante açúcar, desdobram-se em gentilezas. Sandro não aceita nada. Pede que eu me apresse, sugere ir sozinho, na frente. Percebo o rancor na voz.

O gerente escutou o noticiário, me informa que acharam o corpo numa margem do rio Salgadinho, o nome que o Salgado ganha em Juazeiro. Os índios cariris contavam que o rio se originou de três pedras. Delas jorrou a água submersa de uma lagoa encantada, refúgio de mães d'água. O Jardim, onde foi encontrado morto o avô de Bernardo e Afonso, corre para o rio Carás, este para o Salgado, e este para o Jaguaribe, que deságua no Atlântico. Escutei tantas vezes a história poética desse avô. Diferente do brutal assassinato de uma garota de vinte anos.

Os índios revelaram, antes de serem massacrados pelos colonizadores, que, num lugar próximo, o Salgado lavra um rochedo, divide-o em duas pedras e esculpe um boqueirão. Nesse jardim, uma princesa se banha em noites de lua cheia. Transformada numa serpente, ela enfeitiçava os índios e os levava para as profundezas das águas escuras. Daiane encantou-se. Tento acreditar nisso, mas o pranto do seu irmão não me deixa sonhar. Subo ao quarto, apanho a bolsa, peço um táxi e seguimos ao necrotério. Não tenho condições de dirigir. Na cidade desperta e ensolarada, milhares de romeiros sobem e descem ruas, na esperança de achar alguma coisa.

O ambiente do Instituto de Medicina Legal me assusta. Só agora compreendo o motivo. Embora Afonso trabalhasse em laboratórios, analisando biópsias e peças cirúrgicas, sua formação exigiu estágio em algum instituto como esse. Temia que olhasse o meu corpo despido na cama, imaginando um cadáver sobre a mesa da autópsia.

Do lado de fora do prédio feio e sujo, pessoas aguardam que despachem seus mortos, sentadas em bancos de cimento, maldormidas e tristes. Os que morrem de forma violenta necessitam passar por ali, e só depois podem ser enterrados. Morrer é um costume de toda gente. Mas a violência torna a separação dolorosa, carregada de vergonha e culpa. Homens jovens, pobres, negros e sem escolaridade são as vítimas preferenciais. Também as mulheres.

Daiane.

Os ombros contraídos, a cabeça escondida numa toalha, Maria do Carmo é a imagem do sofrimento e da humilhação. Josué fingia não perceber o comportamento da filha e agora se culpa pela cegueira. De pé, teso, ele pode cair a qualquer instante, basta que um vento sopre de leve. Sandro abraça a mãe, os dois quebram a regra dos necrotérios e choram. Observo de longe, não tenho coragem de me aproximar. O que faço aqui? Vim por Afonso. Não sou indiferente ao perigo que o cerca.

— Chegue perto, Francisca! Está com medo? Veja o que fizeram à minha filha! Você não conhece essa dor, tem a mãe do corpo seca.

A mãe do corpo é o útero, o meu sempre esteve vazio. A acusação dói como se enfiassem onze punhais na minha barriga, no sítio onde não brotou uma criança.

Maria do Carmo descobre o rosto e me encara feroz. O abraço do filho retornado denunciou minha presença.

Em Sandro agrava-se o ódio. No pai, um desprezo mortal por mim.

— Maria do Carmo, eu vim, consigo dizer.

— Pois sente e chore. Se não tem lágrimas para minha filha, pranteie seu marido.

Ela pode acusar Afonso? O que sabe?

Sento junto à mulher transtornada, faço menção de abraçá-la, porém ela recua o corpo.

— Chore suas lágrimas pra lá. Não toque em mim, sou um arbusto com espinhos.

Imersas nas suas dores, as pessoas não ouvem o diálogo.

Bandos de romeiros com sacos plásticos e alegria ruidosa passam ao largo. Também carregam pequenos dramas, namoros, sexo, traições, cansaço, raiva, apatia, medo, o germe da violência, pronto a crescer e explodir. Na viagem, na estadia em pensões, albergues e hotéis, nos caminhões e nos ônibus se conhecem, se envolvem, amam e odeiam entre rezas, promessas, louvores aos santos e gritos de fé.

— E por que me chamou aqui?, pergunto a Do Carmo.

— E haveria de chamar quem? Você é a esposa, responde pelo crime do marido.

Tento explicar-me, mas Josué se interpõe entre nós duas.

— Deixe a mulher. A única culpada é você, que não vigiou sua filha.

Maria do Carmo se levanta.

— E você por acaso não é o pai?

— Eu alertei. Não dá certo se misturar com essa gente. Já tinha dado errado uma vez.

Sandro puxa a mãe de volta ao banco. Ela esconde o rosto na toalha.

Tento falar.

— Maria do Carmo, estou sofrendo muito, mas nada se compara à sua dor. Esse crime me envergonha, fere nossa condição de mulher. É preciso descobrir o assassino e punir. Não acredito que Afonso tenha sido capaz disso. Se provarem que matou Daiane, ficarei do seu lado, contra ele.

Articulo a fala confusa, cheia de dúvidas. Quero que as investigações cheguem ao culpado e que ele não seja Afonso. Bem pouco se apura da chacina de mulheres, os algozes escapam, a lei é frouxa.

Lembro versos de um cordel. Nas ocasiões graves e solenes, o jocoso atravessa os meus pensamentos. Uso a rota de fuga, distorço, procuro escapar.

Sou a Justiça desse mundo, mas ando enferrujada, esqueceram de me usar e fiquei encarquilhada. Minha balança, de tanto pesar errado, de ter dois pesos e duas medidas, para pobre ou endinheirado, o prato só cai pra um lado. Me deram tanto jeitinho que acabei desajeitada.

Refaço-me um pouco.

Josué leva Sandro. Os dois sentam longe, num banco de cimento sem recosto. Suponho que não dormiram. Preciso saber quanto tempo Daiane ficou desaparecida, mas não tenho coragem de perguntar. A mãe aguarda que a chamem para vestir a filha. Vejo um pacote junto dela, talvez roupas compradas numa loja. Não quero estar perto nessa hora. Não suportarei a dor. Maria tateia no escuro, os olhos encobertos pela toalha. Encontra minha mão esquerda, o lado do coração. As pessoas simples costumam valorizar essa linha. Aperta meus dedos com força, não se contém e chora descontrolada. Admiro a mulher corajosa, creio que seríamos amigas, não fosse o envolvimento de Afonso e Daiane e a complacência dos pais com o erro. Por que agiram dessa maneira? Nunca saberei a resposta. Também não saberei responder sobre tantas outras coisas, minha paixão por Wires uma delas.

Ouço a voz abafada pela toalha, me chamando.

— Francisca.

— Diga, Maria do Carmo.

— Não vou mais chamar ninguém de senhor ou senhora. Não merecem a honra. Perdi o respeito pelas pessoas. A morte de minha filha me tornou igual a todo mundo.

— Concordo com você.

— Me ajude a entender uma coisa.

— Se estiver ao meu alcance eu ajudo.

— Quando compreendo a razão das coisas, sofro menos.

— Não existe nenhuma razão pra matarem Daiane.

— Disso tenho certeza e vou carregar a revolta até a morte. Seria bom se eu morresse agora mesmo.

— Paciência. Tudo tem seu dia.

— Não devia existir o dia de matar uma criança.

— Nem me lembre disso que choro.

Sinto-me a ponto de sufocar e pergunto até onde irá a conversa.

— Daiane matou o filho dela.

— Abortou, é mais justo dizer.

— Você pensa dessa maneira, eu julgo diferente.

— Somos desiguais nisso.

— Veio o castigo de Deus e ela também precisou ser morta. Alguém tinha de pagar pela criança.

— Não acredito em castigo de Deus, acho que nem acredito em Deus. E não existe essa lei, nem essa ordem de acontecimentos no mundo de hoje.

— Sou governada por leis antigas.

— Continue, já tivemos a mesma conversa e nenhuma convenceu a outra sobre o que pensa a respeito.

— Daiane escapou de morrer. Fiz oração ao Padre, prometi o vestido branco e os atavios de noiva.

Não controla o choro e grita desesperada.

— Mas não era ao Santo que ela devia o pagamento. Devia à Morte. Eu me enganei e fui castigada.

Estremeço com a fatalidade da sentença.

— Sua filha era uma moça alegre, jovem, bonita, ligada nas coisas do tempo em que ela vivia. Não pensava dessa maneira. Seu raciocínio me assusta, me dá medo.

Maria do Carmo não me escuta.

— Posso falar?

— Fale.

— Eu mesma preparei a cilada quando fiz a promessa. Uma arapuca de apanhar passarinhos. Ela tinha escapado viva, não precisava trazer o vestido ao Padre. Nem donzela era mais. A dívida tinha de ser paga à Outra. A Morte não gostou de ser deixada para trás. Cobrou a conta assim que a menina despiu o traje branco.

— Não se torture. Você amava sua filha, daria a vida por ela. Isso é o mais importante.

O sofrimento enlouquece a mulher.

— Comprei outro vestido de noiva. Daiane vai ser enterrada como virgem, como se nunca tivesse matado o filho.

— Ela não matou ninguém, foi duas vezes vítima do machismo. Compreenda, seja generosa com Daiane e consigo mesma.

Maria do Carmo não presta atenção em minha fala, obcecada por seus delírios religiosos. Olho o pacote junto ao banco, um atestado de insanidade.

— Quando abrirem aquela porta e me chamarem, você vai comigo. Nós duas vestiremos minha filha.

Estremeço.

— Não me peça isto, sei que não consigo.

— Peço. Vocês me devem muito. Fizeram coisas ruins com a gente. Viemos nessa romaria, cheios de esperança. Fugimos da morte de lá e encontramos a morte de cá. Antes não tivesse prometido nada, nem saído de casa.

Jamais menciona o Hermógenes. Confunde Afonso comigo e me acusa.

Um segurança chama em voz alta os familiares de Daiane. Josué e Sandro se aproximam. Maria do Carmo arruma a toalha nos ombros, se levanta devagar, segura minha mão e faz sinal para eu segui-la. Não resisto ao apelo e caminho atrás dela. Somos levadas a uma sala pequena, com a televisão ligada. O noticiário mostra o incêndio num prédio residencial em Londres, onde morreram dezessete pessoas. Entre as vítimas, um refugiado sírio de vinte e três anos, estudante de engenharia, há quatro anos morando no Reino Unido. Nas imagens, sobressai um rapaz belo e risonho, vestido de atleta numa fotografia, noutra de paletó e gravata e mais sorridente num retrato com camisa polo. Fugira de casa na Síria, cruzando o Mediterrâneo a partir da Turquia. Desejava escapar à guerra e à morte. Residia no décimo segundo andar de um edifício de vinte e quatro pavimentos, onde moravam outros árabes, e que foi destruído pelo fogo. O irmão conseguiu ser resgatado por bombeiros, quando fugia pelas escadas em chamas. A vítima não teve a mesma sorte. Enquanto esperava que o salvassem, falou ao telefone com amigos. Há anos não se comunicava com os pais. Ao perceber as labaredas invadindo o apartamento, pediu a um amigo que transmitisse sua mensagem de despedida à família.

A notícia me inquieta. Comparo o rapaz sírio a Daiane.

— Entrem.

A ordem parte de um homem com calça e camisa de tecido grosso, avental encerado e botas de cano alto. Lembra um açougueiro descarregando carnes num caminhão frigorífico. Sinto frio e pioro ao entrar na sala gelada, as paredes revestidas de azulejos sujos, quatro macas de aço com corpos nus estendidos. Numa delas, Daiane. Há suturas grosseiras no abdômen e cortes de faca nos braços, coxas e pescoço. Apenas o rosto foi preservado de ferimentos. Os cabelos se transformaram em *dreads* com sangue e areia. Maria do Carmo se agarra ao corpo da filha, grita e chora. Baixo a cabeça, fecho os olhos e tremo. Tento lembrar mais versos do cordel debochado sobre a justiça. A memória me foge. Chapo como se tivesse fumado toda a maconha do planeta. Não sei quanto tempo permaneço surda e alheia ao ambiente da sala de autópsias. Quando levanto a cabeça e abro os olhos, três mulheres amparam Do Carmo. Trabalham na funerária que vai transportar o corpo de volta à cidadezinha onde veio ao mundo e será enterrado.

— A senhora não devia entrar aqui. Nós prevenimos.

— Só podia ver sua filha dentro do caixão.

— Depois que a gente tivesse banhado e vestido ela. Tudo arrumado e bonito.

Tiram o pacote com as roupas das mãos de Maria e nos arrastam para o lado de fora.

Ainda escuto uma derradeira fala.

— Não vamos cobrir o corpo com flores. A viagem é longa, as flores chegarão murchas. Providenciem outras quando chegarem lá.

Sandro e Josué correm para junto de nós duas. Maria grita e cai.

26

Sinto falta de Bernardo, uma ausência doída semelhante à traição. Penso na deslealdade, remoo lembranças. Bernardo é diferente dos colegas, tento afirmar mas não consigo. Viaja quando mais precisamos de amparo, nos entrega às feras. Terei de julgá-lo com a mesma medida com que julgo os seus companheiros.

As buscas me levam a uma encruzilhada, preciso escolher o caminho a tomar. Dora, Afonso ou Wires? Todos eles. Dois deles. Apenas um. Nenhum. Estaciono no ponto de partida. Continuo viagem na carroceria do caminhão, indo não sei para onde. Percebo em meio ao desvario que Afonso nunca rompeu com o Estrela Distante, continuou dentro do barco, tremendo às ameaças do comandante Emílio e ao furor da tripulação. Também rosnava, disposto a morder, porém nunca mordia. Um cão medroso. Ou mordeu e nunca soube disso? Através de Afonso, o pesadelo se torna meu. O pai e o fantasma de Dora também são meus. Vivo à mercê dos outros?

A pergunta dói.

Se não respondo, enlouqueço.

De São Paulo Bernardo seguiu à feira de livros, em Guadalajara. Quero visitar o México, talvez encontre a avó sentada no topo de uma pirâmide, vigiando os homens, impedindo que cometam loucuras contra as mulheres. Toda pirâmide é o lugar de encontro entre dois mundos, uma árvore invertida, a copa esparramada no chão e as raízes para o alto. Dora se resguarda em cima, na coifa da raiz, num pináculo inacessível.

Daiane foi sacrificada. Os cabelos se transformaram numa cafuringa de sangue e terra, igualzinha à do Mateus palhaço. Ela ri de não compreender os homens. Por que sacrificam as mulheres? Daiane faz a última pergunta ao seu algoz e corre pelas margens do Salgado, o rio que se distancia em viagem ao mar. Na brincadeira de Reis, vozes suplicam: abre a porta, gente, que eu venho ferido, pela falsidade tão grande, dos meus inimigos. Outras vozes respondem: se tu vens ferido, chega pra dentro, sangue de meu peito jorrando, serve de alimento. Mas nenhuma porta se abriu quando a moça fugia. Nem mesmo a avó Dora acolheu-a no seu colo, talvez porque se tornou calejada ao sofrimento. E eu, o que fiz para salvar Daiane? Pressenti o perigo, interpretei os sinais da desgraça sem mover uma palha.

Meu peito, de onde nunca jorrou leite ou sangue, não alimentou a vítima, nem pode ressuscitá-la agora. Quieta no meu lugar de conforto, esperei o desfecho. Já vi tantos iguais. De tão comuns, nem reagi. Tenho o alvará de que nunca serei vitimada? Minha condição social e intelectual garante esse direito?

Nenhuma fortaleza protege a mulher dos assassinos.

Nunca cheguei perto de Daiane para preveni-la do risco. Acompanhei as jogadas de Afonso e do Hermógenes, sabendo com antecedência quem seria o perdedor. Muitos acham o jogo do baralho legítimo, se acostumaram à repetição do sacrifício. Buscam álibi nos homens e culpa nas mulheres. Já nem se horrorizam com as notícias e fotos nos jornais, a imolação se tornou ritual e comum.

Talvez se espelhe na escravidão.

Não escapamos à escravidão.

Não escapamos.

Posso chorar.

Não consigo.

A pirâmide invertida sobre a ponta é a imagem de alguém que se eleva. Enterrem Daiane de cabeça para baixo, os pés para cima, desse modo o seu corpo alcançará a fecundidade e a perfeição. Transitará entre o céu e a terra, como se nunca houvesse morrido.

Preciso de um manicômio.

Urgente.

A reforma psiquiátrica fechou os manicômios.

Mas não acabou a loucura.

Guio pela estrada que percorri há alguns dias. Tudo era lindo. Agora, acho tudo feio, as casas, as plantações, as pessoas.

Vou encontrar Assis Gonçalves, ele talvez me ajude a decifrar o jogo. Sinto necessidade de compreender, a mesma que Maria do Carmo sente. Ela viaja num carro funerário, de regresso à casa de onde partiu cheia de esperanças. Leva a filha vestida de branco, com véu, grinalda e um ramalhete de flores murchas. A noivinha. Um corpo, apenas. Dora também partiu de casa à procura de um milagre. Caminhava com os quatro filhos no rumo de Juazeiro. Uma noiva sem véu.

Se não compreendo os acontecimentos, enlouqueço.

Não gostaria que me contassem a história açucarada do avô morto de morte natural, à margem de um riacho coberto de flores vivas. Preciso repetir mil vezes mil a história do assassinato de uma mulher inocente, vítima da insanidade dos homens. Talvez assim ela nunca mais se repita.

Nunca mais.

Precisamos pôr fim às velhas doutrinas.

Nunca mais.

Porém o horror esmaece com o tempo, as feridas só doem enquanto sangram. Transformam-se em páginas de livros, enredos de filmes e novelas. O que parecia tão exato, tão cabido... dentro do coração torna-se apenas um rumor.

O conhecimento não salva, a ignorância é mais obscura.

Quero descobrir por que as coisas aconteceram como aconteceram.

Um manicômio, urgente!

Procuro o mestre Alexandre, sua casa em meio às sobras de floresta. Brinco com um saber que me foge à razão, sem me arriscar pelos caminhos que o mestre sugere. Nem sei por que o provoco. Talvez deseje testar sua paciência.

Alexandre me recebe na sala de visitas. Senta numa poltrona com as pernas elevadas por conta de um edema. Aperta minha mão, caloroso e sorridente. A esposa oferece água e café.

— Que surpresa! Não esperava rever a senhora.

— Eu queria muito encontrá-lo.

— Seja bem-vinda. E o dr. Bernardo?

— Viajando.

— Bom.

A esposa serve o café e a água, pede licença e volta à cozinha.

— O senhor está bem?

— O coração me deu trabalho nesses dias.

Não sei por onde começar.

— Soube do acontecido?

— Ouvi o nome da moça no rádio, e o de seu marido. Ele já apareceu?

— Ainda não.

O mestre fala pausado.

— A senhora tem mais uma pessoa a quem procurar.

— É verdade.

O silêncio entra pela porta aberta. O sítio é bonito, plano, coberto de árvores. Ao lado da casa, construíram uma latada. Imagino ser o lugar de reuniões do Santo Daime. Será que elas também são chatas como as do Estrela Distante? Queria saber. Arrumaram cadeiras de plástico num canto e cobriram com lona. A palhoça lembra as caiçaras dos pescadores e a casa de homens, erguida no meio das tabas indígenas. O ritual do Santo Daime teve sua origem na floresta.

— Gosto muito daqui.

— Eu também me acostumei. Sinto falta quando viajo pra longe.

Levanto e aprecio alguns quadros nas paredes. São pinturas coloridas, onde proliferam vegetações, flores, quedas d'água, animais e pássaros, uma arte psicodélica carregada de filigranas. Faço alguns comentários, me detenho no valor artístico das obras. Mestre Alexandre rebate:

— Nunca havia pensado no que fala. Olho as pinturas e imagino as visões dos pintores.

— Só provando a bebida pra ver isso. Com a fantasia eu não alcanço.

O velho me observa atento.

— A senhora perdoe, mas não estou trabalhando. O médico exigiu repouso.

— Não vim consultá-lo, precisava apenas conversar.

— Fale, então.

— Sofro pela moça assassinada. Acredito na inocência de meu marido. Quero justiça.

Minto sobre os motivos que me trouxeram ali. Imaginava ser possível experimentar a ayahuasca e ter a visão dos acontecimentos. Confundo doutrina com jogo de cartas.

— Já que veio, fique mais um pouco.

Bebo goles de água e olho lá fora. O café esfria na xícara.

Tento localizar Afonso. Não o acho no Recife nem no Crato, o telefone sempre fora de área ou desligado. Na casa de Bernardo, o jardineiro me informa que os amigos foram embora e Afonso não havia aparecido. Wires também sumiu. Vou ao seu alojamento algumas vezes e não o encontro. As roupas dele continuam por lá. Procuro notícias do Hermógenes e me falam que viajou conduzindo romeiros de volta às suas casas. Já escutei a mesma informação antes. Afonso é o principal suspeito do crime. Na delegacia, onde prestei depoimento, me disseram que Maria do Carmo e Josué retornarão a Juazeiro depois de enterrarem a filha.

Tudo soa triste e me deprime.

Assis Gonçalves foi a última pessoa a conviver com o meu marido, quis me contar o que viu e escutou, mas não deixei que falasse.

Acelero o carro.

As borboletas se chocam no para-brisa e morrem esmagadas.

Preciso concentrar-me na pista.

E Wires?

Deve favores ao Hermógenes.

Por que sempre imagino as piores coisas sobre Wires?

O sol queima. Aciono o esguicho de água, tento limpar os fragmentos de borboletas colados ao vidro. Não tem água no depósito. Borboletas são desleixadas, voam, se chocam e morrem. Tanta beleza e uma existência fugaz.

Transponho um rio que desemboca no Salgado. Não resisto aos seus encantos, uma nesga de alegria se interpõe à minha infelicidade. Largaram Daiane nesse lugar. Impossível. O corpo se chocaria contra as pedras, em meio à correnteza. Não havia marcas desse tipo de embate, úlceras ou hematomas. Apenas indícios de luta física e as perfurações de uma faca. Daiane correu pela areia branca e fina que margeia o rio. Ou chegou morta dentro de um carro e foi lançada com indiferença em meio à vegetação coberta de lixo, como se fosse uma sujeira a mais na paisagem. A história se escreve com perseguições, fugas e metamorfoses. Vida se desfigura em lixo.

Assis Gonçalves está em casa, felizmente sozinho. Os pais se consultam com os médicos na cidade. Pessoas velhas ficam a maior parte do tempo em salas de espera, nos consultórios. É horrível ficar velha. E gorda.

— Francisca.

— Assis.

— Sente. Você parece agitada.

— Culpa do sol e do calor.

— E de outras coisas piores.

— Já soube?

— Escutei no rádio. Tive pena da moça. Lembrei de minhas filhas. Morreria se fosse com alguma delas.

— Nunca vai acontecer isso.

— Deus queira. Ninguém sabe de onde a maldade chega.

— Suas filhas são bem-educadas.

— E a moça não era bem-educada?

Engulo a pergunta.

Assis baixa a cabeça, desprovido da tranquilidade costumeira. Ficamos um tempo mudos. Escuto o barulho de panelas fervendo e o cacarejo das galinhas. Vez em quando passa um carro barulhento. Sem pedir licença, ele sai para olhar as panelas no fogo. Cozinha o almoço. Retorna, senta, percebo seu esforço ao falar.

— O primo não matou a garota.

— Acha isso?

— Acho.

— Baseado em quê?

— No meu coração.

— Também penso que não foi ele.

Assis sorri aliviado.

— O primo me disse que o Hermógenes ameaçou Daiane, no passeio aos franciscanos. Seu namorado estava presente.

Sinto vergonha do comentário e desconverso.

— Não foi a primeira vez que o Hermógenes agiu assim. Garantem que matou três mulheres, mas nunca provaram nada.

Silenciamos novamente.

O tempo se arrasta como se fosse parar.

Deixamos que trabalhe as engrenagens, já que a conversa não chega a lugar nenhum. Perde-se entre os vãos da casa, sem aliviar nossa tristeza.

Assis se levanta mais uma vez, olha o almoço no fogão. Volta e senta no mesmo lugar. Um vento suave traz o perfume de mato verde. Queria ficar onde estou, esquecida de Daiane, de Afonso e de procurar Dora.

— E aí?, pergunto por obrigação de fala.

Aprecio as pausas sertanejas, mas agora me sinto ansiosa por ouvir. Vou direto à questão que nos aflige.

— Quem foi?

— É preciso saber?

— Prometi à mãe da moça. Mesmo que não tivesse prometido. A matança de mulheres não pode continuar impune.

— Tem razão.

Que tipo de pai e marido é Assis?

— Terá sido o Emílio?, me pergunta.

— Emílio?

— Ele próprio não sujaria as mãos de sangue. Pagaria a alguém pra fazer o serviço.

Meus entrevistados falavam em pistoleiros de aluguel. Faz tempo. A violência só cresceu desde então. Qualquer um poderia contratar: Afonso, o Hermógenes. Até eu mesma.

— Você não me contou a conversa com Isaac. Ele veio aqui e amedrontou o primo.

— Não acreditei em muita coisa do que ele me disse. Na briga em casa de Bernardo, Emílio ameaçou Afonso.

— O Estrela virou fachada, escutei falarem.

— Parece mesmo.

— O primo repetia muitas vezes: O barco furou, deu água. Pensei que era jeito de falar.

— Isaac e os outros sócios suspeitam que o dinheiro dos convênios foi desviado. De prefeituras, estado e governo federal.

— E por que só revelou-se agora?

— Um político não conseguiu entrar no esquema. Denunciou-os. Me inclino a não acreditar em nada.

Caímos noutro silêncio.

— Emílio sabia de Daiane?

— Não sei dizer.

Os pais de Assis não chegam e sentamos à mesa. A comida é simples, engulo sem prestar atenção. Canários-da-terra pousam numa árvore baixa, cantam e pulam nos galhos. Bem-te-vis chegam e espantam o bando. Apuro o ouvido e ainda escuto os passarinhos bem longe. Wires me falou que, além de galos, o pai dele também criava canários para briga. Eu me lembro de Wires com tristeza.

— O primo que atravessou aquela porta era um homem quase louco. Na casa velha, achei-o sem firmeza, a não ser a de se matar.

— Teve a viagem, a doença e nossa separação. Muita coisa junta.

— Ele trouxe a moça, mas não tocou nela. Nem dormiram. Passaram a noite sentados em cadeiras. Concluí isso pela ordem na casa.

Olho as serras, as árvores e não vejo beleza em nada, a vista turva de melancolia. Desejo fazer uma pergunta a Assis, mas a coragem não chega à boca e retardo.

— Por qual motivo Emílio?
— Para assustar o primo.
— Será possível? Não creio.

Há muitos anos, quando Afonso trabalhava no hospital de Bernardo, viemos a uma festa na casa da avó. Assis, bem jovem, dançava com as irmãs. Uma família bonita, enchia os olhos. Eu olhava o rapazinho de longe, enternecida. Afonso não dava conta de tantas mulheres. A cada música trocava de parceira. Nem lembro se Bernardo dançou, acho que esteve brigando com a esposa durante a festa. A noite de junho era fria e clara. Preferi ficar junto a uma fogueira acesa no terreiro, olhando o céu estrelado e algum balão perdido.

— Outro dia imaginei que um motociclista queria me atropelar. A violência cresceu muito por aqui. Ou eu me tornei paranoica.

Peço a Assis que me leve à casa onde Afonso viveu seus dias de reclusão, antes de desaparecer. Ele me conduz pelos mesmos terrenos percorridos com Afonso, agora sem água ou lama. Caminho atrás dele, uma Savitri nas pegadas do Senhor Yama. Mas é Assis quem sustém a alma do meu marido numa corrente dourada e a resguarda dos perigos. Observo as árvores, os arames farpados cheios de balseiro seco. Vez por outra o primo segura a minha mão e me ajuda a transpor obstáculos. Não falamos. Se eu paro e me detenho examinando flores ou ninhos de passarinhos, ele também para mas não se vira, me deixa sozinha com a minha ocupação passageira. A tarde esfriou e aos poucos a angústia se acalma. Conheço essa quietude, depressa ela vai embora.

De longe avistamos a casa, solene e silenciosa. Não lembrava que fosse tão bonita e imponente. A latada de buganvílias, os pés de jasmim floridos, as roseiras brancas parecem mais exuberantes no entardecer. Enquanto Assis abre a casa, apanho uma cadeira e me sento no terraço alto. Sinto o perfume agradável da flor de espinheiro branco. Se as pernas não estivessem tão magoadas, andaria um pouco e chegaria ao remanso do Jardim. Muitas vezes namorei Afonso nas margens do rio, olhando a correnteza arrastar as ninfeias imaculadas. Quero trazer Wires para morar comigo na casa, levar ao lado dele uma vida quieta, sem procura ou desespero. Ponho-me a rir alto com a fantasia maluca. Assis me pergunta de longe se estou chorando. Pranto e riso às vezes se confundem. Não perco o vício de criar enganos.

Imagino o passado, quando aqui se ouviam gritos de crianças, ordens do marido, reclamações da mulher. Tudo faz parte de um tempo morto e talvez por isso dê a impressão de paz e harmonia. Deixem uma família habitar a casa por alguns meses. Logo surgirão conflitos, rancores escapando por janelas, portas, telhados e por onde houver frestas.

27

— Era isso?

— Queria te mostrar.

— Já vi.

— Se gosta, ficamos por aqui.

— Morar no mato? Não dá pra mim. Já moro e pretendo sair.

— Aqui é diferente.

— Tem água bastante, só isso.

— E paz e silêncio.

— Não gosto dessas coisas. Pode ficar com elas.

— Prefere agito.

— Prefiro.

— Me enganei.

— Ô!

— Tudo bem!

— Não vou cuidar de cabra igual à mãe, nem cozinhar pra marido. A vida dos pais não serve pra mim. Fui!

— Pensei errado.

— Por que não chama sua mulher?

— Ela é professora, tem a universidade, a vida dela.

— E eu não tenho nada.

— Imaginei outra coisa.

— Uma escrava na cozinha e na cama.

— Isso não.

— Sou negra, todos imaginam.

— Juro que não.

— Quando querem conseguir, juram.

— Não sou igual.

— Eu também pensava assim, mas é.

— Me atrapalhei, desculpe, vou explicar.

— E o dinheiro? Existe mesmo ou é mentira sua?

— Existe.

— Cadê? Tá escondido nesse paiol?

— Num banco, por segurança.

— Mostre, gosto de ver a cor.

— Calma! Tudo tem seu tempo.

— O Hermógenes dizia o mesmo. Prometia, prometia... Fiz o que ele pediu e me ferrei.

— Prometo e cumpro. Não sou bandido.

— Deixei de viajar à Espanha por causa da gravidez.

— Espanha?

— A mãe não contou?

— Conte.

— Apareceram dois agentes. Emprego garantido de modelo. Depois a polícia baixou em casa.

— Sempre igual.

— Os agentes de modelo sumiram.

— Era tráfico humano. Os caras prometem trabalho, quando chega à Europa tomam o passaporte das mulheres, drogam e obrigam a se prostituir. Você teve sorte.

— Azar com o Hermógenes. Tinha feito o aborto, dá no mesmo.

— E comigo?

— Quem era o homem que fechou você no posto?

— Um colega de faculdade.

— Não parecia. Quase lhe arrancam do carro.

— Temos umas contas. Coisa antiga.

— Vi dois sujeitos mal-encarados na picape dele. Rolou um clima, não estavam brincando.

— Também percebi.

— Olharam pra mim dum jeito. Estou acostumada, mas senti medo.

— Sei.

— O que conversaram lá fora?

— Coisa só da gente. Não posso dizer.

— Você ficou amarelo, balançava a cabeça concordando.

— Se não concordasse eles me levavam.

— Tô fora!

— Uhn!

— Era sobre o dinheiro?

— Por aí.

— O sujeito tocou no seu ombro e apontou pra mim, mais de uma vez.

— Esqueça.

— Arranjo cada macho complicado.

— Esqueça, já pedi.

— Só sabe dizer isso?

— Venha.

— Pra onde?

— Me dê um beijo.

— A troco de quê?

— Ahn?

— Não toque em mim.

— Estamos sozinhos. Pensava o que quando lhe trouxe aqui?

— Tudo, menos isso.

— Não acha bom?

— Não. Nem ganho nada.

— Sendo assim…

— Me leve de volta.

— Amanhã.

— Só amanhã?

— Depois que passar a noite. Agora é tarde.

— Vai fazer o que comigo?

— Ahn?

— Me matar?

28

Perco a conta das latas de cerveja. Um funcionário baixinho, o rosto estragado pelas espinhas, repõe o estoque na geladeira. O hotel só trabalha com marcas populares, noutras circunstâncias me recusaria a beber. Não tenho escolha. Detesto uísque e não encaro porre de rum. Penso em me embriagar e dormir, mas só chego ao estágio de tontura e náusea. Sinto-me cansada, um batalhão de formigas percorre minha pele. Deito sem despir a roupa nem descalçar os sapatos. O cérebro de plantão repassa as imagens confusas do dia. Seria ótimo mergulhar numa banheira com água quente, depois receber uma massagem. Nada de sexo. Minhas fantasias se esgotaram, sou um corpo de músculos e nervos sofridos. Um borrão. A vagina serve apenas de enfeite. Preciso correr ao banheiro, a bexiga toca o alarme. Não acendo a luz, me esquivo de ver paredes desmoronando, a casa e o engenho da nascente. Se os urubus farejam, me confundem com a carniça do boi morto. Volto à cama. Melhor ligar a televisão. Falta coragem e vontade. Passa da meia-noite, quero apenas dormir. Batem de leve à porta. O rapaz da manutenção veio trazer mais cervejas, suponho. Eu pedi? Não lembro. As espinhas dele me provocam nojo, algumas cheias de pus. Levanto com dificuldade, não acendo as luzes nem pergunto quem é.

Abro a porta.

— Wires?

— Desculpe, Francisca, precisava te ver.

— Não estou em condições de ser vista por ninguém.

Ele se espanta, recua.

Arrependo-me do que falei.

— Já que veio, entre.

Wires sempre desejou conhecer o meu quarto, passar uma noite comigo. A presença de Afonso impedia a visita.

Acendo as luzes, mostro uma cadeira e peço que sente. Caminho sonâmbula, chuto latas vazias atiradas ao chão. O barulho me irrita. Não pergunto como ele conseguiu entrar no hotel. Sem vigilância, qualquer pessoa entra. O porteiro dorme reclinado no balcão de atendimento, a televisão ligada, o som alto.

— Sumiu?

A cabeça de Wires se inclina para baixo.

— Fui ao seu albergue algumas vezes.

Ele permanece calado.

— Informaram que suas coisas continuavam por lá, mas você não aparecia há algum tempo.

— É verdade.

A confissão me irrita.

— Só tem isso a dizer?

Antes que ele responda, falo magoada.

— Não me deve satisfação.

— Francisca!

Pelo véu da embriaguez eu enxergo Wires e o sofrimento que antes se disfarçava em riso numa aparente alegria. Revelam-se sinais de desleixo, até o cheiro dele mudou. Agora rescende a fruta cítrica, apodrecida. A calça jeans e a camisa de malha têm o corte e a costura grosseiros, o tecido não resiste à primeira lavagem. Confecção de sulanca. Os tênis também se gastaram, estão sujos. São os mesmos desde o começo da viagem. Wires não possui outra coisa para calçar. Os cabelos gordurosos e sujos foram amarrados no cocuruto da cabeça, deixando a parte inferior raspada crescer em desordem. A confissão de indigência e o olhar de quem teme perder alguma coisa me escandalizam. A fratura no orgulho de homem é bem mais grave que o acidente com a perna. Wires me pede arrego. Será que ele esteve sempre nesse abandono e eu não via, ofuscada pela paixão? Sinto vergonha, cambaleio à consciência de que andei seduzindo um pobre rapaz.

— Você ligou pra minha cidade. Deram notícia.

Quanta gravidade e temor nesse rapaz envelhecido por uma tristeza que eu ainda desconheço. O mesmo abandono do violinista que tocava em frente à igreja de Saint Pierre, em Poitiers. Mas também enxergo uma força que não se dobra nem se corrompe. Ou estou cedendo às idealizações?

— Foi.

Digo.

— Quando você desapareceu sem levar a mochila, imaginei mil coisas ruins. Antes, eu estava desejando que a gente se separasse, mas quando me senti largada não gostei. Prefiro largar as pessoas.

Ele se levanta, vem até junto de mim, receio que me abrace. Evito não apenas porque estou suja e cheirando mal, mas porque sei que o desejo e não conseguirei resistir.

— Você bebeu tudo isso?

— Bebi.

— Posso pegar uma água?

— Claro.

Apanha uma garrafa, volta à cadeira, pede licença e descalça os sapatos e as meias.

— Os caras pra quem ligou não são meus amigos. Foi mal. Conheço eles de vista. Trabalho apenas com costura, já falei. Moro fora da cidade e não faço o que eles fazem.

As frases se alongam.

— Pegou os telefones na internet?

— Peguei.

— Costuma usar o serviço desses garotos?

— Não.

— E por que ficou atrás deles?

— Queria achar você.

Agora sou eu quem baixa a cabeça.

— Desaparece de repente e não dá uma notícia.

— Desculpe, fiquei louco.

Louco.

— Posso tomar um banho?

Banho?

— Está sem água no alojamento.

— Pode. Tem sabonete e xampu no boxe.

Boxe.

— E toalha limpa.

Limpa.

— Não vem comigo?

— Obrigada. Tomo depois.

As últimas palavras ecoam nos meus ouvidos, efeito da bebedeira. Wires faz menção de despir a roupa no quarto, em minha presença, mas se envergonha. Entra no banheiro e fecha a porta. Sento na beira do colchão, a ponto de cair. Escuto o barulho de água, sons diferentes nas várias etapas do banho. Quando a porta se abre, o quarto é tomado pela fragrância de lavanda. Wires amarrou a toalha na cintura e caminha até a cama.

— Agora vou eu, me apresso a dizer, antes que ele chegue perto de mim.

Demoro no chuveiro.

Visto uma camisola e entro no quarto. Wires deitou-se na cama sem despir a toalha e parece dormindo. Deixo uma luz do banheiro acesa e apago as outras. Deito-me em silêncio, ouço vozes na rua. Um caminhão recolhe o lixo.

Wires se vira e põe a cabeça no meu peito. Os cabelos ainda estão úmidos e cheiram bem.

— Sentiu saudade de mim?

— Eu me senti abandonada.

— Me perdoe. Juro que nunca mais faço isso.

Nunca mais. Haverá esse tempo?

— Por onde andou?

Demora a responder.

— Fui à minha cidade, ao enterro de Daiane. Fiquei abalado com a morte. Por que fizeram aquilo?

Chora baixo, contido.

Percebo mágoa e dor.

— Pensei que não gostasse dela.

— Mesmo se não gostasse. Era jovem, tinha escapado de morrer.

Sinto impulso de provocá-lo, dizer que não defendeu as três moças assassinadas. Recuo. Nada provaram contra o Hermógenes e os sobrinhos. E também já falamos muito sobre isso.

— Enlouqueci. Nem procurei Josué e Maria do Carmo. Viajei na frente. Perdoe, por favor. Eu devia ter informado a você. Deu um nó em minha cabeça.

Afasto o corpo dele do meu.

— Você até prendeu os cabelos.

Ele não acha graça.

— Estranho essa devoção repentina. Do Carmo confunde você com o Hermógenes, como se fossem a mesma pessoa. Ele é suspeito de ter matado Daiane, sabia?

— Podemos mudar de assunto?

— E vamos falar de quê, se estamos abalados por essa morte? Ela nos diz respeito, como se nós fôssemos os assassinos.

Wires se aconchega a mim e me agarra. Seu corpo treme.

— O que sabe dessa história?

— Nada. Há dias não vejo o Hermógenes. Ele viajou com um caminhão de romeiros.

— E o que doeu tanto em você?

Percebo a resistência de Wires.

Demora a falar.

— Tempo atrás namorei Daiane. Eu não tinha futuro e ela preferiu o Hermógenes, que é rico.

Sinto raiva e ciúme.

— Quer dizer que ficou comigo e pensava em Daiane?

Ele senta e o nó da toalha se desfaz, expondo a nudez.

— Não, não, pare de imaginar coisas. Não coloque suas palavras na minha boca. Nunca gostei de ninguém como gosto de você. Antes eu ficava com as pessoas e pronto. Tudo passageiro, curtia e largava. Mas teve a doença. Tem você agora. Sinto diferente, mudei, não sou o mesmo. A morte de Daiane mexeu comigo. Compreende? Acho que me tornei melhor.

O drama me aborrece. Desde a morte do pai vivo imersa em dramas, e começo a não suportá-los. Sinto falta de racionalidade.

— As três mulheres assassinadas agora doem. Antes não doíam.

Arruma a toalha, cobre o sexo. Volta a tremer.

Eu preferia que Wires não estivesse ali, que nada dessa história me dissesse respeito, que eu e Afonso mantivéssemos o casamento tedioso, com o nosso ódio disfarçado.

— Tem uma coisa que nunca falei pra ninguém, preciso confiar a você, Francisca.

Olha para mim.

— O filho que Daiane abortou era meu.

Agarra-se comigo e chora. Minha solidez se liquefaz, eu o abraço e deixo a ternura transformar-se em vapor. Subimos pelas paredes e alcançamos o teto mal pintado, com manchas de mofo e umidade. Nada tem a perfeição de uma massa corrida seca e lixada. Os quadros de Van Gogh parecem esculturas, por conta dos amontoados de tinta. Agora, só existe a liquidez. O corpo de Wires se espalha sobre mim, atrita pele sobre pele, derrama-se numa onda de afagos que leva a camisola e a toalha para o inferno. Nossas moléculas reagem em equações simples.

Consinto em ser penetrada, ouço as pulsações do sangue de Wires, trazidas pelo pênis desde o coração. Sístole, diástole, tunc tac, sho sho, o som da música original, a que eu ouvi primeiro, gosto dela porque me excita. Batimentos fortes, ritmados, seguidos por coro de vozes. A música tem a minha alma em chamas, posso sentir o sangue ferver nas veias. Venha, venha sobre mim, soque, empurre, até o âmago da questão. Boom, boom, boom, como um rio que me excita, boom, boom, boom.

Wires não suporta a miséria do gozo, chora descontrolado. Sinto o pênis retrair-se, perder a rigidez e o volume até ser quase nada. Derrotado, continua me cavalgando, o corpo entregue às convulsões do choro. Eu o empurro e ele cai de bruços, urrando suas dores. Sento-me, olho na penumbra o corpo descarnado, inquieto pelos soluços. Deito-me sobre ele, esfrego a vagina nos ossos de sua bunda, tento alcançar o orgasmo que me escapou. As convulsões cedem e Wires gira os braços para trás, agarra os meus quadris e imprime ritmo de foda com a bunda, as pernas e as coxas. Eu o esmago com o meu peso, esfrego-me até não aguentar o gozo repetido, caio de lado, nos aquietamos.

Adormeço e acordo muitas vezes, vencida pelo cansaço. Nem reparo se Wires dorme. Minha boca descansa sobre a orelha dele, qualquer palavra que eu fale soará como sentença.

Um poeta americano escreveu e reescreveu toda a vida um único livro. Lembro-me de um poema que me fala de Wires. Sinto-me entorpecida, mas os versos me invadem sem pedir licença, solenes, dolorosos:

Certa vez eu passei
por uma cidade populosa,
guardando no meu cérebro impressões
para uso futuro,
com seus shows, sua arquitetura,
costumes, tradições,
embora dessa cidade eu agora
me lembre apenas de um homem
que encontrei ao acaso
e que me deteve por seu amor a mim
e ficamos juntos
dia após dia e noite após noite
o resto há tempos esqueci
lembro-me só daquele homem
que apaixonadamente se agarrou em mim,
de novo vagamos, amamos e nos separamos,
de novo ele me segura em seus braços, diz pra não partir
vejo-o bem perto do meu lado
com lábios silenciosos e trêmulos.

O poema vai embora e eu caio de lado, apago. Não sei quanto tempo durmo, acordo bastante descansada. Wires sentou-se na cama, recostado à parede, e me olha pensativo. Seus dedos correm os meus cabelos, como se os penteassem. Gosto da sensação e recordo que são os mesmos dedos que acariciam tecidos e desenham roupas femininas. Nunca fui olhada com tamanha ternura. Ao perceber meus olhos abertos ele se aconchega junto a mim, me abraça e afaga com doçura.

— Francisca, eu não imagino a vida sem você.

Minha voz soa rouca, quase incompreensível quando falo.

— Poxa, vamos esquecer essa conversa.

— Não precisamos morar juntos, não vou atrapalhar. Recife é perto de onde moro. Num final de semana fico na sua casa, noutro você fica comigo. Não é rígido, pode variar. Também não repare o desconforto da casa, somos pobres. O que acha?

Wires se manteve acordado, planejando nossa vida, e eu não enxergo nenhum futuro para nós dois além desse quarto de hotel.

— Deixe as coisas se acalmarem. Estamos machucados, não é o momento para tomar decisões como essa.

— Ainda acredita que o problema é a diferença de idade? Peço ao Senhor Yama que tome a metade dos meus dias e dê pra você.

— Senhor Yama? O que é isso? Ah! Ainda se lembra? Há outros empecilhos. Sou casada, mesmo que o marido esteja foragido.

Wires se retrai, cobre-se com o lençol.

— Um marido rico, por sinal. Se tiver metade do que falou a Daiane, é grana que não acaba nunca.

Agora sou eu que me sento, surpresa com a informação de Wires.

— Quer dizer que você e Daiane continuavam trocando confidências?

— Não é isso, sempre imagina o pior de mim. Preveni Daiane sobre o Hermógenes, do mesmo jeito que mandei seu marido tomar cuidado. Daiane me disse que Afonso tinha prometido muito dinheiro a ela.

— E vocês planejavam uma fuga, depois que ela botasse a mão na grana?

— Nunca tive planos com Daiane.

Wires fala com sinceridade, incomoda olhar para ele.

— Fiz minha proposta, agora só depende de você. Não precisa repetir os motivos pra me recusar, tenho boa memória. As pessoas ricas falam em consciência de classe. Se referem a nós, achando que não temos isso. Vocês têm. Seu casamento não presta, nunca prestou, mas se mantém nele pra garantir seus direitos. Você é professora universitária, Afonso é médico. Pode ser incompetente, mas é médico. O dinheiro que escondeu no banco foi roubado. Nada disso conta. Conta que ele é do naipe de seu baralho. Copa com copa, ouro com ouro. O dinheiro roubado também é seu. Aposto que já pensou nisso e desconfia que Afonso matou Daiane. Tudo sujo, de ambos os lados. Mas somos nós que vamos pra cadeia. E os negros como Daiane morrem.

— Continue, Wires, destile seu ódio.

— Sinto apenas tristeza com a verdade. Imaginei que pudesse ser diferente. Não pode. O buraco entre a gente é muito fundo.

Não consigo me conter e bocejo. O sono retorna. Deixo Wires falando sozinho e cochilo.

— Você nunca perguntou por que não continuei os estudos. Nem por que não frequentei escola de moda e fabrico lingeries copiando modelo dos outros, falsificando grife. Em nossa casa não teve livros. Trabalhamos pra comer. Sorte quando se ganhava bastante. Francisca, me escute.

— Estou ouvindo.

— Mentira, eu falo e você ronca.

Esforço-me e abro os olhos.

— Amanhã vou embora.

A notícia me acorda.

— Eu nem devia ter retornado. Voltei por você.

Finjo mágoa.

— Não faça isso, rapaz.

— Nossas vidas já se resolveram. Encontrei facas na janela do quarto e navalhas na água do banho.

Não compreendo o enigma.

— Que maluquice é essa?

— Uma história.

— Que história?

— Minha avó contava. Não sei contar histórias mentirosas, só aquilo que já narrei, acontecimentos de verdade.

— Que facas e navalhas são essas? Eu feri você?

— Feriu e traiu. A moça da história não tinha culpa, mas você tem.

Não presto muita atenção no relato, ouço que uma jovem recebia a visita de um príncipe encantado em pássaro, e que depois de um banho a ave recuperava sua condição humana. Os dois se amavam, a moça amanhecia bocejante, o que despertou a curiosidade de uma irmã invejosa. Ela pôs vidros, facas e navalhas na janela e na banheira com a água. O pássaro se feriu, chamou a moça de traidora e falou que, se algum dia ela desejasse revê-lo, teria de achar o Reino do

Limo Verde, no fim do mundo. Tão longe que ela precisaria gastar dois sapatos de ferro caminhando. Wires tem uma voz musical, que me embala.

— Qual a moral dessa história?, pergunto quase dormindo.

— A moral?

Ainda escuto a resposta.

— Digo para certa mulher que, se algum dia me quiser de volta, terá de descobrir onde moro, sangrar os dedos dos pés e gastar dois sapatos de ferro à minha procura.

Mas adormeço em seguida.

Caminho entre milhares de romeiros, no último dia da peregrinação. Sou arrastada, meus pés mal tocam o solo. As pessoas fedem, o cheiro ruim entranhou-se nelas como a pobreza. Olham para os lados e duvidam do que querem. Mesmo assim se empurram e são levadas. Semelhantes a mim. Desejo alcançar a igreja do Socorro. Desconheço os motivos dessa urgência. Talvez Dora esteja lá, sentada no alto do cruzeiro, as velas acesas pela graça de viver tantos anos, quando já poderia estar morta e descansada. Escureceu, a única luz é a das velas acesas por todos os cantos. Pelas sarjetas escorrem filetes de parafina quente, os pobres recolhem e fabricam mais velas, que acendem e tornam o calor insuportável. Temo ser esmagada. O pai surge longe, me acena. Eu o alcanço. Choro e confesso o meu terror. "Venha, suba nos meus ombros, deixe que eu a carregue, igual a quando era criança. Lembra a procissão da Santa Peregrina?" "Lembro. Eu era pequena e leve. Agora peso bastante e tenho muitos pecados." "Nunca acreditamos em pecado, a não ser o da traição. Esse que cometi contra sua avó e seus tios." "Eu também traí." "Não creio nisso. Foi sempre boa e correta, estudou a política, os movimentos sociais, queria a igualdade das pessoas e a ética." "Tudo mentira, um discurso vazio." "Tenho pena de você, filha, sou o culpado por sua infelicidade. Não devia ter pedido que viesse. É duro chegar perto disso aqui. Se encontrasse Dora e os filhos dela, o que iria fazer? Nada. Estamos separados dessa gente há séculos. Não adianta procurá-los, nunca chegará a eles. O abismo só aumenta com o passar dos anos. Quando acreditamos que vai desaparecer, os de cima manobram as engrenagens e eles afundam novamente. Os de cima sobem mais alto, usam todos os meios e se garantem nas alturas com os seus." "Deus quis assim, os romeiros dizem." "Deus não apita nada. Não me envergonhe, buscando explicações em Deus. Eu proíbo." "Sinto-me confusa. Não foi bom ter viajado para cá. Minha base fraturou. Era mais fácil pensar nisso tudo de longe. Como socióloga em sala de aula ou num campo de pesquisa. Você me obrigou a chafurdar no drama dessas pessoas. Não vou perdoá-lo nunca." "Não faz mal, estou morto. Depois que morremos, torna-se mais fácil, não temos de pensar ou agir como os vivos, nem carecemos do perdão da história." O inferno de velas acesas me incomoda tanto quanto a fala interminável do pai. "E o rapaz louro? Você desfez o único ganho dessa viagem. Não se culpe. Melhor acreditar que nunca daria certo. Vivi a mesma experiência. Entre o barco em que eu fugia e Dora, um oceano nos separava." O pai nem lamenta eu não haver encontrado sua mãe. Viveu sempre pensando nele mesmo. A morte não melhora as pessoas, a não ser as que acreditam em reencarnação. "Vamos, suba nas minhas costas ou será esmagada por esses romeiros que cheiram mal", me provoca. Subo obediente nas costas do pai. Ele oscila com a carga pesada e ameaça cair. Supunha que as almas tivessem uma força descomunal. Os pés dele afundam até os joelhos, mais e mais, e quando a terra já cobre o seu peito, pulo fora. Não quero me enterrar com o pai. Ele agarra meus pés, tenta me arrastar para baixo, mas eu consigo escapar. Caio com os braços e as pernas abertos, me esparramo no chão fervente de parafina. Os romeiros me pisam, machucam o meu corpo. Olho para cima e todos ganham um tamanho descomunal. Sempre os enxerguei pequenos, insignificantes. Dois homens sustentam meus braços e me arremessam para o alto. Subo, subo, subo, avisto de longe o Reino do Limo Verde, dentro de um quarto em desordem, com muitas latas vazias de cerveja, Wires sangra no peito. Está nu, o pênis escorre pus. Ou seriam pingos de vela? Caio de pé sobre o calçamento da praça. Uma sorte. Começa um incêndio de velas, um fogaréu sem controle na igreja do Socorro. Fujo por uma rua lateral, escuto uma voz cantando: minhas senhoras e senhores, queiram prestar atenção, que agora eu vou contar os sofrimentos de uma dona, que morava em rio Alto, pras bandas do Amazonas. Caio dentro da bacia da cega rabequeira. Ela faz cócegas nos meus pés com o arco da rabeca. Pareço uma tartaruga sobre o casco, tentando virar-se e retomar a fuga. "Eu sei o paradeiro de Dora", a cega me diz. Toca a rabeca tão alto que os meus ouvidos explodem. Ganho impulso e salto fora da bacia. Pego todas as moedas que ela apurou e encho o bolso da minha calça. Fujo, fujo, fujo. Chego a uma casa grande. Entro, fecho a porta com os ferrolhos e me sento em frente a uma janela aberta. As pessoas correm de um lado para o outro, assustadas com o incêndio. Escuto vozes de mulheres rezando. Olho para dentro da casa e não enxergo nada. Minha vista ainda não se acostumou ao escuro. Caminho e esbarro em mulheres velhas, negras, todas vestidas de branco. Pertencem à irmandade de Nossa Senhora da Boa Morte. Debulham os rosários e choram. "Avozinhas, não chorem", peço quase suplicando. "Quem é você, minha filha?", me perguntam em coro. "Sou Francisca." "Ah! Escutamos falar em você. Pobrezinha." Examino as velhas de perto, mas não consigo ajustar o foco dos seus rostos. Parecem todas iguais. "E as senhoras, quem são?" "Eu sou Dora", responde a primeira. "Eu me chamo Dora", afirma a segunda. "Fui batizada com o nome Dora", diz uma terceira. Depois de escutar que todas são Dora, volto à janela. O tumulto cessou, posso ganhar a rua. Mas, nessa hora, passa um cortejo de penitentes vestindo opas escuras, sujas de sangue. Na retaguarda, um homem se corta com mais violência do que os outros. "É Afonso", grito, porém minha voz não sai da garganta e ele não me escuta. O grupo se distancia, cessam os lamentos e o ruído dos cachos de lâminas fustigando os penitentes. Às minhas costas, também finda-ram as rezas e as lamúrias das avós. O silêncio desce sobre a rua, sinto alegria e conforto. Não sei quanto tempo dura a minha paz. Intensa luz clareia as casas e uma figura alada surge ao longe, os pés providos de asas, as roupas esvoaçantes. Flutua e se move. De uma argola em sua boca, pende uma corda dourada que termina entre os lábios de um homem, que caminha sereno, um pouco atrás. As roupas dele são brancas e também esvoaçam. As avós correm à janela, atraídas pela luz. "É o guia das almas", uma avó me revela. "Ele transita entre a noite e o dia, o céu e a terra."

"Wires!", grito, reconhecendo o homem que toca o chão com os pés. Minha voz soa perfeita. "Para onde estão levando você?"

Ele não responde, nem me olha.

Caminha, caminha, até que desaparece.

Acordo do sonho.

Não encontro Wires na cama.

Dormi horas, já passa do meio-dia.

Wires fugiu, eu penso.

Abro os olhos e corro até minha bolsa. Procuro o dinheiro, o talão de cheques, os cartões de crédito. Estão todos lá. O iPhone e o MacBook continuam sobre a mesa. Volto à cama, me deito e choro.

Agradecimentos

Agradeço as várias leituras e sugestões do amigo e parceiro Assis Lima, tão importantes durante a escrita deste romance. Sou grato ao meu editor Marcelo Ferroni. Também agradeço a Wellington de Melo, pela leitura e revisão, e a Moncho Rodriguez, pelas conversas e leituras dos originais.

Notas

1. A história de Savitri e Satyavan, capítulo 16, foi adaptada e parcialmente transcrita do *Mahabharata* recontado por William Buck. Trad. de Carlos Afonso Malferrari. Editora Cultrix/ Círculo do Livro.

2. As referências à Expedição Thayer são adaptações ou transcrições de *O Brasil no olhar de William James*. Org. de Maria Helena P. T. Machado. São Paulo: Edusp, 2010.

3. As referências aos campos de concentração no Ceará são adaptações ou transcrições de RIOS, Kênia Souza, *Isolamento e poder — Fortaleza e os campos de concentração na seca de 1932*. Fortaleza: Imprensa Universitária, 2014.

4. As referências à "Bíblia" como livro de vários autores são de ALTER, Robert. *A arte da narrativa bíblica*. Trad. de Samuel Titan Jr. São Paulo: Companhia das Letras, 2007.

5. O poema de Walt Whitman que ilustra o capítulo 27 e alguns versos esparsos do mesmo autor fazem parte do volume *A primeira edição* (*1855*) *Folhas de relva*. Trad. de Rodrigo Garcia Lopes. São Paulo: Iluminuras, 2005; e da Sel. e trad. de Geir Campos. São Paulo: Brasiliense, 1983.

6. No capítulo 27, transcrevo versos de "Funky Music Sho'Nuff Turns Me On", de Edwin Starr.

ESTA OBRA FOI COMPOSTA PELA ABREU'S SYSTEM EM ADOBE GARAMOND
E IMPRESSA EM OFSETE PELA LIS GRÁFICA SOBRE PAPEL PÓLEN SOFT DA SUZANO
PAPEL E CELULOSE PARA A EDITORA SCHWARCZ EM MAIO DE 2018

A marca FSC® é a garantia de que a madeira utilizada na fabricação do papel deste livro provém de florestas que foram gerenciadas de maneira ambientalmente correta, socialmente justa e economicamente viável, além de outras fontes de origem controlada.